[韩] 金锦姬 著

경애의 마음

敬爱的心

김금희

李贞玉 刘忠波 译

人民文学出版社

著作权合同登记号　图字 01-2022-4198

Copyright © 2018 by 김금희 (金錦姬/Kim Keum Hee)
Simplified Chinese language edition is published by arrangement with Changbi Publishers, Inc. through Eric Yang Agency Inc.
Simplified Chinese language copyright © 2023 Shanghai 99 Readers' Culture Co., Ltd.
All rights reserved.

图书在版编目(CIP)数据

敬爱的心 /(韩)金锦姬著;李贞玉,刘忠波译
.—北京:人民文学出版社,2023
ISBN 978-7-02-018064-6

Ⅰ.①敬⋯　Ⅱ.①金⋯　②李⋯　③刘⋯　Ⅲ.①长篇小说-韩国-现代　Ⅳ.①I312.645

中国国家版本馆 CIP 数据核字(2023)第 110684 号

责任编辑　朱卫净　胡晓明
装帧设计　李苗苗

出版发行　人民文学出版社
社　　址　北京市朝内大街 166 号
邮政编码　100705

印　　制　山东临沂新华印刷物流集团有限责任公司
经　　销　全国新华书店等

字　　数　164 千字
开　　本　890 毫米×1240 毫米　1/32
印　　张　10.25
版　　次　2023 年 8 月北京第 1 版
印　　次　2023 年 8 月第 1 次印刷

书　　号　978-7-02-018064-6
定　　价　59.00 元

如有印装质量问题,请与本社图书销售中心调换。电话:010-65233595

目录

中文版序言 —— —— —— 1

尴尬的空白 —— —— —— 1
E —— —— —— 53
你和我都安好 —— —— —— 70
无心 —— —— 116
杀人如恋爱，恋爱如杀人 —— —— —— 130
冷酷的夏日 —— —— —— 164
你有妹妹吗？ —— —— —— 171
顾不上疼痛，还痴痴地笑 —— —— —— 202
雨点不断地落在我头上 —— —— —— 208
姐姐无罪 —— —— —— 275

作者的话 —— —— —— 321

中文版序言

当听到第一部长篇小说《敬爱的心》在中国出版的消息时,我想起了敦煌的沙漠。敦煌是我去过的第一个海外旅游目的地。虽然也访问过北京、西安等美丽的城市,但敦煌的沙漠给我留下的印象最深刻。像丝绸一样柔软地缠绕在脚踝上的沙粒,清新怡人的空气,仿佛可以带走所有悲伤的蓝天,倾泻而下的星星……在那片沙漠里,我比以往任何时候都幸福和充实。

那天,我好像把什么东西落在那里了。如果有人问我想再去哪里旅行,我总是回答说是敦煌。在丝绸之路的尽头,无数人探索人生,思考痛苦,寻求真谛,那里也珍藏了万卷书籍。我喜欢书,任何时候都想成为作家,在那里感受到了熟悉而舒适的认同感。

《敬爱的心》以仁川为背景,这也是我成长的城市。如果要写第一部长篇小说,当然要从这个城市的故事开始。我刚过二十岁的时候,仁川发生了令人心痛的火灾。在这场火灾中,失去了那么多孩子,人们陷入悲伤和自责。通过那一场悲剧,我也看到了人类的一万种面貌。或许,每个孩子在成为大人的过程中,都意味着时刻面对这样的现实。

小说中还有老实本分又心怀不满的我，那是自己当上班族时的样子。敬爱想要改变不正当的现实，却陷入了尴尬的境地。尚秀是个性鲜明的万年科长，在公司里总是独来独往，没人敢接近。对某些人来说，这些人物可能看起来寒酸又窘迫，很奇怪，但如果仔细观察，就会发现他们有着深刻而光辉的一面。通过小说，我想说的是，在我们身边不经意走过的人，也许最能理解我们的存在。那么，这个世界上的任何事情都不会和我完全无关。这种联系才是我们现在最需要的。

有时候，小说似乎只是用文字传达了不忍说出的心。大家都会有度过童年的某个城市，长大后经历过大大小小的事情，感受过分享的温暖。希望大家读着《敬爱的心》，能够唤起自己的经历。就像我总是抱着敦煌的夜空生活一样，我梦想我的小说也能给大家带来一份弥足珍贵的记忆。

这个夜晚，我在等待即将到来的大雨。这场雨过后，大概就是秋天了。多亏了将在中国出版的《敬爱的心》，今年的秋天对我来说应该很特别。

向翻译这部小说的李贞玉、刘忠波以及人民文学出版社表示感谢。

向中国读者致以我最亲切的问候。

请大家不要腾空心灵!

金锦姬

二〇二二年夏末于首尔

尴尬的空白

　　他的车俨然人生的缩影。虽说是五人座的车，但后座堆满了东西，副驾驶座上也丢满了临时可能用到的零碎杂物。所以，那辆车实际上只够载他一人——孔尚秀。毕竟是上了十年班的销售员，车里有很多宣传册。那些小册子的大小、颜色和质感各不相同，页数和褪色的程度各异，油墨的光泽度和气味也不一样。那气味是岁月累积的结果，经过腐蚀与吸附，早已失去了本色，在顺应环境的过程中彻底变了样。具体来说，车里有尚秀随手丢的夹克上浸透的汗味，从便利店买来自己凑合充饥的盒饭和火腿肠的味儿，炒泡菜的味儿。诸多气味里唯一让人欣慰的沙拉酱的味儿，仿佛是这堆速食食品中的一道光。另外还有一种独特的气味——线卷的味儿。

　　别看尚秀是推销缝纫机的，后备厢里却没有缝纫机的机身、脚踏板和电机，这些东西基本派不上用场。毕竟他推销的缝纫设备种类繁多，工厂用的机器又很大，不可能向客户展示实物。带线卷是因为它能激发客户对缝纫机的想象。卖缝纫机就光讲缝纫机，是非常低级的销售手段。不给客户留想象的"余地"是不行的。所谓余地,对人生而言犹如呼吸的毛孔,对尚秀而言,没有余地的生活悲伤得难以承受。

尚秀的生活里不缺少悲伤。一想起他爱过又离他而去的女人,他就会掉眼泪,尽管大部分女人都是小说和电影中的人物。昨晚他因为想起中学时读的《简·爱》而落泪,冬夜,寒气扑面而来,他侧着身子缩在被子里啜泣。简·爱小时候进了穷人读的寄宿学校。一想到那时笼罩着校舍的冷空气,尚秀就会哭出来。当简·爱知道罗切斯特其实是有妇之夫,一个人踏着积雪跑了出去,那一刻,她的心里该是多么痛苦。痛苦渗透到她瘦小柔弱的身体里,如同晶莹的雪花结冰后一般尖锐。

对方越是不回应他的爱,尚秀就爱得越坚持。怀着一种超越爱情的情感,承受着诀别和缺失的痛苦,在广阔的荒野上奔走,前途未卜,仍一往无前,这是尚秀常有的想象。这种想象不只是关于失恋,多少也让人联想到英雄故事和成名神话。当然,尚秀既没有失恋,也不是英雄,更没有成名,但至少在不羁的想象里能感受到那种情感——能感受到的就是存在的。

尚秀的销售策略也基于这种情感的触动。尚秀觉得,线卷与机器的联系若有若无,又真实可感,因此具备让人动心的力量。所谓动心,不是货比三家、权衡利弊、然后决定是否购买机器的理性思考，而是激活所有记忆与乡愁的那种情感上的触发。

所以尚秀不展示机器，而是拿出在机器上滚动的纱线给老板们看，希望以此激发老板们对工厂启动后生产出来的成品的想象——T恤、三角裤、登山服或者枕头罩，从而顺利达到销售的目的。而机器的背后则意味着一系列事情：签订合同，付订金，安装机器并支付尾款；启动机器就要雇工人，雇了工人就要发薪水，薪水每年得涨一点，不然工人就会罢工示威；机器可能会发生故障，维修也需要费用；罢工规模大的话，可能会损失机器和几十扇玻璃窗，最好能保住机器，但愤怒的工人砸坏机器，也算是为了维护自己的权益，所以得提前算好万一遭受破坏的损失，而且对破坏机器的工人不能放任不管，无论如何也得让他们赔偿损失，但如果在这个过程中和哪个工人为敌，有可能被报复，所以以防万一还是别让工人赔偿了；反正得守好机器，守机器可没那么容易，做生意会遇到很多不测，甚至可能保护不了家人，那岂不是竹篮打水一场空，还不如不买机器，投资房地产更保险一点……线卷能防止老板们联想到这些现实的事情。

结果，尚秀并未像同一批入职的其他同事那样晋升为组长，而是一直挂着代理组长这样一个不伦不类的头衔。

在这家公司，代理组长指的是，职务是组长，不过除了本人之外没有别的组员。

半岛缝纫机公司是一九五三年朝鲜战争结束之后，韩国和日本以技术合作的形式成立的。毕竟是历史悠久的企业，整个氛围很保守，连人事制度和运营系统也从未有过变化，但在为尚秀量身打造的代理组长这个头衔上，管理层难得一致地表现出了灵活性。当初尚秀晋升不利，恰恰是因为他情绪不稳定，泪水时常迸出来，紧张和不满时，就自言自语地发出哼哧呜哇的声音，给同一楼层工作的同事带来诸多不便。后来公司干脆改造了一下营业理事的办公室，给尚秀安排了个独立的空间。既然安排了独立空间，就需要编一个合理的理由，所以不得已只能让他晋升——随着工作年限的增长要像传送带一样按部就班的晋升，但他没有拿得出手的业绩，所以只好在组长前面加上"代理"二字表明限定条件。

管理层每次聚在一起开会，都会聊起尚秀刚入职的时候，一聊就聊很久。二〇〇七年底，尚秀入职。那一年，社会上还有一股"上进"的氛围。现任总统从建筑公司的普通员工晋升为老板，又从老板成为市长，最终竞选成为领导人，他的"推土机"神话让上班族心潮澎湃。

领导们聊到，当年尚秀也曾满怀希望和热情，没日没夜地带着缝纫机小册子开车跑遍全国各地，现在变成这个样子，令人惋惜。尚秀的车是老旧的小型轿车，人住在十五坪[①]的公寓里，别说结婚，连谈没谈过恋爱都不好说，倒是在暗恋他的同事金瑜婷。尚秀的暗恋像黄色香雪兰挺立在荒凉的办公室里一样，散发着一股可悲可叹的气息。

但这样的闲聊不过是自欺欺人。他们之所以在意尚秀的处境，并非对他起了什么怜悯之心，而是因为尚秀的父亲是当过国会议员的政治人物，还是公司会长高考复读时的同学。说白了，他进公司是走了后门的。但尚秀入职以来，会长对他一点也不关照，他算是已经失去了靠山。每次尚秀在公司惹事，管理层总想炒他的鱿鱼，

---

① 1坪约合3.3平方米。

但谁也不敢狠心辞掉他。领导们也不能把留不留一个销售员的小问题拿去请示会长。幸亏公司没有这样不识相的人，尚秀在这里得过且过，一直混了十年。虽然走后门进来了，但他并没有站稳脚跟，每当公司有点什么风吹草动，他就得如履薄冰地行走在父亲的光环之下。

尚秀以自己的方式用心工作，但就是不受国内厂长们的欢迎，甚至和客户老板吵过架，原因包括拒绝去有小姐的酒吧，不肯写阴阳销售明细，不给中间商塞红包，谈论政治引起口舌之争，等等。去年一个客户老板做媒，安排金瑜婷组长去大邱相亲，尚秀不问青红皂白大闹相亲现场。尚秀的上司——南部长至今还后怕，那个好心安排相亲、却遭遇尴尬的客户老板以损害名誉罪起诉了尚秀。去同事的相亲现场撒野，对牵线搭桥的客户破口大骂，这件事何止损害了客户的名誉，公司的颜面都不知道往哪儿搁。而且，尚秀那天带了足以勒死两个人的蟒蛇粗细的线卷，被怀疑试图用它来威胁别人。"当成贵重物品一样装在包里带去的，"南部长每次提及这件事都会啧啧咂嘴，"大邱的天热得像个火炉，他穿一身西服，背着装了线卷和小册子的登山包，带着失恋的沮丧和愤懑的心。"

当时尚秀就该强调自己不是普通家庭出身，虽然没落了，但还是政要之子，毕竟父亲当过国会议员。最后尚秀的后妈插手了，不然事情很可能闹大。事实上，南部长和尚秀的家人初次接触之后，之前一直多少有点小看尚秀的心态发生了微妙的变化。后妈的声音相当年轻，从她只考虑自己、用到别人就打电话、讲完就挂电话的作风，能看出没少使唤过人。尚秀的后妈开口就问南部长，我家孩子在哪儿，然后自言自语地嘀咕了几句"真让人头疼""这下麻烦了"，并没有使用敬语，一会儿又用"花钱！花钱也不顶事？告的人是个老板吗？"这样的话来总结处境，一会儿又说"等一下，我打个电话"，最后还是用电话——就打了几个电话，一上午就把起诉给撤了下来。

客户老板也给南部长打电话问："那小子到底什么背景？孔尚秀后台到底有多硬？有权有势，人脉还广？算了，这些我不管，他和你们会长的关系到底有多近？"

事情告一段落后，南部长给金瑜婷组长放了几天假，怕她受了刺激需要缓解，但她只休息了一天。之后她还去找客户老板确认了一下，尽管发生了这种事，但不会影响订单，此前她已经和客户老板谈好，从半岛缝纫机公司采购价值八千万的设备。瑜婷向部长报告的时候提了一句"尚秀并没有做什么过分的事",不知道是陈述事实还是为他辩解。

"那也不行,孔尚秀这样做会让你为难的呀。"

"是为难,部长,对,是有些为难。"

其实金瑜婷没觉得哪里为难,反倒是为了迎合部长说这话有点为难。不觉得为难是因为她早就料到尚秀会那么做。尚秀得知瑜婷要相亲,赶在相亲前一天给她打电话,瑜婷没接电话,后来干脆关机,从那时起,事情就注定会发展成这样。尚秀猜到瑜婷是因为客户老板的关系才不得已去相亲,他是为了救出瑜婷不让她受委屈。尚秀总体来说比较胆小,但有时又能一瞬间燃起一口气,拥有解决问题的浮夸意志。

瑜婷在大邱相亲的消息是同事告诉尚秀的。同事并没有把尚秀当作会危及自身利益的竞争对手,但也不会忍住欺负他的念头,偶尔会以低劣的方式戳一下尚秀带着一丝不安和恐惧的心。瑜婷看着这些人的恶趣味想,正如人人都有多副面孔,恶也有深浅不同的多个层次。

无论怎样,两个月来,尚秀在努力适应代理组长这样一个职位。虽然头衔加上了"代理"这么一个不伦不类的限定,但不管怎么说组长就是组长,还是要有一个组员才像样，于是他让部长给他派一个组员。

"你要组员？"

部长很吃惊，同时又觉得组长要个组员的要求理所应当，自己这么大惊小怪反倒有点不好意思。

"我在想怎么带好这个团队，组织队伍，培养合作精神，壮大力量，攻下海外市场，特别是越南，要进军越南市场。"

"越南？"

部长反问之后不由得笑了出来。恰好自己刚在管理层会议上提出尚秀不适合国内销售部门，应该把他调到海外销售部门。尚秀英语不好，可以减少和客户吵架的几率，进而减少因吵架造成的销售额下降。但对部长而言，三番五次惹祸的尚秀居然谈什么合作精神、领导能力，实在让人哭笑不得，只好语重心长地劝他：

"这么长时间了，你应该也积累了一定的市场资源，你不是一直都很努力吗？整个二十岁到三十岁的青春年华不都献给公司了吗？跑遍全国做销售，连台风天也不落下。那次是'鲶鱼号'台风吧？"

"是'知了号'台风，知了。"

"是呀是呀，'知了号'台风的时候你不差点死了吗？去釜山的时候，对吧？"

"在影岛大桥差点被刮走了。"

"所以说嘛,千辛万苦都过来了,干嘛非要个组员?有一家囤隐生鱼片的餐厅,我常去,那里的老板以前是朝鲜酒店的大厨,他在墙上贴了'烧酒一人一瓶——凡事不必强求'的字,这不是至理名言吗?你也别强求,组员多了反倒干不成想做的事。不信你看看我,手下这么多员工,我想去哪儿干什么都由不得自己,真心不好受,活活压制了我奔放的天性。"

尚秀还是觉得不符合公司的原则,连一个组员都没有的组长,像什么样,简直是不像话的空缺。尚秀几天几夜脑子里都是这个不像话的空缺。他提交了一份报告给部长,写了需要组员的理由和多项工作计划。部长每次看到他的报告都会搪塞过去,但尚秀不死心。他到部长办公室再三强调自己的主张,中午又去找部长边吃醒酒汤或河豚清汤边提出要求,这成了作为代理组长最重要的一项工作。部长喜欢吃完饭回公司的路上顺便喝点美式咖啡或卡布奇诺,尚秀就把部长带到自己常去的咖啡店。在积分卡上盖了两个章之后,他问部长这是不是公司的手段,先给他挂个空职,然后再解雇。部长回答说不是,尚秀马上追问,那为什么不按原则办事?每到这时候部长都不胜其烦,恨不得当场开了这个既不识趣又没眼色的人。但摸不清会长和尚秀的父亲关系到底多近，部长只好一忍再忍，装作无意间想起来的样子套话："你父亲还好吗？他跟会长是复读时的同学，是吗？"

"怎么突然提起我父亲？"尚秀的脸一下子僵硬了，"我和父亲断绝关系了，我也不是沾父亲光的人。"

"我可没说你沾了你父亲的光。"

"您心里不是这么想的吗？"

"哪有哪有，全世界都知道孔尚秀不沾父亲的光，再说孔尚秀你又不是爱沾光的人。孔尚秀组长，平时称呼的时候不用加'代理'两字。'营业'也可以说是'灵业'，是有关灵魂的事①，要了解娑婆世界才能做好销售，还要努力了解人心，这样我们才不会沦为怪物。别误会，我不是说你孔组长是个怪物——你父亲孔议员还好吗？还和会长打高尔夫球吗？"

尚秀一贯不肯回答有关父亲的问题，这次很勉强地告诉他，最近会长不打高尔夫了，因为手腕受了伤。

"手腕受伤啦？你怎么知道的？不是说和父亲断绝关系了吗？"

"母亲说的，怎么了？"

---

① "营"和"灵"这两个汉字的韩语发音一样。

"我和你母亲之前也通过电话。你母亲和会长太太关系很好吧?"

"那还用说,都是一个契组①的。部长,我刚才说到……"

"需要组员,是吗?"

"是呀,有了组员我才能做事。"

"那倒是。"

这是一个月以来部长第一次附和他的话,尚秀反倒有点不习惯。

"也是,你没有左膀右臂,怎么能当好组长。我一直觉得这事不妥,都怪别的部长光想着自己的利益。孔组长,你再等等,这事我来办。"

就这样,原本"代理"二字有着"临时性"的意味,给了领导们一丝从容和轻松,他们本来打算就这么敷衍了事,现在不得不调整计划。管理层开了会,这次的核心议题还是孔尚秀的父亲和会长的关系到底有多近,最后总务部提出有个人倒是比较适合下放,会议圆满结束。这个适合下放的人叫朴敬爱,在公司已经八年了。

---

① 契组,类似于一种经济互助小组,由人数不等的人组成,每人每月拿出一定金额的钱轮流提供给小组中的某一个人,每个人都有机会在某一个月获得其他所有组员的资金。

听到朴敬爱的名字，领导们的脑海里立刻浮现出那些让他们很不舒服的场景：高高的个子，两手插在兜里，见到领导只是点个头，从不鞠躬；要是有人占了别人的停车位，哪怕是领导她也会打电话让挪一下车，说完就挂断；午饭后边散步边一根接一根地抽烟，等等。几年前公司调整组织结构，许多人免不了要换部门或被解雇——敬爱从广告部调到总务部也是这时候的事，敬爱在罢工队伍里做了许多让领导头疼的事。甚至有人问那人怎么还在公司。罢工的时候，敬爱不知出于什么样的愤懑，和别的成员一样剃光了头，而且她是使罢工结束的头号功臣，所以大家都知道她。

会议结果传达到了尚秀那里，尚秀盼星星盼月亮终于听到了组员的名字。那个名字也让尚秀想起了一个画面。每隔一周，周五三点半到四点半，敬爱会在员工食堂旁边的简易仓库里分发员工申请的办公用品。为防止员工报销办公用品时虚报价格，公司一直坚持六十多年前创业时的传统——将朴实无华、只求实用的办公用品大量堆在仓库，统一分发。

敬爱不是进到又湿又暗的仓库里分发物品，就是蹲在仓库旁边抽烟，等还没来领的人。习惯性迟到的尚秀上气不接下气地跑到仓库。敬爱吐着烟，捋着蓬松的刘海叫他："那个什么，过来过来。"低沉沙哑的声音堪比简易仓库腐朽的湿气，说不定哪天真能把人闷死。

"有人在，有人在①。"尚秀爱开这种无聊的玩笑。

敬爱面无表情地吸了口烟。

"你的没批下来。"

"没批？"

"你填的办公用品申请表，我以为没问题就交到了科长那儿，结果挨骂了。镇纸和读书架有什么用？全公司都没有要这个的。"

听到这样的质问，他无言以对。申请表的审批意见一栏写着"没必要"。确切地说他也不是一无所获，敬爱递了根烟给他，说顺便抽根烟。尚秀接过她递来的散发着薄荷味的细长烟，考虑到那里是禁烟区就没抽。但也不好直接离开，他就尴尬站在那里。敬爱似乎忘记了尚秀还在，望着远处，吞云吐雾，好像在出神地看着装卸车装货、出厂，开到卡车旁卸货，又好像在看着手里拿着纸杯聊天的穿青色制服的工人，也可能是在看食堂的女员工用红色大盆装萝卜，一边大声说话一边洗萝卜。

---

① 在这个语境中，敬爱说的"那个什么"和"有人在"的发音相同，尚秀以语言游戏的形式在开玩笑。

这些画面有节奏地构成了周五下午的风景。

"那个……"敬爱不看手表也能非常准确地知道已到四点三十,准时用指头掐了烟,"我可不想挨骂,在这个公司我不想挨骂。"敬爱关上简易仓库的门,做伸展运动似的前后晃动了下胳膊。

"谁也不希望在公司挨骂,我也一样。"

"你比较特殊吧。"

"我特殊什么?"

敬爱耸了耸肩,说:"不抽就还给我。"尚秀平时不怎么抽烟,但一想哪有送了人家又要回来的,所以没还给她。

"我不能让公司抓住把柄,一不小心就会被解雇的。所以你就算帮帮忙,行吗?"敬爱说。

接下来的日子里,尚秀照样不帮敬爱的忙。像写一封没指望的情书一样,他不停地写着不会被批准的办公用品申请单。尚秀的办公用品申请单比任何人的都要精确和用心,问题就在于此。"钢笔(黑色)"一栏要么打勾要么空着就行,尚秀非要写上"德国施德楼三角钢笔432",需要"笔(蓝色)"打上勾就可以,他非要填上"斑马缤纷牌细笔0.3 mm"。尚秀对这些琐碎的办公用品寄予了精准又迫切的期望,从不放弃。后来完善了企业办公系统，批准与否不必当面通知，办公用品申请不批准的结果和申请单的提交，在敬爱和尚秀之间像乒乓球一样来回不断。当初网上的拉锯战对这个拼凑出来的团队会产生什么样的影响，谁也不知道，谁也不抱任何希望。

敬爱从总务科长那里听到要调到销售部的消息，科长说得像了不起的晋升一样，她有气无力地笑了笑。从广告部调到总务部，现在又调到销售部，说白了就是任人摆布，与发挥专长或认可工作能力毫无关系。本质不就是混，在哪儿混都一样，所以敬爱应声点头了事。

那天晚上，敬爱的朋友一瑛听完事情的原委后，概括上述情况属于"掩耳盗铃，公司换汤不换药"。敬爱想起三年前罢工的时候她曾提议把一瑛刚才的这句"掩耳盗铃"当作口号。敬爱喜欢这个口号胜过"严惩公司非法解雇，誓死斗争"，总觉得"严惩""斗争"这些词不足以和公司抗争下去。至于公司的做法，怎么说呢，像个老油条，让人又恨又气，还不如简单粗暴来得好受一些，叫人身心俱疲。公司统一接收了辞呈，其中四十多个人的辞呈被受理了。被受理辞呈的人大部分是文职，还有几个是物流中心和生产线的工人。随着缝纫机市场的日渐衰颓，公司转型去重点开发打印机、汽车配件喷嘴、卡拉OK音响等产品，开始大量裁员。

辞呈没被受理的员工，离开公司也不行，不离开公司又很矛盾，处境逐渐变得像鬼魂徘徊于旧宅之中。公司还会无缘无故给他们调岗，所以这些人都比较忌讳提及此前罢工的事。

一瑛原来在物流组，她向公司提出抗议，一开始答应她提高薪酬，但是后来缩短了工作时间，结果月薪还是一样。她提交的辞呈直接被受理了。一瑛的身高不比敬爱矮，每次示威就她俩高出一截。敬爱一开始就看一瑛很顺眼，因为一瑛没说："你怎么这么高？"而是问她："嘿，偶尔会不会觉得个儿高真他妈不方便？"罢工队伍也论资排辈，熬夜的时候一瑛和敬爱负责煮方便面、打扫帐篷等杂务，五十天下来成了好朋友。

敬爱和一瑛志趣相投，一拍即合。两人的对话有一搭没一搭，就像伸手从桌上随便抓点爆米花吃。不用敬爱多解释，一瑛马上就会接话："嗯，那个我明白，能理解。"敬爱回应："那个你明白的，是吧？"最后一瑛简要概括："那个就是那样的。"风中是残烛、有备总无患——一瑛的总结总少不了拆开四字成语后随便搭配谓语的奇怪句式。每次敬爱听到一瑛随意拆散的成语，不仅自己大大小小的不幸随之滑稽地瓦解，还能从中获得一丝力量。

一瑛现在做两份工作——查郊区楼宇的自来水表，以及在一家商场的物流中心分拨当日要配送的商品。敬爱欣赏一瑛在忙碌的生活中仍保持着人生信念。她对糊口度日有一点厌倦，但无论怎样，"要活下去"，所以她遇事总能淡定从容。敬爱就喜欢听她说"无论如何都要活下去"。每当听到这样的声音，敬爱心中难以言说的痛苦好像也减轻了。

敬爱提到组长孔尚秀，一瑛边点头边说"哦"，意思是想起来了。在她的印象中，尚秀提交完商品出库申请后必打电话催促。一开始以为他是心细，后来觉得是个人习惯。听他施压的口气，还以为是个身材魁梧的人，有一次送货时她看到居然是个干瘦的男人，细声说"谢谢"。一瑛的结论是：他应该是个"表里"很"不一"的人。

敬爱和一瑛走出扎啤店，往地铁站走去。一瑛寒冬腊月也只穿皮夹克，即使天气预报要降温也是老样子。敬爱把自己的围巾解开，围在一瑛和自己的脖子上。走出巷子后为了不让围巾挡到别人，两人贴得更近了。敬爱半路上停下来，按照二人的距离重新调整了一下围巾。

敬爱想起一瑛查水表的地方是偏僻得一般人想都想不到的地方。一瑛说，从来没想过大城市外围居然还有这么多草树茂密、人迹罕至的地方，荒山野岭里也有人居住，有工厂，所以有水管，有水管就有人用，有人用水就需要有人去查水表。近一点的地方可以骑小摩托车去，上山路就得步行，水表上的数字要抄好。一路上最怕的是野狗，估计附近有狗场，随处都能碰到不知是从狗场里逃出来的还是被遗弃的狗。一瑛有一次被狗追着跑，扭伤了脚。后来一瑛学会了用登山杖赶野狗。

"赵师傅想见见你。"

在地铁站分别的时候一瑛告诉敬爱。敬爱自言自语地说了声"赵师傅呀"，然后拢起围巾进检票口了。

罢工不了了之，因为敬爱向工会抗议罢工期间发生了性骚扰。敬爱手头有部分员工被性骚扰的证据，如受害者录的被调戏的录音、匿名写的《罢工日志》。《罢工日志》是外面的活动家提议的，本子挂在墙上，谁都可以随意写几句。日志挂在罢工员工白天乘凉休息的物品仓库。剃了光头后，敬爱对气温更加敏感了，在物品仓库待的时间自然很长。太阳落山后很凉，阳光之下又容易头皮灼热。剃光头的人一两天里陆续都感冒了。

罢工员工占领物品仓库期间，没人领得到办公用品，公司的前辈们开玩笑说"补给线断了"。罢工的员工在仓库就地取材，能用的也就是一些纸和笔，用来做标语牌。不过罢工结束后，公司以仓库里所有物品的总额计算，向工会要求赔偿损失，并让被调到总务部的敬爱负责清点。

罢工期间用得再多也用不了七十盒钢笔吧，敬爱心里很抵触，但还是写了七十盒。更不可能用了上百箱的A4纸，但公司怎么计算，敬爱就怎么写。专门让敬爱做这件事，公司另有用意：一是利用敬爱罢工参与者的身份，二是以此来羞辱她。敬爱想过辞职。如果当时敬爱的母亲没查出乳腺癌，不得不关了理发店开始接受抗癌治疗，也许她还能选择逃避。不，也不一定。敬爱责备自己毁了一切，又觉得那不全是自己的责任，一面是自我谴责，一面是自我防御，敬爱感到迷惘，却暗下决心绝不逃避。她不断提醒自己，人不能那样，逃避只是把自己关在屋里任时光流逝，不可能回到过去那段时间。她还记得那段时间内心封闭，活得心如死灰，只会给自己无尽的折磨和毁灭。

敬爱听一瑛讲过，赵师傅被公司开除后生活一直很艰难。敬爱一想到他现在处境那么糟，像他那样艰难的人还有不少，心就不由得凉了半截。

赵师傅在罢工队伍中多少有些受排挤。他在罢工现场也穿一身西装，用的毛巾上绣着"公司创立三十周年纪念"，有时候穿的运动服也是哪一年公司组织郊游时发的。他说不能穿没有口袋和领子的衣服，所以拒绝穿罢工队员统一定做的T恤，为此罢工委员会领导批评他，"现在可不是挑三拣四的时候"。一瑛还为赵师傅说话，说他很像她的父亲。一瑛的父亲在老家仁川德积岛的一所学校当过很长时间的校工，现在躺在病床上十几年了。她的父亲也像赵师傅一样只穿有口袋和领子的衣服，做事非常仔细。他字写得也很工整，村里人写公文的时候都会找他。

"我爸和我不是一类人，"接着一瑛特意加了一句，"我不像我爸那么有出息。"

敬爱听了一瑛这话，告诉她别那么想。

"认可别人，也不必妄自菲薄。人生在世不是跷跷板，而是荡秋千。使劲儿蹬腿，能荡多高就是多高，觉得时间久了就下来。大家都是各自荡着自己的秋千。"

赵师傅没有特意向罢工队员们当面解释，而是在当天的《罢工日志》里有点像表明自己的立场一般写道："不能别钢笔的衣服不方便，所以没穿。"时刻携带着钢笔的人生——敬爱思量了好一会儿，想到赵师傅被解雇后在停车场的示威，但他是有资格穿西装的人。赵师傅在煽动性演讲、动粗、霸占工厂机房等方面毫无天赋，只是热衷于写《罢工日志》。他握着钢笔，用方便面纸箱当桌子，动笔写的时候显得格外舒服和熟练，写的内容大多是这样的：

> 今天的罢工示威地点是劳动局门口，排成两队，前排依次为朴敬爱、金多倩、李敏善、柳一瑛、金山韩、张晴等青年罢工队员。罢工进行了两小时，之后坐出租车返回公司。劳动局门口除了我们之外，还有电力公司、金属冶炼厂、物流公司、银行等企业工会拿着标语牌罢工。下午三点左右，外资连锁咖啡店星巴克门前排起了长队，原来是在搞星巴克周年庆活动，免费赠送美式冰咖啡。朴敬爱和柳一瑛说想喝美式冰咖啡。金多倩想喝抹茶星冰乐，抹茶星冰乐是抹茶和牛奶冰块混合在一起。今天物流仓库的入库情况：一箱苹果和散装的大约50到60个苹果，一和牌泉渊苏打汽水非卖品190毫升，

共 30 听，英振肉店老板赠送；购入做帐篷用的白色布料，宽 800 厘米，共 1 卷；购入 YT 产业安全 35 克线手套 1 打（12 双）*10＝1 包；金属瓶喷雾红色/蓝色共 20 个……

敬爱每次看到这样用心写的记录就想，赵师傅不穿罢工 T 恤也无妨。过了大约一个月，《罢工日志》上出现了这样的文字："今天工会委员长摸了我的脸，握了我的手腕，心情真糟糕。今天姓权的男人喝醉了酒，问我要不要和他约会，还说想把我按到墙上抱抱。"敬爱向工会干部反映此事，干部把敬爱带到离罢工据点帐篷较远的地方，开始说服她：

"现在我们的处境你也不是不知道，先别声张，我会警告一下的。"

"什么处境？"

"我们一定要赢，是不是？敬爱呀，我们就是为了赢才把头都剃光了的。"

但是敬爱没法睁一只眼闭一只眼，对照匿名记载的《罢工日志》找相关员工核实了事情经过。当地一家报纸刊登了罢工现场频繁出现性骚扰的报道，这则新闻导致不少参与罢工的女员工纷纷离开。甚至有家长劝女儿，

"你这是何必呢?"然后开车接走。兵败如山倒,队伍、口号和意志被陆续瓦解的时候,敬爱开始受到质疑。有人说敬爱是公司专门派来挖墙脚的,有人问她向报纸提供新闻是不是拿了钱,有人冷嘲热讽说原来剃光头也是作秀,还有很多人交头接耳说,敬爱拆台有功,在公司换得了一个稳定的职位。

这时候只有赵师傅对敬爱说"没事"。不过,敬爱知道最不可能"没事"的人就是赵师傅。他一辈子都在这家公司,年纪也大了,不好找新的工作。参加罢工的员工,有几个被公司重新调岗,敬爱是其中之一。赵师傅临走前一再嘱咐敬爱千万别轻易提交辞呈。

"干活嘛,有工作非常重要。小朴,日本有句渔夫的谚语:生手怕雨,老手怕雾。我们应该努力让人生不要陷入迷雾,眼前的挫折不必害怕,我就是这样的。"

赵师傅离开公司的时候,将《罢工日志》递给敬爱。敬爱保存了一段时间,然后在一个被公然的排挤和敌视折磨的冬天把它销毁了。不违心地过日子,真是太难熬了。《罢工日志》里任何真诚的记录都让她痛苦不堪。敬爱真想问问那些指责她破坏大局的人,现在是否还这么认为。罢工虽然失败,但当初人们对彼此的痛苦都是怀有同情之心的,难道这些事实一点都不重要了吗?不过已经不能问了，那些乱飞的咒骂声，仿佛一阵刺骨的暴雪，突如其来又戛然而止。

尚秀下班时从人事部拿了敬爱的简历复印件和去年的工作评估表。到家，吃着早上做的三角饭团，开始研究敬爱。冗长的自我介绍里，敬爱以"家境一代不如一代，我只想尽孝"收尾。提到大学生活，写到最尊敬的人是第一位进入太空的女航天员瓦莲京娜·捷列什科娃和作家玛丽·雪莱，并引用航天员的话结尾："放眼宇宙，才知道原来地球这么渺小。"丝毫没提到入职新人的雄心壮志。她留的电子邮箱地址有点长，长得既不好告诉别人，又好像特意拼贴的组合——Frankensteinfreezing（弗兰肯斯坦冰冻）。尚秀的脑子里闪过这个账号，居然有点眼熟。这也不稀奇，尚秀常在社交网站上活动，像猫在有限的空间里"呼嗒嗒"地窜来窜去，有可能碰见过这个账号。不过换了自己是人事部部长的话，不会录用简历上写这么长的邮箱地址的人。不简便意味着不实用，也意味着这个人可能不会把心思全放到公司的"工作"上。

出勤评估栏里写着C级，不过也没迟到过。在模拟评估的组织修订案里，她被提议上调职级，但终究还是没有晋升。组织修订案里标注说她是"积压人员"。"积压"这个词让人联想到简易仓库里凌乱堆放的纸张、笔、账簿、透明胶带和不知尘封了多少年的无数个纸箱。

尚秀研究敬爱的时候,感觉屋里更冷了。按说该打开供暖气的锅炉了,但尚秀隔四天看一次燃气表,这个月已经超过四万八千元[①]了,不敢开。尚秀总是把燃气费控制在五万元以内,冬天也不例外。这是尚秀的人生原则。

尚秀找了个可以暖屁股的小垫子,又披上毯子,顿时觉得自己为了研究敬爱,克服冷空气坐在桌前,很不容易。尚秀在简历上贴着的一寸照片上写了"积压"二字。细细一看,照片上敬爱的脸和现在很不一样,婴儿肥的脸颊,长卷发,发卷像刚从烫发机卷出来一样,颇有弹性,那大波浪卷发让尚秀联想到毕业生敬爱对新工作的期待。照片应该是刚从美发厅出来照的吧,还化了妆,用了睫毛膏、眼线和眼影之类的,头稍向右斜着,显得整个人又好奇又调皮。尚秀顿时觉得刚才在上面写了"积压"两个字,有点对不起她。

[①] 书中提到的均为韩元,一万韩元约为人民币五十元。

但没有比这两个字更能概括敬爱的了。当敬爱在阳光下发呆,等员工们来领东西的时候,那个下午的时光不是像往常一样流逝的,而是在某处触礁、重叠、被碾碎。说起来,尚秀那时接过敬爱递过来的一支烟后,并没有转身走掉,是不是因为他觉得敬爱在那个下午的风景里硬撑着什么?时间一点点过去,本应流逝,但只有烟在消散,其他一切都在敬爱的背和肩上堆叠着,重重压着她。

尚秀懂这些女人。他开设的脸书主页"姐姐无罪"上有很多这样的女人。尚秀开这个恋爱顾问账号已经八年了,粉丝达到两万人。当然,尚秀不是姐姐,现实当中也很少有人叫他哥,但在网站上他是姐姐,一直扮演着姐姐的身份。姐姐的身份意味着要懂得这些女性——做爱的、不愿做爱的、面临分手的、吵架的、想要离开家人的、郁闷的、被骗的、发胖的、爱花钱的、有秘密的、受委屈的、已死或将死的、愤怒的、太年轻或太老的、等待的。

尚秀接收来信,安慰她们,在脸书主页上贴出回信。他的回信尽心而诚恳,但因为不是姐姐,也不得不有所欺瞒,好在都是小小的谎言。"我曾爱过她",写成"我曾爱过他";"上完大一,认识的人都去服兵役了",写成

"上完大一，朋友们都去留学了"；"早上起来刮了胡子"，写成"脸上除毛了"，诸如此类。虽然有这些不得已的谎言，但尚秀的内心是真诚的，回信时仿佛觉得自己就是这些女性的亲姐姐，内心的感觉汹涌澎湃，一气呵成写了出来。

有时他需要一些参考材料，以便深入了解女性。满屋子的书——大部分是言情小说，还有录像带、DVD、贴在墙上的海报，这些都可以给尚秀带来灵感。九十年代，十几岁的尚秀崇拜的女星有：张曼玉、梅格·瑞恩、朱莉娅·罗伯茨、广末凉子、崔真实等。遇到因不能实现的爱情而倾诉的女性，尚秀就想象张曼玉在电影《甜蜜蜜》里多次失去真爱之后那张凄楚而淡然的脸，回信里写上"不要哭，做你自己"；遇到不确定自己是否配得上对方的女性，尚秀就想起朱莉娅·罗伯茨的罗曼蒂克精神多么激励人心——应召女郎得到富豪的真爱，当红女明星爱上书店老板，这些超越阶级的爱情令尚秀倾心。

功夫不负有心人。尚秀的脸书几乎成了无人不知的热门主页，有人还提议结集出书，但尚秀不能露面。要求采访的、邀请录节目的和请求见一次姐姐的人很多，但他不能露面。作为半岛缝纫机公司的代理组长、住在麻浦区①的一名三十七岁男性,他一旦露脸,以姐姐的身份给予的所有慰藉和忠告都会沦为谎言。人们会像谈论鼻涕纸、都市奇闻或性丑闻一样来谈论他。"姐姐无罪"这个账号,对尚秀而言意义重大,常常会想到孤独而死的自己,将生命的意义全部都寄托其中。

网站上收到的信几乎涵盖了所有爱情的开始和沉沦——因为坐上了同一班列车;因为小时候运动会跑步比赛,两个人同时以最后一名的成绩踩上终点线;两个人碰巧一起看过初雪;因为都有被父母虐待或被同学排挤的记忆;因为是同一个乐队的粉丝;对方看上去很冷或很热,仔细打量了对方有点旧的大衣或风衣;看到对方在食堂流着汗认真吃东西;对方和自己分别后看到他(她)慢步走上地铁站,等等。

爱情始于偶然,原因多种多样,毫无道理可言。爱情终于必然,有明确和具体的线索可查,这一点令人悲伤。爱情消亡的原因大致有:贫困和暴力、背叛和谎言、宗教、政治、国籍、家庭不和、父母或兄弟姐妹的反对、好友或恩师的反对、家里猫或狗的反对、基于伦理的判

---

① 位于韩国首尔市中西部的下辖区。

断——乱伦或第三者的出现等。爱情消亡的原因如此精确，真是悲哀。

每天收到几十封来信，尚秀要花不少工夫挑选出需要回复的信。也有键盘侠为了戏弄尚秀而写的信，阅读和筛选十分辛苦，像从垃圾堆里扒出宝贝。所有的来信都得打开阅读，才能甄别。键盘侠的信里，所谓的爱情是由插入和射精构成的；但真正经历过现实痛苦的那些女性写的信，即使是三言两语都能感觉得到她们的心路历程。当尚秀从这些轻描淡写的故事里，想象她们内心的惊涛骇浪时，他对"女性"的所有感觉和想象就能发挥到极致。

每当他专心致志地阅读来信时，脑海里就会仿佛浮现出某个人在电脑或手机前努力剖析着自己心灵的样子。他甚至能想象围绕她的噪音——风扇转动的声音、椅子咯吱一下的声音，或者值夜班的同事伸着懒腰问一句"还没走呢"——类似这种日常的噪音。

但失去爱情的人和这些噪音隔了一层，几乎听不到。因为已经陷入了完全脱离日常的状态，犹如黑洞。那个黑洞要么重力太大，要么一点重力都没有，里面的人觉得自己彻底被抛弃了。这是尚秀再熟悉不过的感觉。失恋的痛苦如同狡猾的恶棍，冷酷无情地从当事人那里攫取日常生活的点点滴滴。尚秀懂得这些道理，所以回信里往往会写上"你现在不能例行做事，这很正常"。这里的"事"包括：给朋友打个电话问候一下最近怎么样；坦然面对家人；洗漱或吃饭；看着周三周四晚上的肥皂剧哈哈大笑；按时缴纳汽车保险或停车罚款；担心雨雪天气怎么上下班；临睡前不哭或直到睡着都保持不哭，等等。

在无法做这些事的日常生活中，给"姐姐无罪"账号写信或许是她唯一能够做到的事。"是我，你的姐姐"——尚秀的信这样开头。不管过去做过什么爱过谁，不论身在哪里怎样煎熬，尚秀都要努力让她的今天成为无罪的一天。这种努力有时成功，有时失败——也曾收到满篇都是诅咒的抗议信——但只要有女性需要他的安慰，尚秀就会把主页开下去。

或许是因为这样的双重身份，尚秀在公司找不到自己的位置。从姐姐到孔尚秀组长，身份的转换并不只是从家里——尚秀为保险起见，只在家里写回信——到公司的空间位移，严格来说，这是存在本身的转变。对尚秀而言，半岛缝纫机公司里的自己既不是姐妹也不是兄弟，让人觉得自己只是"它"，所以存在的转变比较困难。在公司里他要不停地解释自己，就像某个物品的说明书一样。

为什么老拿着那么重的化妆包，里面怎么有那么多的化妆品？为什么不用小便池，偏要进隔断间里解手？为什么不和上司去桑拿？答案无非就是因为喜欢或不喜欢，但不管哪个回答反正都是不被理解的。这一点让尚秀觉得自己是一个需要说明书的机器，就像一台研磨机或切割机。

　　不过，有一句话可以言简意赅地表明尚秀的立场，若有人刨根问底，尚秀反复解释，最后实在不耐烦了，就会说一句："我免除兵役了。"一听这话，大家都心照不宣似的点点头。对尚秀好奇的人，多少都会关心他的家庭背景。等他们了解了一点尚秀的家庭背景后，又会得寸进尺地想要挖掘他的整个人生轨迹。应付这些人，尚秀会说，"我和父亲没有任何联系"，处于"父亲缺失"的状态。但这一招不奏效，反倒引起人们更多的好奇心，期待更具戏剧性的故事情节。这让尚秀深感无助，不由自主地想起二十二岁那年的一个晚上决定要不要第四次复读时的情景。

　　二〇〇二年的春天，父亲一反常态很早就回了家。尚秀选好时间进了父亲的书房，准备找机会开口说出那句话——再也不愿意复读了，请允许我放弃高考吧。他站了好一会儿,手心出汗,汗水过多,双手都湿漉漉的。

那天后妈外出,方背洞①的公寓显得格外静谧。父亲打开了NBA②直播,伴随着球员的动作,传来美国人的解说词和欢呼声,还有运动鞋在球场划过的声音。这些声音仿佛幻听,那么遥远,超越现实。尚秀脚下像踩了棉花,走到书房门口,心里既恐惧又迷茫。他轻轻敲了门,听到父亲说:"进来。"父亲穿着紫红色的开衫,一边比划投篮的动作,一边看直播。父亲手里的那个篮球,是一九九二年访问美国的时候,迈克尔·乔丹给他签了名的。当年父亲是一个政党的二号人物,受美国国防部邀请出访。那是尚秀第一次去海外旅行,也是和亲生母亲一起的最后一次旅行。

尚秀进了书房,父亲连声说:"坐吧,坐。"还从迷你冰箱里拿出一罐胡椒博士可乐,打开给他喝,动作带有几分豪爽和大气。尚秀小口喝了几下可乐,不敢开口。在尚秀欲言又止之际,乔丹在连续得分,一得分,父亲就抓紧篮球晃动一下胳膊。那次美国之旅,是和引领时代潮流的许多政要及家属同行的。尚秀和母亲显得有些被孤立,父亲好像也不是很合群,可能因为他是唯一一

---

① 首尔市瑞草区管辖的一个行政区域。
② 美国职业篮球联赛(National Basketball Association),简称NBA。

个从大学学者转为政客的人吧。

那一行人回忆过去的时光,其乐融融,突然又谈起谁谁谁,开始点名骂人。他们认为,活下来的人大多一心争权夺利,早已背叛了信念,只有死了的人才是信念坚定的——例如在严刑拷打中死去的人,从军后生死不明的人,病中忍受可怕的疼痛而后死去的人,等等。尚秀最喜欢听父亲讲当年选举拉票的时候整天骑车走遍首尔的故事。听着父亲骑自行车踏遍首尔的故事,尚秀可以想象一个富有人情味的父亲——这是他很少能看见的。当然,那辆自行车后座上坐着的不是尚秀或尚秀的哥哥,而是堆得老高的选举宣传单。不过一想到父亲走过斑马线,口渴了买杯冷饮喝,太热了把衬衫从裤子里拽出来,偶尔只穿背心,蹬着脚踏板穿街走巷的画面,尚秀的心里还是会稍微放松一些。

母亲不怎么喜欢旅行,也不刻意亲近同行的人。有一次母亲笑得很灿烂,那是在篮球场。一行人观看比赛,出于礼貌鼓鼓掌、喝彩。比赛结束后,韩国驻美大使馆的一个人领着他们去见球员,球员把签好字的篮球亲自递给他们。乔丹签好字,转身对母亲说了些什么,母亲居然笑出声了。尚秀怎么问,她都不肯讲乔丹到底说了

些什么,只是在参观帝国大厦和自由女神像这些景点的时候,看到天空被染上星光的颜色,她在尚秀的耳旁喃喃低唱:

当你陷入月亮和纽约的两难选择时
我知道那虽然疯狂却很真实
当你陷入月亮和纽约的两难选择时
你能做出的最好选择
就是坠入爱河

一旦你在生命中找到一个人
一个让你魂牵梦萦的女孩
此后你便明了
你再也不会去城里寻欢作乐
早晨醒来依然萦绕心头
即使远离她去到城市的另一端
你也会纳闷:
嘿,我到底得到了什么?①

---

① 此处歌词没有直接从韩文转译成中文,而是按照《最好的选择》(*Best That You Can Do*)这首歌的英文翻译的,故与小说原文中的韩文歌词略有差异。

那个时候尚秀虽学过英语，但在学习上没什么天赋，只记得有 moon、New York City、crazy、love 等单词。后来一查才知道是电影《亚瑟》的主题曲。尚秀每次听到这首歌，在纽约走过的那些风景，就会伴随着母亲的呢喃声浮现在眼前。他还依稀记得电梯垂直上升、纽约的出租车像玩具一样变小的画面，夜里海岸上升起又大又圆的月亮，摩天大厦和高低错落的楼房，街道上的路灯像倾泻下来的星光一样闪烁着。灯光比尚秀在首尔南山塔看到的更密、更细，像血管一样布满了整个纽约，城市被笼罩在密密麻麻的光线之下。

"爸爸。"

比赛中场休息的时候，尚秀终于开口了。他说不想再复读了，父亲立马用遥控器按了静音按钮。两人陷入了一阵沉默，无声的电视画面里，乔丹听完教练的话之后，慢悠悠地走进球场。比赛开始了，球员们活跃在球场上，往篮筐里投球，没进，又投，还是没进，这时乔丹接住了弹出来的球，球进了。画面里可以看到啦啦队欢呼的表情和观众挥舞的拳头。尚秀心想，此时的无声充满了恐怖和寂寥。

"真的不行了吗？"

父亲终究还是开口了，尚秀低着头。再这样下去快挺不住了，不想再像过去三年那样度过，再也不想去龙仁市的复读班，再也不想躺在窄小的床上，数着天花板上的菱形纹样，琢磨母亲为什么放弃养病要去札幌见姨妈。一九九九年许多人相继去世，包括唯一的朋友恩宠。尚秀把自己封闭在小屋里，反复想着这些亲近的人为什么会死去。尚秀很内疚，觉得他们的死和自己脱不了干系。

"愿主的恩宠与你同在。"

恩宠每次跟尚秀见面和分别时，总是一手摘下常戴的亚瑟士牌针织帽，一边这样说。

"实在是不行了，真的不行了。"尚秀说。

父亲摆出一副比第三次竞选落马时还要苦涩和绝望的表情，然后反问道："你真的不行了吗？"父亲第二次问的时候，尚秀直掉眼泪，话都说不出来。尚秀实在是考不上父亲让他考的那所大学，父亲上过的不一定尚秀也能上。父亲提议送他去美国上大学，尚秀拒绝了。那时的尚秀不是要选择"做得了什么事"，而是"不做任何事"才能勉强活下去。父亲说，要不学学体育，或者重拾小时候学的钢琴，以特长生身份考大学怎么样。

尚秀复读期间压力过大，体重飙升，已经一百八十斤了。让他以体育特长生的身份考大学，相当于一周之内减肥上跑道。那时的尚秀疲惫到连洗澡的力气都没有，三四天洗不了一次脸。即使后妈买来好衣服，他也扔一边，从没换过，别的考生叫他"浪荡子"。无论父亲多么有钱，多有名气，多有能力为他做事，都和尚秀无关。尚秀既不愿做任何事，也不想要什么。

父亲似乎看透了尚秀，大发雷霆，随手把篮球扔了出去，篮球着地后又弹了起来，砸落了父亲今年领的年度优秀校友奖、大韩民国新领袖奖、全国经济协会奖等奖杯。父亲顺手捡起摔碎的奖杯向尚秀砸过去，尚秀心想干脆被砸死算了，就像篮筐一样任东西往脸上砸。弹起来的篮球碰到了遥控器，电视的静音模式被解除，传来乌拉——乌拉——嘿哈的喊声。尚秀突然想到，他从未想过会永远失去母亲，更没想过自己会变成这样的蠢货。谁也没能料到突如其来的不幸，正如陷入月亮和纽约的两难选择时，可能会和谁坠入爱河的那暧昧的一九九二年。

挨完打，尚秀脸上裹着毛巾独自去了急诊室。鼻梁骨骨折了。这已经是第二次了，第一次是哥哥用棒球棒打的。

"打架了？"

尚秀和小时候一样撒了谎："不是，打篮球打的。"

"打球的时候撞的吗？撞上谁了？"

"不是，是篮球弹起来砸到的。"

医生反问："球反弹会砸得这么严重？"不过也没再细问。做完急救措施后，脸肿得像篮球一样大。尚秀坐上地铁，也不管是几号线，下了地铁信步游荡，郁闷的时候总会这样。绷带裹着整张脸，活脱脱就是一具木乃伊，但没人回头看他，原来正赶上广场上看世界杯的人集会。很多人身着奇装异服，还有人打扮成恶魔。自己被关在复读培训班宿舍的时候，外面竟然有这么有趣的事发生！尚秀扑哧笑了，与世隔绝的隔阂感和广场上团结一致的人群形成了鲜明的对比。他感觉千年万年都没这样笑过。有个小孩看到了尚秀的鬼怪模样，开口问尚秀韩国队今天能不能赢？尚秀既不知道今天韩国队的对手是谁，也不懂胜败的几率。他若有所思地想了一会儿，告诉小孩，韩国队赢不了。

"骗人！"

"我是说真的，赢不了，输定了。"

那小孩受了天大委屈似的向他翻白眼，尖声喊道：

"大叔你自己输吧！"尚秀有点措手不及，那小孩又喊道："大叔你自己输吧！"这句话反倒让尚秀冷静了，孤零零地穿过人群回到公寓。公寓收拾得干干净净的，连篮球也被擦得锃亮，放回了原处。父亲不在，后妈在家，她正在跟谁打电话商量能不能重做奖杯。那天尚秀安慰自己，只要能摆脱复读的生活，鼻梁骨折算不得什么。第二天，复读培训班的小面包车准时停在公寓门口，尚秀感到自己的努力成为泡影，一切如旧，真正输掉的是他自己。

*

尚秀和敬爱一起工作的第一周无事可做，两人禁不住有些尴尬。尚秀尤其觉得格外别扭，倒是敬爱显得比较从容，可能是因为以前在总务部也有过一段没有任何职位、被闲置打发时间的经历。敬爱闲着没事的时候，也不会看书或上网，那样容易被人抓住把柄。尚秀不知情，只是很纳闷，敬爱老是面无表情地干坐着，桌子上摆着尚秀递给她的几份文件、国内分店的分布图和海外分店的员工名单，至于她看不看这些材料，鬼才知道。一般换了新岗位，会调整桌椅，贴上计划表，但敬爱一整天连自己的包都原封不动地放着，就这样呆若木鸡地坐一天。尚秀有点忐忑，心想她是不是心情不好。

尚秀坐立不安，整天对敬爱察言观色，在这狭小的房间里和另一个人共处——而且是个女人，让他时刻神经紧绷。这种时候需要点噪音，敬爱却静如死水。她进门时不点头——而是歪下头，算是打招呼，然后放下包，打开电脑，一屁股坐下来。但午休时间不一样，除非尚秀邀她一起吃饭，她都到外面去吃——而不是公司食堂——这时她才有点生机，显得高兴。一天中不可或缺的是抽烟，尚秀能看到敬爱在仓库旁抽烟的样子。一到下午一点，敬爱开始进入无所事事的待机状态，就像干瘪的树叶一样呆坐在那里。

有了组员之后，部长让尚秀参加一周两次的组长会议。尚秀又能近距离看瑜婷一个小时，当部长被自己的发言陶醉时，可以看她两个小时。

"孔组长。"有一天，部长摸着额头叫到了尚秀。

"开会看见了没有？别的组长，没有一个是我给他们派活的吧，是不是？都是自己找活儿干。怎么说呢，组长就像母猫，要捉老鼠喂喵喵叫的小猫，小猫吃到老鼠才会喜欢母猫。"

组长说到小猫的时候，尚秀想到了手下唯一的组员敬爱。不过尚秀觉得如果给敬爱叼老鼠吃，她不会兴高采烈地表示欢迎，反倒会心不在焉地说："需要切吗？从哪儿下刀？"当然，不可否认，尚秀要对这个小组的业绩负责，搞不好业绩会负增长。尚秀一时觉得要振作起来，但下定决心卖东西并不意味着就有人等着买你的东西，所以又无所事事地打发了几天。尚秀和敬爱约好时间一起吃饭。尚秀问敬爱想吃什么，敬爱提议吃肉，她选了公司附近的一家烤肉店。

"我吃饭不能少肉。"

可能是因为在外面吃，敬爱第一次很主动地透露了点个人信息。首先，敬爱是一个吃饭不能少肉的人。尚秀不怎么爱吃肉，但还是想迎合敬爱。想要迎合别人，还察言观色，尚秀对这样的自己感到陌生。尚秀心想，原来作为组长，为一个命运共同体负责是这样一种感觉。

"所以我呢，吃面条只吃肉丝面条，不想吃喜宴上满满都是蔬菜的喜面。"

"喜面也放肉呢，肉丝点缀，有肉的。我自己在外住了这么久，厨艺一点不比大长今差。"

"那太 crispy① 了呀。"

---

① "酥脆"的意思。

尚秀不懂 crispy 的意思，有点慌神。

"碾碎的东西只有微微的肉香，我喜欢的是整块肉熟透的那种。"

"肉香？"

"肉就得有肉的浓香。"

尚秀应和道："那倒是，要有肉的浓香。"心想烤肉店离公司很远。

小组聚餐的目的是联络感情，尚秀进了餐厅，还没打开湿巾就聊起自己记忆里的敬爱是什么样的。但敬爱不明白尚秀为什么强调以前就认识她。他是想说分到一个组是命运的安排，所以要加油干活儿吗？讲起来与其说是缘分，还不如说是孽缘呢。尚秀坚持不懈提交的那些办公用品申请单，没少给敬爱添麻烦。

敬爱按公司规定的程序办事就可以，但尚秀提交的申请单总是让敬爱陷入沉思——比如，诸多办公用品的特性；公司对再贵也不过几千元的钢笔每次都不批；尚秀真想要那种钢笔的话，为什么不去文具店买，实现具体又精确的愿望；在这个公司，作为员工意味着什么；在这个社会，作为消费者又意味着什么。敬爱胡思乱想之际，尚秀一直谈论着这个组的未来方向，提出敬爱作为组员应该怎样。在敬爱听来，尚秀说话像校长训话一样神圣而死板。

敬爱并没有故意打破气氛，但两人越说越鸡同鸭讲。尚秀语速加快，大口喘气，或咬文嚼字，或结结巴巴，说得越是抑扬顿挫，敬爱越是用一些"我不知道""好像是吧""让我考虑考虑"等无动于衷的话来回答。这两个人的对话如混乱的爵士乐，说不定能奏出独特的旋律。

尚秀记性不错，还记得某年的始务式[①]上敬爱闯的祸。敬爱早忘了，尚秀说那天敬爱笑得很大声。

"嗨，笑有什么错吗？"

"我没说你有错。"

"那你倒是说说，我为什么笑？要是不好笑还笑的话那就是个疯婆娘。"

尚秀被敬爱蹦出来的脏话一时搞懵了，心想不能被她压住，又赶紧大把抓起板腱肉、大蒜和口蘑放到烤盘上面。这时他突然想起来，大约两分钟之前要的葱丝还没上，于是按了桌子上的按钮。大妈还不送，他又按了按钮，直到送上葱丝。敬爱默默看着按钮，在偌大的大堂里一个人忙前忙后的大妈赶忙来送葱丝的时候，她对大妈说："大妈，对不起。"

---

① 韩国机构或公司新一年开始办公时举行的仪式。

"啊，对不起什么？"大妈从围裙口袋里拿出夹子烤着肉，朝前台喊："拿掉八号桌的碳火！"

"他有点JS。"

"哎哎，不用加肉吧？"大妈没留心听，拿着空盘急匆匆地转身走了。

"什么是JS？"尚秀嘴里嚼着肉，问敬爱。

"贱客①的意思。"

一股受辱的感觉涌上来，尚秀觉得委屈，心也凉了半截。但他想到今天是第一次小组聚餐，把这种情绪和嘴里的肉汁一起咽了下去。聊当下的事总是聊不到一起，尚秀只好讲过去的事。虽然尚秀和敬爱不是恋人，但罗曼蒂克的故事里，聊过去不是很重要吗？谈"过去"是打开心扉的钥匙，所有爱情片里都少不了此类问句，诸如"你小时候什么样？""你妈妈对你好吗？""你养过动物吗？"

尚秀说的闯祸，指的是始务式上韩多珍代理唱歌的事。公司老板从父亲那里继承了公司，他对公司业务不甚上心，唯独对员工格外关心。有时会像随便约街坊玩伴一样，随便叫几个合得来的男员工，整个午休时间一

---

① 韩语俚语，形容挑剔的客人。

起打乒乓球；还经常和女员工们闲聊，他开的玩笑比孔尚秀的玩笑还没劲；他对员工的八卦了如指掌——谁在练巴西柔术，谁的父亲是电视编导出身，谁的侄子是偶像明星，谁和谁有办公室恋情，人事部工作的韩多珍代理学的是美声专业，等等。这个人对员工的业务能力，从来没有发挥过如此强的记忆力。他牢记这些信息，主要是为了满足一些低级的恶趣味，取笑别人，搞搞恶作剧，叫人尴尬。那天的始务式上，老板叫韩多珍代理上台，唱一首新年吉祥的美声歌曲。

始务式上聚齐了半岛缝纫机公司的一百九十八名员工，当着那么多人的面清唱，换了谁都会紧张。韩代理以为老板在开玩笑，想搪塞过去，但老板很认真地等她上台。韩多珍十分为难，老板的意思是让她立刻上台，在没有吊嗓子的情况下，唱出吧唧吧唧、呖呖哑哑叽叽嘎嘎、咕噜噜的美声唱法，她有点不知所措。新年的钟声就要敲响了，一年的工作也即将开始，总不能让老板一直干等。韩代理上了台，两手交叠在身前，绞尽脑汁想到了一首意大利歌曲。那首歌节奏有点难，大家都不知道怎么拍手比较合适。鸦雀无声的礼堂里，韩代理的歌声响起来了。那嗓音与其说充满新年的喜悦，不如说是凄凉，歌声越高越让人为她捏一把汗。好像离跑调不远了，大家都抱着幸灾乐祸的心态等着她出丑的那一刻。这时，敬爱突然笑了，周围的气氛一下子散了，韩代理就趁乱糊弄过去，从台上下来了。尚秀提到的就是这次的笑，他对敬爱说，其实当时自己也强忍着笑。

"你为什么想笑？"

"可能是因为紧张吧，韩代理的意大利语发音简直是……不是自吹，我懂点意大利语，她的发音好多错的呢。"

敬爱不是笑话她的歌，只是想救韩多珍下台而已。当然，敬爱和同事们没有任何私交，和韩多珍也不例外。不过，她知道多珍在女厕的角落里用吸奶器吸奶，在公用冰箱里冷藏了三四瓶奶，她应该是刚当妈妈没多久。尤其是新年第一天，谁也不想丢脸，当妈妈的更不能出丑。

"所以你是用笑来抗议呀。"说到这里，尚秀或许是想显示自己知道敬爱的罢工经历，或许是心存挑衅，又说了些话。

"嗨，你在嘲笑我吗？"

"不是。"

"像是。"

"朴敬爱小姐，我说你……我说你别听歪了。"

尚秀一下子觉得心情低落，自己哪里说错了，敬爱居然这样委屈他。尚秀心想："我不是你的上司吗？我是堂堂正正的组长——虽然前缀有个代理，但毕竟是给敬爱的绩效等级打分的人，不是吗？"

"你向来说话带刺，对吧？"

"我哪儿说话带刺了？"

"我只是想表达，我认识你很久了，对你有一些了解。"

"我也只是想表达，我不是你说的那样。"

"套套近乎都不行呀？"

"好呀。那请继续。"

尚秀用湿巾擦了擦汗，忽然觉得不对，那是专门擦鼻涕的，赶忙又从包里拿出柔软的纸巾。可能是没有了食欲，尚秀不顾烤盘上还躺着两块板腱肉，提出要走。敬爱急忙把肉包在苏子叶里塞进嘴，拿了包。两个人本想打车回家，但下班高峰打不着车，只好先步行回公司坐尚秀的车。打不着车是一方面，更重要的是，两人都觉得不能以这样的方式结束小组聚餐。的确，不能这样收场。两人明天还得在沉默中对着对方这张脸熬过八个钟头呢。这种关系就像电影《荒岛余生》里的汤姆·汉克斯和排球威尔森，谁被海浪卷走，就得救谁。

两个人期待着电影里那样的和解，走到了尚秀停车的地方。可惜，敬爱发现，要在副驾驶座位上，坐二十分钟的车回家，真是个艰难的过程。敬爱心想，尚秀的办公桌像第二天要离职的人一样一尘不染，车里怎么会是这个样子？车上什么乱七八糟的东西这么多？他平时举止像个有洁癖的人，难道是装给她看的吗？

尚秀开始收拾车里的东西，把小册子扔到后座上，穿梭在车座和后备厢之间，动作像在与人扭打。不知道要收拾到猴年马月，敬爱想，要不别等了，还不如坐公交车回家，但看在尚秀在车里和一堆东西斗争的分上，还是忍住了。敬爱出于客套，问："要不我跟你一起收拾？"尚秀一口否决说，车里重要的物件太多，自己收拾，才能记住收纳在了什么地方。在敬爱看来，那不叫收纳，应该叫乱丢，这样随便塞进去怎么能记得住位置？不过这是他的事，没必要多管闲事。敬爱在一边静等他收拾完。

尚秀收拾了很久，敬爱终于坐上了车。一上车，扑鼻而来的是一股腐臭的气味，里面还掺杂着烤肉味儿，那是沾在他们风衣和大衣上的肉味儿，满车的板腱肉、牛里脊和牛外脊的碳烤味儿笼罩着他们。这股味儿强大到把孤独的味道——比如尚秀自己在车上吃的盒饭味儿，可能还残留在后备厢某个角落里的在服务区买的鱿鱼丝、奶油烤玉米的味道,彻底覆盖了。

"朴敬爱小姐,我这么说自己吧,我开车从来都不按喇叭,很守规矩,是个中规中矩的人。"

敬爱想到自己一握方向盘就脏话连篇,但没告诉尚秀。脚底下有软绵绵的东西,仔细一看是看不出颜色的线卷。敬爱想,要不让尚秀收拾一下,想想还是自己收回脚不碰线卷算了。今天两人的矛盾已经够多了,也有些累了。尚秀开车像飞行一样稳。路上除了两人的手机来信提醒各响过一次之外,一路都静静的。敬爱收到朋友美瑜的短信——"你有没有要和我坦白的事?"还真有要坦白的,前几天又见了山株学长,学长脸色不好,看上去很伤心。美瑜听完这样的坦白,肯定会说:"世上的有妇之夫都是这副嘴脸。在旧情人面前都会无病呻吟,这是通病。"尚秀收到的是"姐姐无罪"的某个网友发来的长长的信。这个粉丝以前也来过信,尚秀想,这次一定要给她回信。想到这儿,他心中涌出新的力量,想赶紧把敬爱送到家,然后设定"免除敬爱""敬爱退散""敬爱免进"的状态,进入舒适无人、没有任何人打扰的小屋——新首尔公寓4号209室,然后穿上转变身份的女装,写出回信的第一句——"是我,你的姐姐",然后写:

"今天和一个疯女,嗯,一个很挑剔的灵魂一起吃晚饭,所以来晚了。"

敬爱临下车之前,尚秀对她说,办公桌可以自己支配,不必像随时都会被辞退的人一样什么东西都不敢放,把它当作自己的桌子,可以随意放些东西或者装饰一下。

"真的假的?"

敬爱说,不知道是问尚秀还是自言自语。

"那还用说吗?当然是真的,我们不是一组的吗?"

敬爱没有接话。"他应该是个表里很不一的人",一瑛说过的这句话闪过脑海。尚秀以为敬爱认可他的话,更起劲地说:"从明天起,我们也定一下销售目标,做成表挂墙上吧。我虽然不太喜欢这种刻板的励志方式,不过这样的氛围会给人带来活力。"尚秀从来没有在现实世界中鼓励过什么人,都是在网络上给人安慰。敬爱不了解这一点,只是想这种细枝末节的建议简直是鸡毛蒜皮,就机械地回答说"好的"。

第二天上班,尚秀发现敬爱的办公桌有了变化。不知道是不是和励志有关,反正贴着字条,上面写着:

造物主啊,

我何曾请求过，
用泥土造我成人？
我何曾恳求过，
将我从黑暗中拯救？

——弥尔顿《失乐园》

E

敬爱心中有万般不舍。从效用价值论看,有些东西早该扔掉了,只是为了填补心里的空白始终放不下。

敬爱分手后仍然保留着有关山株的物件,可能也是出于这种不舍吧。

他俩是大学学长和学妹的关系,简单来说,是谁都不看好的一对。谈恋爱的时候老是分分合合,即便分手了也藕断丝连。山株结了婚,依然如此。

敬爱明白人们在背后怎么指指点点,无非是说一些她不知廉耻之类的闲言碎语。同学饭局上大家喝高了自然会有人问敬爱:

"你还和山株学长有联系?"

敬爱随口应了一声,便默默无言。美瑜——从高中到大学的同学,立马接茬,替她圆场,说:"嗨,都什么年代了,不是稀罕事儿。难道大学情侣就不能联系了吗?没见识过好莱坞的明星参加前任的婚礼吗?"

话音刚落,就有人反驳:"这里又不是好莱坞。"

每次发生这样的小插曲,即便饭局散了,美瑜也不回家，硬是拖着敬爱去营业到深夜的咖啡馆，说同学的坏话。

"那小子，按现在的形势早该以性侵犯的罪名抓去坐牢了。那个臭小子，懂个屁，瞎嚷嚷什么。"

美瑜提议以后就别参加同学聚会了，还不如去看场电影或去旅行好呢。说归说，她俩照旧会出现在下次的饭局上。

主要是敬爱执意要参加，美瑜只好奉陪，无奈把孩子送到婆婆家按时赴约。敬爱盼着走运的话——敬爱说要靠运气——说不定能和山柱见上一面。即便见不上面，从这些人的只言片语中也能够感受到山柱。

其实，敬爱和山柱没有像别人说的那样，偷偷摸摸延续着浪漫故事。他俩比谁都清楚已经分手了。热恋的时候宿命般地看待分分合合的过程，回过头来倒觉得这种想法还挺浪漫的。有一方已经成家，岂不是该收尾了吗？敬爱在山柱的婚礼上赌气似的随了五十万元份子钱，一起在楼梯式的舞台上拍了张全体合影。那天特意穿的尖嘴高跟鞋令她难受无比，忍着脚指头的疼痛在宴席上吃了喜面。就这样赶鸭子上架似的接受了二人关系的变化。原来，男女关系的变化并不像宣布"我们分手吧"那般悲壮，或者像说完"去你的"扭头就走那样绝情，而是和别人一样领完宴会餐券去吃饭，表情动作和芸芸众生并无二致。

那天敬爱盛满了生拌牛肉、寿司、沙拉和三文鱼，一盘接一盘地吃着，还和朋友喝了啤酒。回家的路上，一个人坐在便利店门口的椅子上吃雪糕。她有些不甘心。她想，只要心不死，一切都还有转机。真不知道人们是怎样认知和确认"结束"的，除非能看得见摸得着。所谓的认知是感受得到，也是想象得到的，现在却一点也感觉不到结束，怎么能说是完了呢？要说结束，无论是脚下随风飘动的雪糕包装，还是出租车的前灯，凡是映入眼前的一切都不会触景生情才对呀。任何风景都不能勾起对山株的回忆才算结束吧。

敬爱坐在塑料椅子上，仿佛觉得这一切都和山株有关。夏日的夜晚，她看到手里拎着雪糕的人，想起山株以前喝完酒老爱吃又甜又凉的东西。冲着甜呢，还是贪凉？敬爱一直没问。有一次山株说过酒散人离，吃点零食心里会好受一点。

敬爱想尽可能在那里坐久一点。她不想回家，因为家里还残留着有关山株的一切。上大学时一起买过的笔记本电脑——现在打不开电源；一起旅行的时候提过的行李箱——缺个轮子；电影票和信；汉堡店的纸巾——上面是山株手写的字："还生我气吗？"过了十二点，便利店的老板告诉敬爱要打烊了。敬爱纳闷地问他："便利店不是二十四小时都开的吗？"

老板回答道："那样太难熬了，谁受得了。附近的便利店到处都是。雇不起打工的，我和老婆轮班看着，简直遭罪呀。开二十四小时有啥用，该关门就得关，这样人才能活命呀。"

敬爱有些不情愿地离开，便利店老板说："小姑娘，要不周六来吧，周六周日开通宵。"

一晃，三年过去了。敬爱一直等着能够切身感受到"结束"的那一天。倒是觉得不再浪漫了，但就是不死心。

美瑜看在心里，试图说服敬爱，打比方说——像孩子在天空中寻找放飞的风筝；糖尿病患者贪吃甜点；肺癌晚期病人戒不了烟；不吃满汉全席、专吃垃圾食品充饥的人。美瑜还放狠话说，放不下他，没准会迷失自己。

美瑜动员一切人脉安排相亲，敬爱是领情的，痛快地赴约。正如美瑜所说，大部分都是很不错的人。敬爱心想，这些男人倒是说得过去，他们是从哪儿冒出来的呢？之前做过什么？

互不相识的人在同一时空里坐到一起是件不容易的

事，被很多幸运的因素支撑着才行。从出生到成长，要吃喝拉撒，最好不发生意外，还得承受各种压力。尤其是不幸，不幸应该是可以躲避的，敬爱懂得只要活着就能躲过不幸，因为在一九九九年她上高中时一下子失去了很多亲近的朋友。

敬爱上学时唯一结交过朋友的地方是一个叫"人人影迷"的电影爱好者俱乐部。那里既有初中生、高中生，也有成年人，后来这些志同道合的人扎堆组织了各种活动。

敬爱在那里结识了E。

两个人走得很近，因为E和敬爱一样话不多。定期举办的线下活动叫作"闪电"，交五千元当"文化费"，就能进到类似咖啡馆的小会议室，有点像大学路上的蒲公英咖啡馆。这种地方在当时是比较罕见的。不管有没有人听，有人会自顾自地聊自己看过的电影，会经常提及卡拉克斯、塔可夫斯基、阿巴斯、基耶斯洛夫斯基等导演。敬爱和E只是听着，沉默也是一种自由，没人会在意。有一次，"闪电"结束后，别的小组要去聚餐，敬爱和 E 一起朝地铁站走去。敬爱问道:"你怎么不跟他们去吃晚饭?你住仁川,时间也比较充裕。"

"你不知道他们聚餐的那个'一家人'餐厅人均消费有多高?我上次稀里糊涂去了,结果我的钱只够喝饮料。服务员还下跪点餐,叫什么'一家人'餐厅,真搞笑,见过一家人下跪的吗?"

二人在路边摊吃了份乌冬面。E 讲起了对电影的独到观点。他说,看电影要靠偶然,就像人的缘分一样。

"你坐地铁这件事也暗含着偶然和必然。钻研一个导演或冲着某个演员看电影都挺土气的,门外汉才那样。用掉书袋的方式喋喋不休地分析电影的人,真是无聊至极。我说的是拿一组镜头、摄影机移动、镜头的切换、用了什么主义等来解释电影的人。"

"你不也喜欢大卫·林奇[①]吗?"

"大卫·林奇是另一回事,大卫·林奇的世界外人不可冒犯,我只负责喜欢,绝不评价。喜欢大卫·林奇有时候意味着什么也不喜欢。"

E 还讲了电影最重要的既不是情节,也不是镜头或演员,而是坐在观众席的观众和银幕上播放的电影之间流

[①] 美国电影和电视导演、编剧、制片人,其电影作品风格诡异,多带有迷幻色彩,属于超现实主义。

淌的瞬间，用他的话叫"燃烧的时间"。意思是，电影和观众相遇，观众时刻被电影影像刺激并做出反应，这种感官的能量最终会随着时间的流逝消失掉。

"也就是说，看完电影之后对它品头论足无异于翻搅死灰。当我们推开门走出影院的时候，电影就已经变成了冷冰冰的尸体。记忆中的电影都是死了的。"

说了很多悲观的看法之后，E问敬爱喜欢看什么电影。敬爱思忖片刻回答说："其实自己不怎么喜欢电影，也不确定喜欢是种什么样的感受。"

"挺酷的。"

"酷啥呀？"

E用纸巾擦了擦嘴，笑了："无政府主义者，打入'影迷'内部的无政府主义者。"

敬爱没接话，主要是不懂无政府主义者是什么意思，觉得像一种专家。

E住在仁川，只在仁川的影院里看电影。他从来没去过艺术电影比较多的"电影村"录像带租赁店，也不去新影院。E专门去仁川的老派影院，在接近百年的建筑里，蜷缩在裹着布料套的座椅上，放什么电影就看什么电影。一切都靠偶然，重要的莫过于时刻沉浸在眼前放映的电影里。

敬爱想散心的时候，就从位于首尔九老区的学校坐地铁一号线到临近终点的东仁川去见 E。下完课磨蹭一会儿，不上晚自习从学校"溜"出去差不多五点，一个钟头就能抵达东仁川站。从时间上来讲，足够看一部电影了。E 在附近的男子高中读书，他也不上晚自习，穿着拖鞋慢悠悠地来接敬爱。敬爱问他怎么不上晚自习，他摆着一副无语的表情反问道："谁问谁呢！"

"造物，你不也照样溜了吗？"

影迷俱乐部的成员用外号互相称呼。E 是 Eraserhead[①]的首字母。敬爱喜欢小说《弗兰肯斯坦》[②]，书中的博士给怪物起名叫"造化之物"——Creature，敬爱拿来当自己的外号，影迷俱乐部的人就叫她"造物"。两个人一起去过的影院名称有些让人怀旧，如爱观、五星、娃娃、美林等。这些老派的影院和大型商场里的影院不同，大都窄小简陋，电影票是手写的，没有固定座位，可以随便坐。总之给人的感觉不像影院，倒像观影室。

---

① 来自大卫·林奇的电影《橡皮头》。
② 全名是《弗兰肯斯坦——现代普罗米修斯的故事》，其他译名有《科学怪人》《人造人的故事》等，是英国作家玛丽·雪莱于一八一八年创作的长篇小说。

没有一张E的相片，但敬爱仍清楚记得他的模样，有点棱角的脸蛋，宽宽的额头，圆圆的后脑勺，眼角耷拉着，还有三四道笑纹。

敬爱闭上眼，脑海里时不时浮现出那年发生火灾的巷子。普通得不能再普通的一条繁华街道，到处都是歌厅、炸鸡店、大型文具店、台球场等，一点也看不出即将发生悲剧的迹象。人们在那里随意喝喝啤酒，学生去酒吧也不检查身份证。一般悲剧电影里都会有铺垫或前兆，这和现实大不一样。希区柯克的悬疑片中死的都是金发女郎，犯罪片中凶手总在黑漆漆的巷子里下手，但那天的确一点征兆都没有。这就是现实。

E是学校电影社团的成员，那年十月学校举办庆典活动，他邀请"影迷"的会员们到学校观看他拍的短片。敬爱沿着公园里的自由路一直走上去，眼前展开一览无余的大海。每次来仁川，"月尾岛""沿岸码头"等地名都能唤起她对大海的幻想，倒是在E的学校她才第一次看到海。E有着像长镜头一般的内心世界，这部短片《心》简直是他的缩影。影片开头，一个喋喋不休的男孩说起电影、小说和去过的地方，说话连珠炮似的，带着一股忍不住沉默的焦躁劲儿。紧接着镜头用失焦拍摄了慵懒的下午时光，一道光透过窗户照射进来，教室里穿着校服的学生互相戏耍、蹦跳乱跑。慢慢地，那个"话唠"男孩的背影逐渐清晰起来，还在啰里啰唆个没完。敬爱觉得他不是在"说"，而是在"扯"。观众有些不耐烦，听不进那些漫无边际的话了。终于，男孩走出校门坐上了公交车。上了公交车他又唠叨起来，特写镜头对准了他的后脑勺和一只肩膀。男孩下车了，这时镜头突然指向上空，骨灰堂的牌匾和昏黄的天空在眼前晃动，短片到此戛然而止。

敬爱觉得镜头角度的变化来得太过突然，犹如一只鸟飞向天空。去"劲爆酒吧"参加联欢会时，敬爱拽着 E 的袖子问他是不是鸟？E 不置可否，反问道："演技还不错吧？"

"那个朋友一会儿就来，想介绍给你。"

"他也太能扯了吧！平时就那样吗？"

话是这么说，其实敬爱似乎能明白那个男孩儿为什么那么啰唆。在学校自顾自地絮絮叨叨、晚自习也不上、溜出去看骨灰堂的人，可能都会像他这样吧。肩膀镜头恰如一只小动物——像小鸟或小鸡，敬爱觉得 E 的拍摄很到位。不过不都是这样的评价，"影迷"的会员们认为缺少叙事性，缺少动作感，没有对话和音乐。

"我非常认真地拍了那个影像作品，"一直默默听着大家的反馈、没有任何反驳的 E 有些腼腆地说道，"我的心都在里面。"

E 在说这个话的时候，背着大家轻轻握了握敬爱的手，所以敬爱的脑海里印刻着说这话时的 E。同样，"我的心都在里面"，这句话在她的心里留下了深刻的烙印。

几轮啤酒和爆米花过后，敬爱从"劲爆酒吧"走出来，在地铁站附近找公用电话打了个电话。回来的时候看见通往二楼酒吧的楼道充斥着黑烟。心想要报警，双腿却鬼使神差地冲着公用电话跑去。敬爱一直为此事耿耿于怀，如果及时到旁边的店铺说借个电话或请帮我报警，也许朋友们还活着。不过这些假设事实上无济于事。当敬爱回过神来折回原点时，消防车和警车已经到了。奇怪的是，一个人都没逃出来，一转眼的工夫，熊熊火焰就覆盖了整栋楼。

总之，五十六个学生的死，应该不是敬爱的过错。

一直到现在敬爱做梦都在跑，冲着公用电话跑呀跑，双腿越走越沉，最终灌了铅似的瘫坐下来，挣扎着起来，看到公用电话被移到了遥不可及的地方。后来有了手机，她第一个想到的是，以后不用找公用电话了。一下子失去很多朋友，留下敬爱一个人承受日复一日的生活。早上按时到学校听七点钟的补习课，紧接着上另一门补习课，上完自习回家。

一成不变的生活挺阴郁的。E死了，大卫·林奇在二〇〇一年拍摄了《穆赫兰道》。大卫·林奇的忠实粉丝E死了，大卫·林奇却毫不知情地发布了新作，这一切令敬爱觉得很不公平。E早在一九九九年就说过大卫·林奇肯定会有大作，会是一部集爱情、犯罪、恐怖、悬疑于一体的十九禁电影。他还说，那个时候他已经上大学了，可以放心去影院看十九禁电影了。

二〇〇二年恰逢世界杯，在举国上下欢腾的时候，敬爱专门去了一趟仁川看《穆赫兰道》。上映已过半年，东仁川的一家影院竞争不过商场的电影院，濒临倒闭，然后摇身一变成为艺术电影馆，连续上映大卫·林奇的电影。不久，那家艺术电影馆也关门了。敬爱觉得这是对E的一种哀悼。炎热的夏日，敬爱坐上了地铁。自从E出事后她就没再去过仁川，这次鼓足了勇气才决定了仁川之行。地铁驶向终点站，乘客明显少了，站名也变得陌生。白云、铜岩、济物浦等站名仿佛是没人会记得的古老风景，像生僻词一样指向什么，却空洞得引不起任何触动。

敬爱在东仁川站下了地铁，站着发愣，还没走出检票口。地铁载着一个打瞌睡的青年驶向了终点，她突然有股冲动想上前拦住地铁。被一种不安、愤怒的情绪重重地压着，她喘不过气来。

教室里大家都在自习，静得连翻习题书的声音都能听得见。敬爱忍不住想站起来大吼一声："你们都去哪儿了？为什么没去救他们？"

敬爱觉得自己彻底完了，就像弗兰肯斯坦博士用尸体造出来的怪物一样，沦为人见人躲的东西。眼睁睁地看着失去了那么多朋友，她觉得自己很有可能成为一个狰狞的恶魔，或者是一个怒火中烧的怪物。但每当想到自己终究什么都不是的时候，她就感到无比的沮丧和无奈。

火灾发生当天，敬爱被叫到警局做完笔录才回家。自那天起，敬爱就经常旷课，一直到学校放寒假。一些同学知道敬爱当时在现场，便直言不讳地说："那天泡在酒吧里的都是些小混混吧？不过是一帮流氓泡在酒吧里死掉了。"有时候，连老师也会话里有话地说："学生不守本分就会横遭不幸,知道了吗?所以要遵守纪律,好好学习。"句句话如尖锥般刺进敬爱的心,她脸色煞白地呆坐在教室里,实在无法忍受便夺门而出。不知不觉,老师们对她的迟到早退视而不见。敬爱在学校出入得像个幽灵一样。

小混混、流氓、吊儿郎当的坏孩子……敬爱反复琢磨这些话,却始终想不明白:喝了啤酒就罪该万死吗?死去的五十六个学生是罪有应得、咎由自取吗?难道这个理由比生命的消逝还重要吗?难道这个理由可以覆盖死亡,使人的悲痛一无是处吗?

敬爱得知火灾的来龙去脉后,更是陷入绝望中难以自拔。着火地点是地下室,火焰蔓延之前应该是有时间疏散的,怎么连一个学生都没生还?事实是这样:大家慌慌张张地冲向出口,酒吧老板生怕拿不到酒钱,索性锁了门。报纸上赫然写着——"索性锁了门"。敬爱简直像被什么冷冰冰的东西附身,一个巨大而冰冷的东西——像不小心造出来的怪物一样——紧紧黏在她的后背上,张牙舞爪地撕开了她的头、双眼、嘴巴和心脏。

学生们拼命敲门,却难逃死劫。唯独要账的老板自己从隐蔽通道中逃生了。敬爱一想到"先结账"这句话,就觉得自己被封锁在巨大而沉重的阴影中无法摆脱。那年敬爱十七岁,她感到这个阴影不会随着时间的推移而散去,自己更是无力走出阴影。"索性锁了门"和"先结账",这两句话挡住了学生们的生路,硬生生将他们推向了死亡。

敬爱在内的许多学生在警局做笔录时都还穿着校服。有位警官说:"穿校服还出入酒吧,害不害臊?"

敬爱不明白到底为什么要感到害臊,更不能原谅说出这种话的人。她经常做噩梦发出痛苦的呻吟,有时会突然起身大吼大叫。每当这时,妈妈就抱住她说,祷告吧敬爱,祷告哈,祷告。敬爱偏不祷告。造物主任其发生悲剧,并没有伸出手救他们,根本不值得她祷告。她不但不祷告,还朝着祷告的妈妈扔勺子之类的东西,大喊,别祷告了。那年敬爱十七岁。妈妈敲门说,一起去晨祷吧!敬爱便侧过身去装睡。整夜噩梦缠身,惊出一身汗,醒后反倒觉得心安。出事那天笼罩敬爱的巨大而沉重的影子——悲痛,使敬爱心安。有时觉得人如果没有心就好了,这样对所有的一切就可以麻木了。二〇〇二年,敬爱琢磨着怎么走才能避开那条出事的巷子。

最终敬爱明白,无论走哪儿都抹不掉那条巷子。

敬爱走到地下商场。路过一个摆着修鞋的三角刀、脚气药、掏耳勺等的摊子,一个尖下巴、小眼睛、盘头的女人映入眼帘,感觉似曾相识又折了回来。她穿着老旧的花衫,坐在塑料凳子上慢慢打着哈欠,下牙几乎掉光了。敬爱这才反应过来以前和E一起见过她。

她是那个三年前在地铁站楼梯口乞讨的女人。E神秘地告诉敬爱,她有孩子。果然看到小毯子下露出来的小脚。敬爱觉得那孩子被地下通道的冷空气包围着怪遭罪的,便随口说了句"可怜"。E突然抓住敬爱的胳膊反驳道,你是谁,你凭什么这么说人家。

敬爱装作要买东西,看着摊位。突然一个穿黄色运动服的男孩跑过来拿完东西便走了。那个小孩好像上学了。敬爱努力将视线从男孩的背影挪到摆摊上的东西。那些东西看似有用,但又觉得没啥用。活人多少都能派上用场的东西,对于已故的人——如E——却形同虚设。敬爱在摊位前犹豫着不知道要买什么。这时,那女人开口问道:"小姑娘,找什么?我给你找,好不好?"

敬爱挑了一把扇子,女人给她找钱的时候,敬爱轻轻摸了下她的手。

进到放映厅看到稀疏地坐着六七个人,不一会儿策划这次电影节的人上台简单介绍了大卫·林奇。电影开始了，敬爱看着奇诡而绚烂的画面，忽然发现一名男子坐在同一排最靠边的座位上啜泣着。敬爱很纳闷电影并没有催泪的片段，他哭什么。散场的时候，看见他的脸上打着石膏绷带，敬爱觉得很好奇，估计是鼻骨受伤了吧。

胖胖的身材、运动服和石膏绷带倒是挺配大卫·林奇的电影，但这个状态似乎不太适合出来看电影。看完电影要走的时候，工作人员在门口发抽签纸，说写写观影感想，被抽中就送DVD。敬爱懒得写，但工作人员太执着了，只好配合一下。那个石膏男正靠着玻璃门写观影反馈，字写得歪歪扭扭。敬爱心想可能是石膏绷带挡住他的视线了吧。敬爱甚至怀疑那个男子是专门来哭一场的，连眼前的字都看不清的人还看得了电影？敬爱瞥了一眼，在"给您留下最深刻印象的台词是什么"一题上，他写着"我爱你"。敬爱这才敢肯定他是看过电影的。

石膏男把抽签纸放进塑料盒之后走出了影院。敬爱在放进自己的抽签纸时，看到石膏男写的别号是E。她很好奇石膏男是怎么知道这个外号的，便赶紧跑出去找他，可惜，已经找不到人了。

你和我都安好

敬爱和尚秀第一次接触的印度经销商要求零基预算①，说白了，他们就是不想考虑半岛缝纫机公司的利润，要以每台的成本价来核算。换句话说，公司要露出底牌，告诉他们不亏本的最低价格。

读大学时，敬爱的专业是经贸英语，不过入职后一直在总务部和库存打交道，专业知识基本忘得一干二净了。她为这次的买卖特意从仓库里找出了几本专业书，尘封这么多年，书本却一点也没发霉。双方谈好价格，却在缝纫机贷款的偿还期限上卡住了。经销商不愧是发明阿拉伯数字的民族，要求提交数十个不同贷款方案的提案书。这需要财务部门的紧密配合，但会计老是拖着不说一句痛快话，总是说"按规定去弄就行啦"或者"找理事谈谈"。尚秀做不了主，经销商已经有两周不见踪影了。敬爱为这事感到隐隐不安。

这期间，在隔壁办公的理事要扩大他的办公室，方

---

① 企业不以历史期经济活动及其预算为基础，以零为起点，从实际需要出发分析预算期经济活动的合理性，经综合平衡，形成预算的预算编制方法。

便以后开会用投影仪。敬爱和尚秀的办公空间因此要缩掉一部分，不得不倒腾一番。第一天要扔掉书柜。尚秀拒绝了同事的好意，执意要和敬爱抬走笨重的书柜。尚秀太死板，遭罪的是敬爱。尚秀在搬书柜时，被同事撞见了，他可能觉得尴尬，不停地唠叨着说："印度那边有什么消息没有？这次能成交吧？毕竟下了不少功夫。"

尚秀絮絮叨叨地经过销售部的办公室和走廊，敬爱也迎合着说了句："问题不大，会联系我们的。"

不过，尚秀再怎么明目张胆地闹腾，部长一发话很快就蔫了——"孔组长，小点声，我正打电话呢。"书柜实在是太沉了，沉得足以让一个乐观向上的人怀疑人生。敬爱一边支撑着它的重量，一边想着，跑业务用得着这么大个书柜吗？放办公室有什么用？敬爱和尚秀在一个办公室里，有很多事情让她费解，尤其是尚秀的电话时不时地响起提示音。跑业务的电话基本处于休眠状态，而他的个人电话也太活跃了。倒是没有打进来的，都是一刻不消停的震动提示音。鬼知道哪来的人脉，像知了一样，时不时发出信号来。

后来在尚秀不在的时候，敬爱给他放文件，才知道那是脸书的提示音。好友添加、朋友认证、发布信息、谁的生日和标签、朋友推荐等，都是有关脸书的各种推送。

尚秀好久没干过体力活了，搬完书柜的第二天早上浑身酸痛。二人组刚成立不久，就给他穿小鞋，尚秀心情不爽，正好碰见部长，顺便抗议了一下。部长无精打采地回应道：

"能有什么办法？那是理事的主意。"

"可以安排我们到别的地方。"

"没门。"

"什么？"

"我说没门，这能有什么办法。要不找个讲堂？就两个人，不算小，还挺温馨。"

连这芝麻大的事都叫他管，部长顿时觉得自己怪委屈的，自言自语道："拿我当出气筒呀，出气筒，人人拿我当出气筒。"

那天不走运的不止部长一个人。印度经销商居然背着尚秀和瑜婷签了合同。自己的业务莫名其妙被瑜婷拦截了，尚秀非找她不可。自从在大邱大闹相亲现场以后，这还是第一次单独见瑜婷，他心中难免有些忐忑。尚秀突然觉得心跳加快，脸部僵硬，跑到洗手间用追问的口气喊出"为什么"。他像吹气球一样吹大了双颊，使劲喊

出"为什么",顺便伸展四肢热热身,更带劲地喊出:为什么?为什么?为什么?不巧,在某个隔间里蹲厕的部长叫住了他:

"孔组长,没什么用,理事的地位仅次于社长,你再矫情也没什么用。"

尚秀白练了,当他站在瑜婷面前的时候,脱口而出的第一句话居然是——"你好吗?"像刚入幼儿园的孩子一样羞答答的,掺杂着紧张和不安,带着一股胆怯。不一会儿,年初刚入职的一堆实习生进来,意气风发地和瑜婷打招呼:"组长,组长,早上好!""组长,出差顺利吗?累不累?""没感冒吧?上午状态怎么样?"一群不到三十岁的年轻人活力满满地问候瑜婷,尚秀根本插不上话。他们不停地和瑜婷打着招呼,尚秀看在眼里,实在有点不耐烦,差点说出,好了好了,她都好着呢,都说了挺好的。但他欲言又止,不想和一群不懂何为缝纫机压脚的毛孩子搭话。

尚秀默不作声,心里却狠狠地评价着他们。这些实习生平时说话温和可亲,如烫好的发卷,怎么一进公司就用"思密达"的腔调说话。公司组织郊游或工作坊活动时,别说表演匪帮说唱[①],就是模仿明星群舞也都有板

---

① 一种表现城市中年轻人的暴力生活的 Hip-Hop。

有眼的，怎么一上班就操上了军队腔调。可能是耳濡目染吧，因为上司们都这样。

实习生们头上涂的发蜡似乎包含着他们对销售的见解。其实，发蜡是八十年代——现在倚老卖老的上司们年轻的时候流行的，如今复古风又火了。尚秀看不惯那些商品标榜的阳刚之气，他向来对别人的特殊嗜好不屑一顾，对发蜡的消极看法也算情有可原。但此时此刻他的心情非常糟糕，上一秒好不容易用发蔫的声音只说了句"你好吗"，像随了少得可怜的份子钱一样没底气。心情何止是糟糕，简直是火冒三丈。不能这样，销售不能像发蜡一样强势地吸引别人，然后按照自己的意愿去拿捏，而是要像漂浮的灰尘或孢子籽、阳光一样轻轻地笼罩人心。

尚秀在半岛缝纫机公司独来独往，没有一个能谈得来的同事，唯独和赵师傅有过交集，不过他已经被裁员了。赵师傅年过五十也没被提拔，人们暧昧地叫他"师傅"，头衔也同样暧昧，叫代理科长。他在日本总公司做过生产技术员。九十年代公司比较景气的时候，需要熟练掌握日语的人，他便跳槽到这边的销售部。到公司报到不久，他请了很长一段时间的病假，恰逢经济萧条，便失去了晋升的机会。部长比他年纪小，老觉得叫他科长挺不礼貌的，后来干脆叫他"师傅"，说是要优待手艺人。"师傅"这一称号既是尊称，也不无孤立他的意思。

以前，尚秀和赵师傅经常搭伴去地方城市出差。赵师傅主要去小型缝纫工厂打发时间。三四个缝纫工在地下室工作，看上去都很疲惫，分不清谁是老板谁是员工。这反倒衬托出某种肃然的氛围。

"嗨，怎么又来了？"有人忙着手中的活儿问到。赵师傅说，正好路过，便随意找地儿坐下来，有一搭没一搭地说着话。有时候聊聊"那布料多少钱买的？""去哪儿卖？"。有时候聊起曾经的好时节，谈起职工多达数千人的某个纺织工厂。工人们忙着干活顾不上说话，时不时会出现冷场。赵师傅就默默地坐在那儿。尚秀是急性子，遇事爱计较，但久而久之也多少受了点赵师傅的影响——慢条斯理的处事风格。

赵师傅告诉过他，韩文缝纫机的词源是机器（Machine）的日式发音。这么说来，缝纫机是所有一切机器的代表，所以作为一名缝纫机公司的员工，应该感到自豪。

"我们为什么穿衣服呢？一个人在家的时候可以不穿衣服，穿衣服意味着要出去见人。人和人之间的接触让人变得像人，缝纫机做衣服让人变得像人，这一点你要牢记在心。"

别的员工把他的话当耳边风，唯独尚秀侧耳倾听。赵师傅说出来的话字字珠玑，能够化解根深蒂固的惰性。同时，时刻警醒尚秀，虽然托父亲的福入职了，但总不能浑浑噩噩地过日子。况且，赵师傅强调的机器、缝纫机和买卖都有实质性的意义和价值。尚秀欣慰自己能近距离接触有信念的人。赵师傅说的都是些尚秀一直以为只有电影或言情小说中才会有的东西。赵师傅每次出差都提着破旧的皮包。他们在地方城市留宿的时候，尚秀总能看到他把仔细洗好的手帕和袜子晾在床边。赵师傅喝酒伤过身体，现在改喝清河牌米酒了，一次只喝三杯。这样实在的人，令尚秀感到心安，觉得不再孤单。

在缝纫工厂消磨时间，有人会问起全自动缝纫机的价格，他们不再发牢骚哭穷，而是讲起未来可期的话题——比如，说不定能接到大活儿，要是能拿到尾款就好了，等等。赵师傅这才拿出公司的小册子，轻轻放到盛饭菜的铁质方型托盘上。如果顺利的话，赵师傅能卖出几台，也可能毫无收获。

一开始，尚秀以为赵师傅在"打发时间"，后来慢慢觉得他是在聆听地下工厂里细微的响动——哒哒哒哒哒哒的缝纫机响声。这些廉价的轻薄布料变成衣服，并以仅仅几千元的价格卖给批发商，然后转手到零售商那里，最后由消费者买单。这种遐想像茂密的树枝向四面展开一样，是一种无法量化且无论多缜密的操作都不能控制的循环。这种凭空的想象和揣测，不是固定不变始终存在的，而是一种偶然降临的幸运。

公司赶走赵师傅倒也有套路。三年前大量裁员的时候，赵师傅提交的辞呈直接被受理了。他的同龄人早就当上了部长、理事，只有他在第一线跑业务，勉强度日，最后还是落得个和另外四十名被解雇的员工在停车场示威的下场。尚秀有一次见到赵师傅西装革履地上楼梯去找理事，那是在加入示威队伍之前。他在理事办公室的门外徘徊，门也没敲，在巴掌大的阳光下站了一会儿，然后下楼了。耳边盘旋着从停车场传来的口号："撤销不正当解雇！公司的做法是掩耳盗铃！"

自那以后再也没想起过赵师傅，也没联系过他。这些淤积在心底的记忆突然浮上来，犹如谁在用手搅动一般。

"孔组长好,办公室收拾得顺利吗?"实习生终于注意到了他。

"好了,早好了。"

"本想搭把手的,真的好了吗?有需要吩咐我们就行。"

"不用,都好了,不用费心了,我自己能搞定。"

说着嗓门变高,办公室的气氛突然僵住。这时,敬爱推着折叠推车出现了,上面放着尚秀养的花花草草,这些都要腾出来。瑜婷建议尚秀换个地方说话,他们便去了会议室,但会议室里有人,只好先去茶水间泡好茶,二人去了停车场。

"朴敬爱小姐。"瑜婷看到在停车场抽烟的敬爱,脚边放着花盆。敬爱轻轻地低低头算是打招呼,瑜婷热情地套着近乎。

"敬爱,工作怎么样?尚秀待你好不好?"

"没有那些屁事。"

"什么?"

"不存在谁对谁好的屁事,业务是有的。"

瑜婷一脸尴尬,又说:"我刚才说话有点不妥,其实我也不喜欢别人这样对我说话。"敬爱不置可否,只是若有所思地点了点头,继续抽烟。敬爱平时不爱别人和她搭讪，抽烟的时候更是。有烟瘾的人往往会沉浸在尼古丁穿过鼻孔、气道和肺，最终化成青烟的过程中，一刻都不愿意被打扰。

"敬爱，花盆不能放这儿，会枯死的。"尚秀所有的注意力都转移到了花盆上，顾不上和瑜婷说话。

"不放这儿，还能放哪儿？办公室？放个小垃圾桶整个办公室都挤得慌。"

尚秀无言以对，满脑子都在琢磨到底放哪里好，心疼那些最高级的空气净化植物。这时，在一旁的瑜婷插嘴说，可以放她那儿。

"放柜子中间就行。我留点心。"

"我留点心"，这句话正合尚秀的心意。尽管销售第三组的首要任务"出口印度"被搁浅了，但此时此刻已经不那么重要了。尚秀只在乎每天被瑜婷留心照顾的空气净化植物。瑜婷解释说，尚秀没有和公司内部的其他团队合作是最大的败笔。她说，印度生意人彼此之间没有什么秘密，隔一个人就能打听到消息，这一点要格外注意。再就是，这些经销商天生多疑，最忌讳自己的订单比别的经销商贵。原来和瑜婷小组有交集的另外一个印度经销商告诉了那个人最低价。瑜婷小组出的价格远远低于尚秀的价格。

"他说我们公司不守信用,以后绝不和我们做交易了。我撒了个谎,告诉他你已经离职。这才好不容易说服他,最终和我签了协议。我不是故意这么做的,希望你别误会。"

幅员辽阔、人口基数占世界第二的国家,人们相互之间联系居然那么紧密,这是尚秀万万没想到的。至于到底是谁先和那些经销商接触的?尚秀提出的价格已经低到不能再低了,瑜婷怎么可能比这还低?尚秀没有一一追究,对瑜婷也没有任何意见,只说了句"了不起"。

瑜婷走后,敬爱瞥了一眼神思恍惚的尚秀。他看上去已经不那么关心空气净化植物了。敬爱又重新把花盆装在小推车上。小推车一晃动,花草一边倒了。尚秀这才抬头说道:"敬爱,不能那样。"

不能那样——这是尚秀自从和敬爱组成小组后,常挂在嘴边的话。不一定是针对敬爱的,特别是加了主语——"我们"之后,反倒让人觉得他是在暗示自己。比如,敬爱,我们做销售的,什么都能卖,唯独不能出卖我们的良心;敬爱,我们做买卖,不能没有底线;敬爱……一天好几次叫她的名字,办公室里的沉默随之被打破。当敬爱抬头看他的时候,他的视线就挪到挂历或挂钟上自顾自地嘟囔着。

"我们是有贡献的,"尚秀接着说道,"从功利主义的角度来说,是好事,公司也会记我们一功的。敬爱,我们干成一件事了。"

敬爱觉得尚秀说出来的话与其说是他相信的,还不如说是他想要相信的。尚秀看上去没那么洒脱和乐观。一只手耷拉着,放在小推车上,貌似自己不能承受手的重量似的,面部表情沉闷。看他那又疲惫又伤心的表情,感觉小推车上耷拉着的不仅是他的手,更是他动荡不安的心。这个化为泡影的项目,可能会让尚秀更加迷茫。

公司创立纪念日举办的运动会又是一个尚秀可以团结敬爱的机会。每年的运动会在污水处理厂的附属运动场举办,主要是鼓舞全体员工的士气。由总务部负责分成青白两队,但多少考虑到了热衷于运动又争强好胜的社长,所以将运动细胞好的员工都编到了社长的队伍里。以前,敬爱在总务部的时候,按照性别和年龄平均分组,结果运动会搞得很不愉快。社长的队伍节节败退,他便怒形于色,中午吃饭时一口闷完米酒,开口斥责道:"你们这哪儿能叫打乒乓球,连扣球都不会吗?"

社长是个乒乓球迷，每到午饭时间就在公司找个空地摆上台子，挑个对手打打。男员工们都想和社长打球，知道这没坏处，全往空地那边凑。理事们对社长的评价是，这人对公司运营的公事漠不关心，不过能和员工打成一片。在敬爱看来，社长只不过是爱好乒乓球，又很好胜而已。说白了，跟孩子王差不多。一开始赌钱，一局一千元，后来改为用手敲打前额。社长对员工们一点也不客气，敲起来总是很狠，嗒嗒作响。

尚秀和敬爱当然不是社长一组。社长的青队全胜，中午之前的拔河比赛也不例外。白队全是大龄职工和女员工，比赛一开始就哗啦啦一边倒，白队全败。尚秀和敬爱属于最不得劲的选手。部长看好敬爱的身高，硬把她拉去排球比赛，结果连一个扣球都没成功。单腿跳比赛时，物流部最小的员工都一副雄赳赳气昂昂的样子，着实吓到了尚秀，连碰都没碰上，他就吓倒在地。

不过，打乒乓球出现了令人意外的反转。尚秀以惊人的反应能力和社长对打了起来。这多亏小时候父亲受美国教育方式的影响，比较重视他的体能训练。尚秀从小就练游泳、乒乓球、滑冰、网球等，当然是被迫练的。

"孔组长，功夫相当不赖，什么派？"

"啊？"

"台球分为仁川派、首尔派。乒乓球也分，你住江南区还是江北区？①"

"我住方背洞。"

"我在瑞草洞。哈哈，原来咱俩都是江南派，怪不得这样默契。"

社长随口开着玩笑，却掩盖不住遇上对手而有些紧张的神色。在全体员工围观的情况下，社长万一输掉，那将是莫大的打击，而且会严重影响公司的氛围。他们都心照不宣，没人为尚秀加油助威。二比二的时候，社长建议休息五分钟。两人坐在长椅上喝着电解质饮料。社长问起尚秀的父亲最近过得怎么样。

"我家老头动不动就发火，一天到晚怒气冲天。你父亲怎么样了？"

"都差不多，人老了都差不多。"

"不可能差不多的。你父亲是教授，应该与众不同吧。"

一提及父亲，尚秀便觉得浑身不自在，仿佛被强大的扣球重重砸到了头一样。父亲出山竞选连续失败，后来找了一所地方高校干到退休，如今在家里闲着没事可

---

① 韩国首尔市的行政区域划分，下文的方背洞、瑞草洞均属于首尔的江南区。

做。后妈每到选举期间便鼓吹父亲要东山再起，鞭策父亲不能轻易放弃。哥哥说父亲酒精中毒了，既不是养精蓄锐的政治家，也不是致力于培养人才的教育家，反倒是个实实在在的酒鬼。尚秀一想到父亲，突然觉得自己此时此刻聚精会神、使出浑身解数打小小的乒乓球徒劳无益。最后一局很快就收尾了，没有出现让人捏把汗的场面，几个回合就草草结束。当然，社长赢了。

接下来的项目是接力赛——这次运动会的高潮环节。两个队伍的落差没有比这个项目更显著的了。青队远远甩下白队，拉开了一圈跑道的距离，即便如此也没放慢速度，哒哒哒哒轻快的脚步往前冲着。过了很久才从后面追上来的白队选手哐哐哐哐地跑着，看上去不抱什么希望，只是惯性在往前跑。

敬爱倚在单杠上，看着那些选手的表情和随风飘动的发丝。这时短信响了，是山株。

"今天在忙什么？"

敬爱回他："没忙什么。"

"这么好的天气怎么闲着了？"

敬爱回他："没啥事。"

她暗地里盼着山株提议见面。等待他回信的六七秒实在是太漫长了，也是这一天中最让她煎熬的时刻。等到的回信是：

"嗯嗯，美好的一天。"

终于，作为最后一棒的社长在众人的喝彩声中冲过了撞线。过了五分钟左右，一直坚持跑到终点的尚秀也冲了过来。远处传来掌声，敬爱看到尚秀扫了一眼瑜婷。不幸的是，瑜婷并没有注意到他，倒是敬爱给喘着气、倒在场边的尚秀递了杯水。敬爱面无表情地道了一声"辛苦了"，接着又给自己倒了杯水咕咚咕咚喝了下去。

接下来还是没有业务的日子。部长看不下去了，便交接了几个买家的名单给他们，但大都是快不行了的客户。打电话催尾款或问要不要买质量上乘的新款缝纫机时，对方的回应是"离破产不远了""早就不干缝纫这行了""没门""我还不起钱了""干脆把这里的缝纫机拿走算了"等等。也有一些联系不上的客户需要登门拜访。不过，讨回小工厂的尾款比较困难，大部分也都是小额，如果不是首尔附近的工厂，出一次差还要倒贴。有时，单纯为了摆脱原地打转的日子，两人会去首尔郊区或仁川、富川等地索要尾款。

尚秀觉得敬爱开始有了细微的变化。最明显的是，她变得漫不经心了。以前总像被什么东西紧紧绑着似的，用最小限度的动作和语言，占最小限度的空间；现在上班吃着香蕉或饼干打发时间，不那么拘谨了，像普通人一样进入日常生活。收到尾款时，她会竖起大拇指表扬他，不错；要值夜班时说，真是倒了血霉，是吧？趁尚秀外勤的时候，玩手机，看购物网站。尚秀问干什么了，敬爱老说，啥也没干。

"啥也没干算什么事？要干活。"

"干活是常态，不用特意说。"

尚秀对敬爱的倦怠状态很欣慰，主要是看她不那么拘束了，这可能意味着她不再担心会随时被炒鱿鱼，也有可能意味着她开始充分信任她的上司——尚秀。

过了几天，山株要到公司附近来找敬爱。

这是自山株结婚以来，两个人第一次单独见面。以前碰面都有其他人在场，人多了感觉好像什么事都没发生过。两个人像普通的大学同学一样随意自在地相处着。她作为一个有阅历、多少学会了和生活妥协的中年人，偶尔在饭局上吃吃喝喝就没有什么心理负担了。

接完山株的电话，敬爱一边拿起钱包，一边和尚秀解释有点急事。她原本打算中午和尚秀一起去新开的炸猪排店。

"谁找你?这么突然?"

"有点事。"

尚秀向敬爱递过从宣传单上剪下来的乌冬面半价优惠券,说自己一会儿去职工食堂吃,用不上了。敬爱看着尚秀从钱包掏出来的两张整整齐齐的优惠券,一点折痕都没有。敬爱推辞说不要。

"敬爱,半价优惠一碗才三千,三千哦。"

"没事,组长留着用吧。"

"你和朋友用就行了。"

"真的不用。"

"敬爱,优惠券有期限,明天到期。"

"真不用,用不着。"

敬爱口口声声说不用,心里却不断琢磨:"用得着吗?"为了见一个弃她而去的已婚男人,这样紧张兮兮,至于吗?越想越觉得白拿尚秀的优惠券不合适。敬爱推开尚秀的手,果断拒绝了。尚秀一脸尴尬地说,用不着就算了。

敬爱顶着阴沉而刮风的天气去咖啡馆,心里不停地暗示自己见他喝杯咖啡而已,尽量不去想那些八卦新闻——山株学长过得并不好,他的策划公司好像关门了,西村影院够呛能开，拿了岳父家的钱关系搞得很僵，山株学长选对象挺功利的，等等。同学对山株学长品头论足，敬爱尽量不附和。这些小道消息对敬爱没什么好处。她发自内心地希望谈了六年的恋爱，最终以爱情本身的凋谢落下帷幕，而不应该被世俗的取舍终止。山株提出分手的时候，明确地说喜欢上别人了，他选择了敬爱的学姐。他们点的什锦火锅开始沸腾，敬爱问他，为什么？为什么会发生这种事？他回答说，没有为什么，就是喜欢上她了，就像我对你产生感情也很偶然一样。

敬爱当时在一家贸易公司实习，分手后把工作辞了，闷在家里三个月。那是一个漫长的夏天，她躺在二十九平方米的单间里，听着一浪高过一浪的知了声，傍晚时分从游乐园传来孩子们的玩耍声，才恍惚觉得还在人间。不洗衣服，不做菜，不洗碗，不由得想今生只有今天，既没有昨天——和山株在一起的，也没有明天——没有山株。敬爱徘徊在有他和没他的边界上尽量不去想现实的问题。

那段时间只有啤酒和玉米能驱使她出门。有一次去市场看到玉米之后，她便隔三差五去买。坚韧的叶子，柔软细嫩的玉米须，饱满的玉米粒像一阵怡人的晚风唤醒了她。即便蜗居在家，外面依然有各种"活着"在坚韧地存在和成长，这一点让她感到欣慰。不想见人的日子，她整天蜷缩在小屋里，傍晚时，穿着拖鞋去一趟市场，两手拎着东西回家，这也是一种活着的状态吧。有时心血来潮约个人，到了白天还是觉得没有勇气出去，便临时取消了。

玉米在常温下容易蔫，敬爱明知道要收拾，却像陷入深渊般身不由己。唯一能做的是偶尔在脸书情爱咨询网站上写写信。敬爱非常仔细地描述了有关山株的一切，回忆起过去六年来和他在一起的时光，一字一字地写信。情爱咨询网站的姐姐简短地给她回了信：

弗兰肯斯坦冰冻，我们没必要美化一段已经了结的感情，记着每天照一次镜子哦！

要不是闭关状态，她才不稀罕这个显得有些糊弄人的回信。但对于敬爱来说，脸书网页是她唯一可以敞开心扉沟通的途径。敬爱收到回信之后，仍旧不洗脸也不照镜子。在夏日的夜晚，她盯着煤气灶上的蓝色火焰，听着玉米在蒸锅中煮沸的声音。蒸完之后拿出热腾腾的玉米，热气化解了冰雪一样的心。发完邮件，有时候凌晨就会收到写着"快睡觉吧"的回信。

您终于开始了人生当中非常重要的搏斗。那就是，您要找回自己，从幽灵般的情丝中挣脱出来。还记得帕特里克·斯威兹和黛米·摩尔主演的《人鬼情未了》吗？姐姐觉得那是最浪漫的爱情，电影里的两个人幸亏没有逾越死亡重温爱情。在姐姐看来，那个男鬼并非离你而去的恋人，而是你失恋之后的一颗心。恋爱像截道的盗贼一样令人猝不及防，即便分手了还像个缠人的鬼一样死缠烂打，就是不放过你的心。弗兰肯斯坦冰冻（这用户名也太长了吧），对象已经移情别恋了，你仍然觉得他还在你身边。你得看清，那个男鬼不是他，而是你的心。这不叫死灰复燃的爱情，光你自己上心有啥用。电影的精华部分是乌比·戈德堡的身体被帕特里克·斯威兹的灵魂附体了。旧日的恋人在相拥的时候，帕特里克·斯威兹出境演绎了这个镜头，而不是乌比·戈德堡。你不觉得这个镜头很现实吗？好像在强调爱情是不能单靠灵魂的。可以说，是导演自己颠覆了电影的主题。什么都能将就，就是身体必须是帕特里克·斯威兹的，应该是这个逻辑。还有，女主每次向男主表白我爱你的时候，都会黯然神伤，因为男主的回答永远是"同感"二字。现实中也一样,那些半斤八两的男人,像大众拖鞋一样平淡无奇,却拼命死守自己的光环,就是不说出那三个字。做爱、接吻、前戏都做,说出那三个字又能怎样,真没种……反正,我猜你经常上那个男人和他的新恋人的推特、脸书或 Me2day[①],想要感受他们的真实存在吗?你无非是想重温相爱时的回忆,寻找爱的真谛,呼吸爱的空气。不过,这些都不存在,你休想回到过去。你能找到的只有你自己,曾经爱过对方的你。你想吧,在电影的最后,帕特里克·斯威兹施舍似的说出我爱你的时候,黛米·摩尔用"同感"二字回应了他。这意味着以前渴望听到"我爱你"却每每失落的女主不再寄希望于别人给她做出爱的回应,她表示"同感",意味着对像幻影一般的有关爱情的回忆表示同感,所以,你呀……

敬爱读到这些写得密密麻麻的有些无聊的文字,心想这个姐姐应该是小她几岁的、喜爱浪漫且有些浮夸的人。不过她比较喜欢有问必答的风格,所以即便没什么

---

① 韩国一个类似推特、提供微型博客服务的网站。

用处，也坚持每天都写信。姐姐网页上的签名是一首诗，不由得让人揣摩她的文化水平和嗜好：

  爱情是残酷的黑手党
  将会夺走你的
  所有一切

  不过现实生活中还真有被这个虚拟的姐姐说中的细节。敬爱的确在关注山株和他新女友的社交账号，确实是身不由己。那个账户上全是山株向往的内容——京都的餐厅、小猫、勤于做慈善的多家外企生产的沐浴用品和化妆品、进口食材、有机食品、瑜伽、法国小说等等。这些光鲜亮丽的相册中夹杂着他的照片。姐姐说得没错，山株的热情和他的气息、声音、触摸的感觉，还有真真切切的身影，只能在敬爱的记忆或他人的社交账号上存在。他在敬爱的生活中像一个幻影，又像死灰。

  餐桌上散发着玉米的馊味，敬爱透过屏幕窥视着山株和新女友充满生机且耀眼夺目的日常。他们一切安好的样子透露出热恋的狂喜和欢乐，仿佛早忘了陷入低谷的敬爱。正如姐姐说的那样，每当这个时候她觉得自己在和一个幽灵搏斗。恍然抬头，看着空荡荡的厨房和乱糟糟的房间，感觉蜷缩在角落里的另一个敬爱突然和她说："同感。"

敬爱的妈妈没有提前联系她，就从安山市[①]来看她了。

敬爱的妈妈环视了下敬爱的房间。脏衣篮里堆满了过季的衣服——冬天的外套、T恤、袜子、手套、毛毯和内衣，敬爱也像一团皱巴巴的东西那样蜷缩着。妈妈二话没说开始洗衣服，从上午洗到晚上，洗衣机总共洗了七次。敬爱的妈妈一口气洗完了衣服，丝毫没有耽搁，似乎这样才能让敬爱洗心革面。

妈妈觉得闺女从小到大经历了不少坎坷。在她料定丈夫不是可以相伴一生的伴侣时，敬爱才刚满周岁，当时她只想离开那个动不动就拳打脚踢、破口大骂的丈夫。多亏她的手艺，要不然敬爱还要遭受多大的不幸呢。敬爱从小就在美发厅里长大，环绕着她的是美发剪刀、卷棒、皮筋、染发剂、吹风机、卷发棒、镜子、理发围布，正是这些东西救了她。敬爱的妈妈想，只有手艺靠得住。剪发、

[①] 位于韩国京畿道的城市。

烫发的手艺，虽然是看不见的技术，却最靠谱。当她依靠手艺谋生的时候，她的双手也正是敬爱唯一能依傍的。这是她在敬爱诀别了朋友们、得了抑郁症时的感悟——自己依靠的双手，也正是孩子的唯一依靠。

敬爱的妈妈坚信闺女能克服难关。所以，即便眼看着敬爱躲在臭烘烘的斗室里荒废如花的青春时光，也不觉得伤感或者孩子不争气，她觉得这就是面临困难时的样子。闺女就是这样一个人，该伤痛的时候伤痛，没必要为她干着急或捏把汗。发生火灾后，敬爱频繁出入派出所做笔录，在学校遭冷眼。敬爱的妈妈在美发厅也难免听到外人的议论。找她卷发的大妈说，别光顾着赚钱，要看好孩子。还有人说，才多大就出入酒吧，看她以后能有什么出息。敬爱的妈妈啪的一声放下剪刀，撂了一句话，你再胡说，以后别来这里做头发了。对方连声赔不是也没用，就是不给她剪。头发剪得参差不齐的大妈这下急了，又骂又吼，说这副模样怎么出去见人。敬爱的妈妈才不管这些女人背后怎么议论她，就是任性，不想忍气吞声。她觉得忍气吞声意味着任由自己的孩子成为过街老鼠，人人喊打。她觉得发飙是一种保护敬爱的方式。敬爱的妈妈在美发厅的墙壁上贴了《路加福音》里的一段话：

众人都为这女儿哀哭捶胸。耶稣说:"不要哭!她不是死了,是睡着了。"他们晓得女儿已经死了,就嗤笑耶稣。耶稣拉着她的手,呼叫说:"女儿,起来吧!"她的灵魂便回来,她就立刻起来了。

敬爱躺在床上默默看着收拾屋子的妈妈。敬爱的妈妈发现抽屉里连一块干净毛巾都没有,便出去买来了毛巾和内衣。她扶敬爱起来,把她推进卫生间。接着开始做汤,是敬爱最爱吃的豆芽汤,不用放别的,只放豆芽最后用盐调味就行。敬爱的妈妈站在水槽前,想起了以前和敬爱一起吃晚饭的情景。白天敬爱在美发厅的侧室里待着,到了晚上七点便轻轻推开门小心翼翼地问:"妈,什么时候吃饭?"现在,终于可以坐下来歇会儿了。

浴室里传来花洒出水的声响,紧接着听到了敬爱的哭声。其实,敬爱的妈妈早就猜到敬爱分手了。敬爱在电话里说,妈,我辞职了。那一刻直觉告诉她,敬爱又遇到困难了。母女之间心有灵犀。

"妈。"

从浴室里传来敬爱的叫声。敬爱的妈妈贴着门问她。

"怎么了?"

"别忙乎了,歇着吧。妈,你也够累的,歇着就行啦。"

"家里跟狗窝似的,我歇得了吗?"敬爱的妈妈心里也快扛不住了,便故意挑刺地说。

"所以说别忙乎了嘛。啥也别做歇着。"

敬爱的妈妈心想,敬爱过着连洗漱都无法正常完成的日子,这些对别人来说都是毫不费力的日常小事,她却沉重如灌了铅一般艰难无比。

"好吧,不忙乎了。歇着,我这就躺着啥也不干了。"

敬爱的妈妈边说边关掉煤气,小小的屋子一下安静了。不知道过了多久,敬爱洗完澡出来了,脸上红扑扑的。

敬爱在咖啡厅看到了穿着厚外套的山株。两个人坐下来闲聊了起来,咖啡味道怎么样?要不要来点面包?雨声勉强填补了谈话中的冷场。

"最近不知道是怎么过的。飘浮在宇宙中的感觉,双腿被莫名的重力吸引,整个人飘浮在空中,一点现实感都没有。"山株干坐了很久终于开口说道。

"怎么穿了这种外套?你不热吗?"

"外套?"山株看了看自己,又环视了一下周围,"最近莫名其妙，丢了魂似的。我不觉得热，倒是有点冷，你不冷吗？"

敬爱静静地看着山株。他像如梦初醒的人一般恍恍惚惚的，正苦着一张脸张望着。敬爱心想，看看别人就知道自己穿的衣服有多不合季节了，他好像把身体蜷缩在保护壳里时刻警惕着。山株的视线很快落到了茶几上，仿佛已经忘了刚才为什么环顾四周。

敬爱没见过山株如此无助的样子，自己好像被深深地捅了一刀。他一向是个自信的人，哪怕是在最窘困的日子里也没有萎缩过。

敬爱上大二的时候认识了山株。班级集体购买教辅书，助教阴差阳错地把找给敬爱的钱打到了山株的账户上，却对自己的失误不买账，告诉了她山株的手机号码，让敬爱自己去联系。敬爱拨通了山株的电话，结果发现已经停机了。经贸专业二年级的学生足足有三百名，只好等上完课问班长谁是山株。班长叫了声，山株哥。一名男生正匆忙背着包走出教室，扭头回道，什么事？敬爱看到一个有些疲惫和消瘦的脸蛋，穿的衬衫熨得整整齐齐的，一点褶皱都没有。

她上前解释了一下情况,山株点了点头。敬爱如释重负,这才放下心来。不过山株的回答有些令人不解,他说暂时还不了。

"还不了?"敬爱反问道。

"我的银行账户里没钱,被扣了贷款利息。"

敬爱心想怎么可能连七万六千元的闲钱都没有。虽然没说出口,但敬爱一直在犯嘀咕,他是真没钱,还是耍赖,是在骗人吗?敬爱没敢说下次有钱再给,只说知道了,因为实在拿不定主意该怎么说。

"我想仔细解释一下,不过现在要赶时间去打工,要不边走边听我解释,行吗?"

山株和敬爱一起走出经贸学院的教学楼,穿过被称为散步路的小树林,走到了学校正门口。山株解释说,他也觉得一下转入两笔钱肯定是某个环节出错了,想着取出多出来的那笔钱,结果没及时取。他道歉说,正好这两天和朋友在插座工厂值夜班,争取周四还上。

"周四。"敬爱不由自主地嘟囔了一声。不是等不及,而是在心里盘算,三天工作才能还完七万六千元的话一天的工钱是多少。

"不行吗?要不这样,我当天拿到工钱马上给你转账。"

其实什么时候还都行,也不差这几天,但敬爱觉得这样说有些不合适,便只说了句,知道了。

那天晚上,敬爱像往常一样关了灯,为了不吵醒熟睡的妈妈,她戴着耳机看录像带。这时收到短信:"朴敬爱同学,转完账了。"敬爱看着那条短信琢磨该怎么回复。她想到了"谢谢""辛苦了""夜里凉不凉,回家路上小心"等内容,但最终没发出去。第二天查账,果然收到了汇款两万五千元。

连续三天,敬爱硬熬到汇款到账的时间,总觉得自己先睡过去,有点对不住他。夜深人静的时候反复看乌玛·瑟曼穿着黄色运动服走上复仇之路的《杀死比尔》。乌玛·瑟曼长剑一挥,鸡犬不留。她那庄严的复仇之旅,多少和五六个人在富川犄角旮旯的小厂子里组装小灯的场景有异曲同工之处。

塔伦蒂诺导演的电影再牛也经不住反复看,会倒胃口。敬爱边看边打瞌睡。录像带咔哒一声,她猛然惊醒。每当这个时候,敬爱就觉得虚无缥缈,感到厌世,只有"今天也汇款了"的短信能赶走一切灰暗的幻灭感,唤起异样的感觉,如迎面升起一轮红日时不禁萌生一线希望,或像个发胀的面包幻想着今天总比昨天强。敬爱生怕自欺欺人,唯恐自己的奢望打水漂,赶紧打住自己的心。

山株把七万六千元全部汇完后,敬爱经过思想斗争,给他发了条信息——要不要一起吃午饭,收到回信——好的。敬爱感觉心里咔哒一声,灯亮了。

赴约前几天,敬爱路过地铁站时,平生第一次买了睫毛膏,不过准备见山株的时候犹豫再三,还是放到抽屉里了。

此时,山株说,我的衣服奇怪吗?早上冷飕飕的,专门穿的这件,你觉得奇怪吗?

敬爱问山株最近在忙什么。山株说准备买把吉他,正在四处打听。

"电子的,还是木的?"

"那还用说,当然是电吉他。"

敬爱想到山株在高中时曾为吉米·亨德里克斯[①]着迷,梦想当一名吉他手。他在汉堡店打工攒钱想买一把吉他,结果挣的钱都用来充当生活费了。山株说,他的爱人在一所地方院校当讲师,所以他们后来搬到了大学附近,夫妻之间很少沟通,还动不动互相怄气,关系也

---

① 美国吉他演奏家、歌手和作曲家,被公认是摇滚音乐史上最伟大的电吉他演奏者。

有点疏远。敬爱摆弄着马克杯说：

"我不知道为什么要听你说这些。你们两口子吵架非要让我知道吗？"

"对不起，我只是随口说说。"

外面的雨淅淅沥沥。山株没带伞，问敬爱能不能送他到地铁站。两个人打着一把伞，肩膀和手背时不时触碰。虽然分手很久了，依旧让敬爱觉得亲切和熟悉。敬爱怕自己按捺不住，就去便利店买了把伞。

"咱俩分开打伞好些。"

山株撑开伞说："不错，很结实。"

自那以后敬爱和山株见面的次数就多了起来。一度看不见摸不着的一个人，如今像复活奇迹一般重新回到自己的身边。敬爱害怕对山株的爱死灰重燃，想保留些空间。但人的内心犹如饥饿的怪物，时间越久，欲火越盛。山株渗透进了敬爱的日常生活。山株今天中午吃了什么，见了谁，买过什么东西，几点睡，敬爱都了如指掌。两个人仿佛回到了热恋时期，接打电话都会直接说——"嗯哪，在路上呢，怎么了""吃饭了没有"，省略了"喂，我是山株或敬爱"等自报姓名的步骤。分别的时候也没什么念想，各自奔向自己的家，因为知道明天还能见面。

尚秀很快嗅到了这种变化，在别的方面迟钝，但他的第六感还是很敏锐的。他不知道敬爱的恋情进展到了什么程度，但能感受到生活中透露出来的细微变化。敬爱在路上听到她喜欢的歌曲，会停下脚步小声哼唱，然后发个短信。有一次尚秀无意中看到敬爱发了一条"吃晚饭了没？正听着我以前给你放的音乐"的短信，他回家后像窥视别人的秘密一样战战兢兢地听了那首歌，那段旋律承载着敬爱和别人的回忆。

敬爱驻足听的音乐中还有摇滚乐队 Deli Spice[①] 的作品。尚秀高中时也为他们着迷过。尤其 Chow Chow 这一首，是恩宠生前钟爱的歌曲，一直是他传呼机的铃声。尚秀听着歌曲不知不觉被过往的回忆裹挟到了一九九九年。那年恩宠有个单恋的女孩，是在电影俱乐部认识的。恩宠把女孩的声音保存到了语音信箱里，即便和尚秀一起漫步街头时，也要时不时进公用电话亭听听她的声音。尚秀感觉自己被排斥和冷落了，毕竟恩宠是他唯一合得来的朋友——他俩是在高中生电影制作集训上相识的。

[①] 可译为"熟食香料"乐队，于一九九五年组建成立，是一支在韩国早期流行音乐界很少见的现代摇滚乐队，音乐风格比较清新。

老师也拦不住恩宠在晚自习时跑去公用电话亭，他一旦被逮住免不了一顿痛打。尚秀始终不明白恩宠为什么要冒着挨打的风险去听声音，除非那是一段浓情蜜意的告白。尚秀瞥了一眼记住了密码，偷听到"你说是周日见，对吧？在爱馆还是娃娃？你该还我钱了，四千元"。这女孩的语气僵硬到不能再僵硬，远远不像 Chow Chow 的歌词那样——无论怎么挣扎，怎么阻挡，还是听到你的声音——娓娓动听呀。

恩宠走后，有一段时间他的传呼机还是能用的。每当尚秀不敢相信恩宠离世的事实时，他便拨打传呼机。有时会传来"语音信箱已满，无法留言"的提示音。尚秀按下密码听了所有留言——那些曾经在恩宠的生命中飘荡的声音。

传呼机的留言没有人听得到了，看似无用又渺茫。尚秀听到——啥时候回家呀，奶奶给你炖好黄花鱼了——的语音时，心想奶奶再也等不到恩宠回家了，便不由得泪如雨下。无论是问"啥时候"的奶奶，还是"你""黄花鱼"等字眼，仿佛都很陌生，犹如空洞的影子随时唤起恩宠不在的事实。和恩宠一个教会里的人、小时候的玩伴、陌生人打错传呼机时毫无头绪的留言，这一切话越是让他想起恩宠，他越觉得自己不堪一击。

那个声音低沉沙哑的女孩也留言了——是我，在吗——总是简短几句就断了。别人的留言都是娓娓道来——你还记得吗？咱们教会组织去游泳的时候——而那个女孩总是磨磨蹭蹭，好不容易蹦出来的话都像在自言自语，比如，要下雪了，下雪了；今天也不上晚自习了，我没地方去。那个女孩近于零度的语言听起来心不在焉，可能是因为知道没人听吧。尚秀突然觉得好奇，那女孩大声哭过吗？

最后一条语音是那个女孩的——下雪了，我没啥事。沉默了一分钟从女孩身后传来铁门关闭的声音、鸣笛声、唧唧咕咕的话语声、"呀"的喊叫声，还有女孩的喘息声。好不容易蹦出来的话是——对不起，对不起，我可能会晚点到……我让雪花先下到你那儿。然后，那头咣当一声挂断了电话。打破沉默后说出来的话比任何哀悼都要催人泪下，尚秀哇哇大哭起来。

恩宠的语音信箱过了三个月停机了。那年是二〇〇〇年，已经是二十一世纪了。

那一年 Deli Spice 乐队出了专辑。尚秀好歹考上了一所地方院校，不过交完学费就不去上课了。他报了个首尔钟路区的复读班。当然这不是尚秀的主意，而是父亲的。但他辜负了父亲的期许，中午出去溜达，动不动旷课。在街上闲逛的时候，他听到了 Deli Spice 乐队出新专辑的消息，便推开唱片店的门进去了。

店里有点唱机，可以试听 CD。新曲子仿佛道出了心声，胖胖的尚秀挤在点唱机前不停地抹眼泪。

少年走在路上问了问
妈，那个很像一只兔子
他的妈妈不冷不热地回答
傻孩子，那只是死猫发臭的尸体
啊，谁会在意那只扭伤脚腕的小鸟不能飞
挥着千疮百孔的翅膀扑棱扑棱

少年走在路上问了问
爸，那个很像一只兔子
他的爸爸面无表情地回答道
傻孩子，那只是死猫发臭的尸体
啊，谁会在意那只扭伤脚腕的小鸟不能飞
挥着千疮百孔的翅膀扑棱扑棱

"嘿，小伙子，别一直霸占着，还有别人呢。"店里的老板敲着点唱机。尚秀用围脖胡乱擦了擦一把鼻涕一把泪的脸。老板抽了几张面巾纸递了过去。不知道是因为尚秀买了两张CD还是因为怜悯，老板跟到门口送了送他。

"一个人的梦想终究只是一场梦，共同的梦想才是真实的。这是约翰·列侬①说过的话。我们至少还有音乐，振作起来吧！小伙子，加油！"

尚秀坐地铁去了位于仁川富平区的骨灰堂，CD机重复播放着那首歌。尚秀一直不敢去，不是不想去看恩宠，而是承受力不够。他没法接受一个人永远离他而去的事实。乍暖还寒，地铁上不少人还穿着风衣。尚秀注意到地铁里看报纸的人袖口起球了。他觉得漫不经心的绒毛和曲子的结尾——电影台词、呐喊声、枪声、哭声、沉闷的法语、争吵愤怒、充满痛苦的怒吼——恍如隔世。尚秀觉得格外孤苦无依，越觉得孤单越提高音量。尚秀想，需要多久伤痛才能愈合到绒毛的大小呢？时间真的能治愈人吗？

---

① 英国著名摇滚乐队"披头士"的成员，摇滚音乐历史上最伟大的音乐家之一。

尚秀想当然地以为，如果恩宠还活着肯定会喜欢Deli Spice的新曲。但他看到"郑恩宠（1981.10.1—1999.10.30）"的白色陶罐时，立马改变了想法。假如恩宠还活着，肯定会和那个说话拖拖拉拉、语尾含糊不清的女孩谈恋爱。他们会去春川或者济扶岛享受二人世界，除了互相倾诉和牵手，还会像别的恋人一样抚摸彼此的肩膀、亲嘴或拥抱吧。也就是说，他不会对这支阴郁暗沉、支离破碎、荒诞无稽的乐队感兴趣的。恩宠"在"骨灰堂甲-34号的隔间里，不知道这样算不算"在"。

尚秀蹲在骨灰堂里，听着吉他的即兴重复片段，一直到日落西山。临近骨灰堂关门的时候，尚秀把没拆包装的另一张CD贴到墙壁上便出来了。尚秀想起恩宠每每打招呼时说的话——愿主的恩宠与你同在。自从恩宠死后，尚秀就不再信这些了，所以也没说出声。

*

尚秀拿不出什么显著的业绩，对国内的销售彻底死了心。走访客户，喝不完的冰咖啡和维他命饮料，一到晚上又饥饿难耐。如果和大企业合作——工厂大多设在东南亚，说不定能签下十亿美元的合同。但这样的好事肯定轮不到他，早被销售部的红人抢先了。尚秀也就听别人说说。

十亿美元呀。

尚秀躺在床上，一股紧张压抑的气息从脚指头蹿进每一根神经，一直蹿到腹部的内脏。他天生敏感脆弱的胃经受不住这种紧张的刺激，直奔洗手间呕吐不止，耳边萦绕着哥哥的口头禅——什么也别做，这句话拍打着尚秀的后背。挣扎着做事，是不是为了挣脱这句话的阴影呢？尚秀心想。

尚圭和高高瘦瘦的尚秀不同，不高不矮的个子，身体强壮，从小就懂得用暴力制服别人，有一次闯了大祸差点进了少管所。这让父亲的处境十分难堪。那是一九九七年的夏天，尚圭连拖带拽地把一个比他年龄小的插班生带到了自家的楼顶，"拴"了两天两夜。尚秀后来才知道那小狗般的呜咽声，原来是一个活生生的人发出的，这让他大受刺激。居然在自家的屋顶上上演拘禁的暴力罪行，自己却听着哀嚎声，吃喝拉撒一如往常，还边抄写电影中的浪漫台词边掉眼泪。这一切让尚秀跌落到绝望的深渊。以前每当尚圭惹祸时，尚秀就试图以和他划清界限的方式守住内心的堤坝，这次感觉竹篮打水一场空了。

尚秀恨透了他哥，但一想到哥哥有可能坐牢，又觉得心乱如麻。以他少不更事的阅历，没法说得清那种极端的情绪，其中还掺杂着对哥哥的恐惧和害怕——竟敢在自家楼顶上做出如此令人发指的事情。

父亲害怕这件事被媒体曝光，第一时间进入紧急状态。正值总统的儿子被人抓住把柄、舆论闹得热火朝天的时候，一名执政党议员的儿子再惹是生非，一旦曝光，媒体肯定会大做文章。更棘手的是，哥哥拒绝道歉。不管谁劝都不听，班主任、哥哥比较喜欢的表哥和警察都劝过他。谁也不能左右他，因为尚圭眼里没有"值得"的东西，既然没有值得的东西，更谈不上什么底线。他没有想做的事，自然也没有什么渴望。哥哥说宁可受处罚，也不愿意赔礼道歉。别人问他为什么，他笑着回答道，罪有应得，要不然要法律干什么。尚秀听到后，莫名觉得自己更悲哀了。

有一天下午，秘书叫住了尚秀，说有个地方需要他去一趟。秘书看到尚秀穿着耐克T恤，便叫阿姨给他换上校服。那天还是周日。坐上车后秘书放了首流行歌曲，一首要是父亲听了会很厌烦的歌曲。他试图活跃一下气氛，不停地问尚秀喜欢什么音乐。车上放的全是舞曲，轻快而欢乐的节奏令尚秀更加畏缩，他只好说不知道。

"我们这是去哪里？"

"赔礼道歉去。你哥不去只好你去了。"

尚秀这才明白要去见那个少年，便偷偷哭鼻子，可能是因为恐惧，也有可能是觉得那股熊熊燃烧的怒火近在咫尺，他吓破了胆。尚秀觉得哥哥对父亲也憋着一肚子怒火，父亲更是怒上心头，那个无缘无故被尚圭拴在楼顶上两天两夜的少年肯定也充满了怨恨。每当尚秀挨了一顿毒打，对哥哥的愤怒就像日益高耸的冰川般坚不可摧，涌上心头的愤怒像地心引力般无法阻挡。他陷入深深的痛苦之中，内心越煎熬，越变得麻木和冷淡。说白了，尚秀要看一个——像看一个院子里的雪人或照镜子一样——被哥哥摧毁的另一个自我。

秘书把车开到瑞草洞接上父亲。一直和别人谈话的他，一上车就松开领带，脱掉夹克，一只手放在额头上，深深地叹了口气。秘书早就关了流行歌曲，只有发动机吭吭地响着。这种茫然无措的感觉，随着窗外转瞬即逝的风景不断起伏——影影绰绰升起的雾气、写着"道谷洞"和"震亚运输"字样的公交车转弯时一边倒的无数个黑色人头、打在三色遮阳伞上面像刀刃一样锋利的阳光、方背洞烧酒酒吧、忠武乐器店。父亲从网兜里拿出白兰地一口气喝完了。他默不作声，没有向尚秀解释要去那里做什么，只问了一句，买水果了吗？秘书回答说，准备好了。

城后村在南北循环路的对过，联排住宅和石板瓦屋顶交织在一起，周围都是石材商、废品站和公厕。他们拉开铁质推拉门，走进了白红餐厅。少年的母亲睡眼惺忪地从房间里出来了，一听到尚圭的名字，眼睛变得像刀子一样锋利。那个少年掀开蓝色蚊帐——瘦小的身板，皮肤黑溜溜的——探头观望。

隔着一张摆着空纸盒的餐桌，父亲用低沉的声音赔罪："都是我的失误，孩子他妈很早就去世了，孩子欠管教。"少年的母亲还在气头上，并没有缓和的意思。尚秀也跟着父亲说了句："实在抱歉。"那少年问他："你是谁？那天你也绑我了吗？"

尚秀怯声说："不是。""这件事和我无关"——这句话没说出口。倒是少年的母亲说了一句话。

"无辜的孩子带来这儿干什么？有什么好来的？"

这句话带着一丝丝暖意，瞬间点亮了尚秀黯淡无光的内心，他顿时觉得心里舒服多了，便环顾四周看看餐厅内部,耳边萦绕着大人之间的责问和声讨。他一下子被粗体字菜单吸引住了——大酱汤泡饭——尚秀从未吃过的东西。那是少年的妈妈做的吗?是大酱汤泡的饭,还是大酱做的汤泡饭?他拆开词语的组合分析它的烹饪流程,想象少年的母亲天蒙蒙亮就起床做大酱汤泡饭的每个步骤。

"我儿子,我们从济州岛特意为儿子上学来到大陆,送他上江南区的学校。我们是从岛屿……岛屿来的。"

听到这里,尚秀觉得少年的母亲为了儿子,为了儿子卖——不管是大酱汤和泡饭,还是汤泡饭加大酱——从济州岛搬过来,一心为儿子活着,眼泪一下子浸湿了他的眼眶。

"老板娘,别这么强硬了。您先收下水果,打开信封看看我们准备的赔偿金。我们诚心向您道歉。"

秘书把事先准备好的这一切都递了过去,并没有缓和紧张的氛围。少年的母亲沉默很久后开口问:"喝多了吧?"

"没有没有,您别误会,"父亲措手不及,有些慌张,"因为工作上的事,喝了小半杯。老板娘您通情达理,这些应酬的事您懂的。"

"神志不清地过来道歉,我们可不能接受,钱也不要。我儿子可是要上法学院的，不能拿这种臭钱养我儿子。还有你，你哭什么？你哥犯错，你出来道什么歉？别哭了，别哭鼻子了。想想你去世的妈妈，好好学习。"

少年的母亲看着尚秀隐忍不发，尚秀看在眼里更是难过。一句道歉不能消融她的怒火，尚秀倍感羞愧。瑞士刀顶着少年的后背，暴力捆绑，在屋顶上拴了两天，这一切都和尚秀无关，但他此时此刻觉得无地自容。

回家的路上，尚秀和父亲吃了牛杂汤。很少和父亲单独吃饭，尚秀觉得尴尬，闷着头吃。尚秀又要了一碗米饭，还把父亲剩的米饭就萝卜块泡菜吃光了。当天晚上全吐了，尚秀浑身无力地坐在床边上，想到了这样一句便写在日记本上——什么也不做，就会变成（　　）。

想到什么就罗列到括号里——怪物、歹徒、恶魔、蠢驴、寄生虫、犯罪分子、流氓、落水狗。白天在白红餐厅的情景不断浮现在脑海里。临别时，少年的母亲站在餐厅门口——不知道是送行还是想确认尚秀一行在自己的眼前消失。落叶轻轻飘落到她的红色鞋带上。落叶的影子在脚背上晃动，像若隐若现的黑影，又像浸染大地的墨水，随风飘荡的样子，很像一阵阵波浪拍打在脚背上。

尚秀浮想联翩，最终完成了这样一个句子——什么也不做，就会变成（什么东西）。

尚秀下定决心要成为不一样的人——和他哥截然不同的人。这意味着告别尚圭，和尚圭所代表的世界一刀两断。尚圭所代表的世界里有暴力、谩骂、色情片、皮夹克、摩托车、职业摔跤、胡克·霍根①、手淫、折叠手刀、文身、体罚、女性裸体、复仇、枪支等。尚秀要和这些划清界限。

那件事使尚秀的人生轨迹发生了一次大转弯。尚圭本人倒没什么变化。尚圭获释后，去了江华岛，那里有姑妈买的一栋别墅，他在那里度过了停学的日子。听说，尚圭每当夜深人静时，会沿着海岸线骑摩托车，白天去传灯寺方向爬山锻炼身体。

少年和少年的母亲最终同意私了，是因为听取了某位家长的意见。那位家长说，这件事一拖再拖，会影响高考报志愿，尤其是特别录取通道需要学校的推荐书。

---

① 原为著名摔跤手，后进入娱乐业。

首先学校要承担相当大的风险,再者尚圭的父亲和那所私立高中的财团理事有私交。如果不私了的话,少年再怎么认真努力,也没法升学。在机会被剥夺的情况下,他们根本没有挣扎的余地——这是尚秀上了大学后想到的。父亲的确很精明,但实在卑鄙。父亲嘴边老挂着的"正义"这个词——甚至比说"过来,儿子""早安"的次数要多得多——大概就是这样吧。

无心

尚秀被叫到部长那儿。部长说"听候调遣"时，尚秀立刻觉得自己的脚后跟被什么东西给一口咬住了。他会被调到——越南，既不是韩国某个三线城市，也不是有分销社的日本。其实，韩国的很多纺织工厂已经转移到了中国和东南亚。缝纫机公司跟工厂打交道比较多，所以通常情况下，工厂设在哪儿，公司也跟到哪儿。尚秀有一次开会时，唾沫横飞地说要开拓越南市场，但绝不是自己要去的意思。

去越南的员工一般都是这几类人：刚入职的新手——抱着开辟新文明的心态，想要展开猛烈的销售攻势；中意于越南的低廉物价、试图提升生活水平的人；失恋、离婚、家庭不和等原因想要逃避现实的人。尚秀周遭被外派到越南的新职工，在当地大都很难适应。

近期被派到越南的一个职员，由于神经衰弱提前回国后辞职了。那个员工初露端倪是从嘟嘟囔囔、自言自语开始的。潮湿闷热，暴风雨加烈日，在异国他乡被孤立的感觉，足以让外国人绝望。那个时候，这位新手经常说，无事可成，一无所成。这是多么绝望的处境呀！

好不容易做出来的事加减之后等于零,不泄气才怪呢。这样的人生如一块没切开的橡子凉粉——棕褐色的外表看上去沉甸甸的,饱满结实得连一个气泡都没有,却禁不住一个勺子的拨弄。

"不会是我一个人吧?我们组得一起吧?"

尚秀听到"越南"这两个字,整个人瘫软如泥,好不容易问出了这么个话。

"不好说。公司派一个团队没问题。但女的不适合去那儿……朴敬爱不愿去可以不去。"

尚秀不能接受部长的话。话里话外就是要解散尚秀的团队,团队成立才半年不到呀。尚秀脑子一发热,顶嘴说:"这和惩戒或降职有什么区别?"

"别想多了,绝对不是。"部长几句话搪塞了过去。尚秀有些精神恍惚,到外面的停车场蹲了下来。遥远的越南,印象当中只有雨季、密林、湄公河、战争、美军、直升机。尚秀心情低落,心想,越是受打击,越不能示弱——其实没人看他。好不容易起身——身子却像被水渗透了的衣服一样沉重——又一屁股坐在插塑料饮料瓶的箱子上。箱子上毛糙的插孔密密麻麻的,屁股硌得慌。

尚秀觉得这就是自己未来的写照。那没有黏性、疏松的安南米也让尚秀悲观。即便当地公司比较了解韩国企业，韩国人不会越南语问题也不大，但无时无刻、随时随地传来的越南语会不会让人焦躁不安呢？英语和日语还算熟悉，但越南语会一点一点地啃噬他的心。连一个可以说话的人都没有——当然他在首尔也没有什么交际活动——只能多下点韩剧打发漫漫长夜。那"姐姐无罪"的主页怎么办？在遥远的地方还能畅快地讲爱情无罪吗？尚秀需要被爱情伤害的会员——姐姐们，正如她们需要尚秀一样。尚秀觉得这次派遣实在有些离谱，更气的是没人为他惋惜。人走茶凉，不管是在首尔还是在越南，他消失了也没人在意，甚至他从人间蒸发也无人过问吧。尚秀陷入了悲哀的旋涡中。

尚秀和敬爱在青海水产店吃斑鳙鱼生鱼片。尚秀说完人事调令的消息后，敬爱的第一反应是："这么说我可去可不去了？"尚秀听了这话觉得无情无义，心里真不是滋味，便喝了一瓶平时不怎么感兴趣的清酒。敬爱喝烧酒加啤酒，用纸巾堵住啤酒杯摇晃几下，杯子里就会起旋儿。

尚秀进入了微醺状态，觉得敬爱尽兴饮酒的样子有些讨厌。客人越来越少，餐厅也安静下来了，一种曲终人散的凄凉正笼罩着首尔的夜晚。街头和酒吧消停了，意味着人们回家了——回到家推开门和家人打招呼，边吃东西边看电视，一个困了就可以睡的安乐窝。首尔的夜晚总是静悄悄地降临。尚秀觉得自己被周而复始的时间排除在外了，越到夜晚，悲伤、悔恨、孤独和愤怒的情绪就越重。

不过，首尔的夜晚很快就感受不到了。估计以后得在炎热的越南度过无数个夜晚，顺便想象朴敬爱在公司的哪个角落里抽烟，和谁说话，和恋人处得怎么样，她在恋人面前会笑吗，等等。

敬爱说了句宽心的话，调令不一定是贬职。尚秀听了脸上刚刚有了笑意，敬爱紧接着又说——不过也不是件好事——弄得尚秀有些扫兴。

"我觉得吧，这件事不好也不坏，就是有点蹊跷。孔组长好歹十年的工龄了，为什么非要派你呢？越南有专门负责销售的总代理，公司派你还得掏办公费。"

"不就是为了销售业绩吗？算是投资吧。"

"坦率地说，我们没有这个实力，不是吗？"

敬爱漫不经心地嚼着生蒜说出来的话，句句戳中事实，句句扎心，可谓是"事实暴力"。尚秀来气了，心想反正在首尔也是孑然一身，自己去越南算了。敬爱喝着烧酒加啤酒，突然接到电话出去了。透过生鱼片店里的玻璃窗，尚秀可以看到水族馆里游来游去的比目鱼、贴在玻璃上往上爬的八爪鱼。敬爱忽明忽暗的脸蛋也投射到了水族馆的玻璃上面。她脸色通红，咬着下唇，好像在勉强抑制住情绪发问："为什么？"敬爱接完电话回来，心情低落。尚秀犹豫要不要继续聊天，敬爱有气无力地说道："回去吧！"

考虑了一周，尚秀在和瑜婷谈完话后，决定去越南了。比起尚秀以往的职场生活而言，这是一次有魄力的决定。尚秀得到的口风是，之所以被调遣是因为社长信不过当地的总代理。瑜婷还建议带一个老师傅和一个信得过的人，最好组成一个小组。

"要不然会举步维艰，尚秀。"

"这话怎么讲？"

"机器不是一次性卖完了事的。安装和售后都要跟得上，形成良性循环才能找到下一个买家。做不到这一点，你就会被视为不靠谱的人。当地人结成一伙，排挤你还不容易吗？在异国他乡，身边有个老师傅总比一个人强。"

这么说来，这不是简单的调令，而是公司重新洗牌、调整权力的"宏伟蓝图"。当然，社长并没有约见尚秀说那些难题。不过社长碰见尚秀会勾肩搭背，套近乎地说："兄弟，我们是打乒乓球结拜的把兄弟。我们是好兄弟，我家老爷子和你父亲很熟。有空来瑞草洞打打乒乓球。"

社长搂着肩膀搭讪。尚秀觉得他年纪轻轻就继承了父亲的公司，肯定有难言之隐。这位"少爷"背地里没少遭公司领导层的白眼，在员工眼里他只是个热衷运动、白白浪费精力的热血青年。不过，他其实还是个海归，为人勤快，做事果断。他父亲可把他折腾惨了，他不得不死盯着公司业绩。一旦他甩手不干，随时都会被——叔叔、姐夫、表兄弟——取代。社长一认输，这些人就会你死我活地争着上位。

尚秀为自己打气，开始物色合适的人选，看看厂子里哪个人能够在越南独当一面。老手们听完嗤之以鼻，新手们不舍得离开。年轻职工要么有对象，要么有需要照顾的家人或小猫小狗，没一个舍得离开。部长一开始还说，连师傅带职员一步到位给他安排，眼看没人去就不认账了，问他要不要自己去。对师傅而言，包括越南在内的东南亚和中国都不吃香。师傅有技术，想去哪儿不想去哪儿自己挑。缝纫机是夕阳产业，缺年轻工人，而能工巧匠的年龄越来越大。公司缺兵少将，四处打听离职人员，以补充劳动力。

尚秀每每吃闭门羹，实在没辙了才想到一个人——赵师傅。他在八十年代旺季的时候有点名气，后来转到了销售部门。尚秀咨询总务部，得到了辞职人员的档案已被销毁的答复。在一旁的敬爱说，她可以帮忙打听。

"你认识赵师傅吗？"

"我朋友跟他有联系。"

"没想到呀。你怎么会认识赵师傅？"

没等敬爱回答，尚秀想起了那段在半岛缝纫机公司历史上漫长而乏味的罢工。削发明志的几名员工中，敬爱算一个。部长说，他一直对赵师傅怀有愧疚感，他是师傅，还当过销售，后来公司以年纪大为由把他甩了，真不应该。尚秀想趁机说服部长能不能返聘他。

"你、赵师傅和我，我们仨组成一个团队，一起去越南岂不挺好？我们也该表现表现了。"

敬爱不置可否，随口敷衍了一句："是吗？"因为一瑛只说三分话，说赵师傅过得不好，似乎还有些隐情。

"走吧，我们去仁川请赵师傅回来，尽量说服他。敬爱，你去过几次仁川了？"

"我没去过。"

敬爱在仁川有不少回忆，但不想让这些往事浮出水面，干脆就让它们沉底吧。她至今没跟山株提起过 E 的故事。

"那倒是，地铁终点，挺远的。"

"换个角度看，不一定是终点，而是起点。"

"敬爱，你说话总是充满哲理。"

尚秀最近老是表扬敬爱。他琢磨着怎么能博得敬爱的好感，第一步要让她了解他的真面目和赤诚的心，了解后才能树立声望，声望可以转化为好感和信任，终极目标是让敬爱摆脱在总务科长的眼皮底下管理库存的命运，到机会之地——设立一个工厂相当于开拓文明的发展中国家——充分发挥她在大学时专攻的经营学知识。尚秀试图赢得敬爱的心，不知道是为了争取组员的心，以便继续以组长的身份在越南任职，还是别有用心，连自己都不明白。

"这不是我说的，是从前一个仁川的朋友说的。"

"你的朋友真神气啊。有这样神气的朋友，敬爱也够神气。"

"我说是从前，不是现在。"敬爱突然纠正了一句之后，赶紧转移话题。听一瑛从越南回来的工友们反馈说，韩国企业做的都是美国或欧洲的订单，工厂大多设在穷山僻壤的小村庄。也就是说，不是河内市、胡志明市这样的大城市，而是从乡村小路再花六个钟头才能抵达的偏僻简陋的村庄或密林。

　　韩国公司在偏远的乡村选址，是为了保住劳动力。一个工厂至少要雇佣三千名工人，准备就绪开工的时候，如果正逢工资高的半导体工厂四处挖人，那就前功尽弃了。如果附近还有别的纺织工厂，不涨工资根本抢不到工人。这些话尚秀没听进去。不管怎么说，尚秀是个小领导，但此时不知怎么了，他优先考虑的是争取敬爱的心、敬爱的选择、敬爱的认同，所以一反常态显得殷勤。

　　"人生本来就是在看似终点的地方重新开头嘛。绝处逢生，终点永远是开启新路程的起点。"

　　尚秀弱弱地说着。不过，敬爱反倒觉得越是无人问津的地方越值得一去，而且她真不想回总务部，没准又要陷入孤立无助的境地。只是她放不下山株。但一想到山株在她心目中的分量，就感觉自己猥琐不堪。

　　敬爱和山株经常在一起故地重游。有一次在汉江①公园喝啤酒，两人紧紧相拥，仿佛回到了从前。

　　那天比较奇特。两个人大白天坐在江边的酒馆喝啤

---

① 汉江又称韩江，是朝鲜半岛一条主要河流，也是朝鲜半岛上第四长的河流。

酒。码头上大大小小的鸭子船映入眼帘。鸭子船的嘴巴黄黄的，眼睛黑不溜秋的，乘船的地方白灿灿的。船上竖排写着商户名——乐园。鸭子船、乐园、小鸟歇脚的汉江、铁桥和坐在对面的山株，看着这些风景，敬爱时不时会涌上一股失落感和隐隐的不安。鸭子船被拴在一起，当地铁从铁桥上驶过或一阵风吹来时就会相互撞击，随波荡漾。眼前的画面似乎和竖排字"乐园"不怎么合拍，不断提醒敬爱此时此刻和山株在一起多么不合时宜。鸭子船缠在一起，随着起伏不定的波涛轻轻晃动，似乎在说——你们不再是恋人；汉江或汝矣岛的冷面店、光化门的书店等不能再证明你们依然是恋人；你们不再相爱；你们不向往未来；你们没有期许。

"学长，你看，那上面写着乐园。"敬爱指着鸭子船。

山株拿着苹果电脑往江边瞟了一眼，笑着说："是呀，这也是乐园。"

山株在车上问敬爱："能抱抱吗？"

敬爱思忖片刻回答道："我也想抱抱你呢。"

回家后，敬爱想起白天的点点滴滴——一起吃过的冷面、一起走过的街道、发餐厅传单的女人、枝叶茂密的林荫路、汉江和鸭子船、乐园和山株的拥抱。今天刚发生的这些事情，犹如快到期的记忆不断催促她清空处理。可能是因为山株五点半准时去首尔站接他老婆的缘故吧。一想到各回各家各过各的生活,剪不断的情愫顿时变得黯淡无光,像鸭子船上写的"乐园"一样虚情假意。敬爱的底气愈加不足,有一种从脚尖起慢慢瓦解的感觉。她一方面想抓住山株,不想失去他,而另一方面又预感到这会毁了自己。

敬爱想离开,去哪里都行。

晚上见到瘦了一圈的一瑛。她说,工作性质决定要整天走来走去的,感觉身体的水分被抽光了,甚至灵魂都被蒸发没了。

"累吧?"

"能不累吗?越喊累越累呀。"

"那倒是,那就说不累。"

"哈,说一千道一万不累,还是照样累啦。"

"那没辙了。"

"不是有精力才活着,而是活着才有精力。"

"简直是哲理名言。"

敬爱差点告诉一瑛她和山株的事。敬爱觉得和山株走得越近,就越怀着一种不可告人的秘密,自己正慢慢沦陷。每当敬爱提及这种关系的局限，山株就销声匿迹，几天后挂着一副饱受沧桑的脸露面，说："你什么都别想，乖乖地守着我，行吗？就算你照顾我，好不好？"

美瑜听到后一时冲动，说要给山株打电话。敬爱向她解释，心灵受伤的人肯定有诉说的欲望，他只是想找人诉苦罢了。美瑜说，他太自私了，自己的人生完蛋了，现在倒好，要出轨。敬爱听着怪难受的。美瑜和敬爱分别后，回到家又给敬爱打了个电话，说希望你过得舒心一些。电话那端传来美瑜的女儿咿呀学语的声音。敬爱心想，婴儿的美妙声音有时会制造悲惨的场面。

"看不到的未来，不值得你浪费时间。毕竟那不叫爱情。"

"是。"

"明摆着的，你为了什么？你怎么都由着他？"

敬爱无话可说，连声说不用担心。敬爱和山株在一起的欲望，既不是浪漫的情怀，也不是重归和好的渴望，只是一种挫败感的表露而已。两个失落的人被微弱的连带感支撑着。这些话说了也白说，毕竟抱着可爱的小宝宝迎来夜晚的美瑜是不会明白的——两个彻底惨败的人，最终什么也守不住的两个人，只是在勉强互相抚摸对方一塌糊涂的脸蛋。

"最近野狗还追你吗？"敬爱问。一瑛有些尴尬地说，现在不赶狗了，开始喂狗，空房子里饿肚子的狗实在太多了，还有小崽子。一瑛说，很难视而不见，虽然她不喜欢动物。

送走一瑛后，敬爱坐在便利店的遮阳伞下，想象着一瑛手里的登山杖被肉块或面包代替的样子。不知道这个世界会在哪个环节变得柔和一些呢？一瑛说，一到三伏天就有一群野狗躲到山沟或边远的郊区，好像已料到狗肉贩子会捉它们。夏天的风口浪尖过后，它们又会成群结队地回到道路边上觅食和生崽，警惕着外人，用一瑛喂的东西来充饥。这群狗变得很温顺，查水表的人也变得温柔。谁也不伤害谁的和平时代，什么时候降临呢？

那天晚上敬爱辗转反侧，想起了以前和山株分手后经常光顾的恋爱咨询主页。时隔好几年，都忘了名称，不过检索几下就找着了——"姐姐无罪"。

　　杀人如恋爱，恋爱如杀人。

主页标语换了，这是法国电影导演特吕弗对希区柯克电影的评语。标语比以前更有文化了，不过有点晦涩难懂。这个比喻该如何解释呢？意思是杀人和恋爱终究都指向毁灭吗？敬爱很好奇还是那个姐姐在运营主页吗？要是没换人，姐姐也算熟人，聊起来会方便些，不过想到连珠炮似的回信……也许她不一定都记得给她写信的人。说不定姐姐不是一个人，而是无数个人。秋天的风透过窗户吹进来。一股沉重而平静的风唤起了几年前的夏天和玉米。敬爱呆呆地盯着电脑屏幕，开始给姐姐写信。写完信已经是凌晨了，她收拾收拾要上班了。

杀人如恋爱，恋爱如杀人

尚秀凌晨打开敬爱的电邮，脑袋里当的一声扣动了烦恼的扳机。有"弗兰肯斯坦冰冻"这样一个古怪账户名的敬爱居然是"姐姐无罪"的会员，而且尚秀和敬爱笔来信往，已是神交。最让他受不了的是，敬爱激动地发手机短信的人，正是曾经弃她而去、让她的生活变得一团糟的旧日恋人。

尚秀看到"他依然维持着婚姻"这句话时，感到太残酷了。这种自私的剥削怎么会是爱情呢？一旦被卷进去，那就是罪大恶极啊！尚秀不由自主地拿起电话给敬爱拨了过去。敬爱可能睡着了，第一句话不是"喂"，而是气鼓鼓地说："真是的，谁呀？"尚秀赶忙道歉说："对不起，敬爱，我打错了。"说完赶紧挂断了电话。

得知真相的尚秀大受刺激，心想还不如什么都不知道好呢，这样至少能抛开所有烦恼。不，这可能是一厢情愿吧。尚秀上大学期间，有个学长削发为僧。尚秀问他怎么才能摆脱烦恼，学长一口咬定说不可能。

"既然这样，何必供着佛，每天磕头一百零八个呢？"尚秀顶嘴道。

学长支支吾吾地说:"我自己都泥菩萨过河了,哪儿顾得上你。"

学长穿着一身袈裟。尚秀无意中看到他还穿着耐克T恤,便没再问什么。也就是说人生是无法被挽救的,只能放任自流。心中的忧愁、纠结、痛苦、烦躁、渴望等,如顽疾沉疴,死死地缠着你。不过,哪里病了治哪里,身体终究能恢复,我们的心不也一样能治愈吗?每当尚秀收到敬爱的回信——她做梦都不会想到这个匿名的姐姐居然是他——心中就很难受。

收到,拜读了姐姐的恶语谩骂。你也不靠写信挣钱,专门抽空给我写信,谢谢了。我还想多问一句,到底"心"是怎么腾空的呢?姐姐说要一概腾空了事,但没提到具体的方法。

尚秀昏头昏脑地用自己的账号——"born-innocent",给敬爱写了一封言辞犀利的长信。这些他觉得能启迪心灵的文字,居然被敬爱概括为"恶语谩骂"。"说得更具体点?"尚秀气不打一处来,但只要能把敬爱从水深火热中救出来,就算熬夜也愿意。开夜车算什么,不吃不喝也得干,公司请假,连夜给她写信都乐意,什么越南不越南的……不，班还得上，越南还得去。此时此刻，敬爱在佛光洞的家里美美地睡着了。她都提问了，问他怎么个腾空法。尚秀可以身临其境地回信了。手指头在键盘上轻轻地游动，凭借当了八年姐姐的心理咨询功底，可以引经据典地告诉敬爱——那不叫爱情！

光顾"姐姐无罪"主页的姊妹们所遭遇的悲剧大多雷同，完全可以分门别类。尚秀越发相信这一切悲剧的源头在于男人的自私。尚秀从十来岁开始就目睹这类男性的丑陋和无耻。他们谈论女性的生殖器和乳房，仿佛这就是女性身体的一切。聊起被扒光了的、抹掉脸的身体，他们嘲笑。这种赤裸裸的低级趣味让他反胃、恶心。

尚秀一度怀疑男人的爱情是假的。他们的爱情与其说是爱怜，还不如说是权力关系的衍生。

尚秀是在复读班上明确认识到这一点的。那是一百五十名男生寄宿学习的地方，那里挺像军队的新兵训练所，还有个一天到晚什么都管的宿管——"生活助教"。六点起床、五分钟内上完厕所、十五分钟吃饭、自习到凌晨两点等生活细则自不在话下，还规定发型必须是平头，每个季节报备所穿的三套衣服，不得私自置办新服装，不得携带手机，不得戴帽子，不得私自约会

（包括谈话、身体接触），对各种细枝末节管得很严。

　　尚秀总是第一个打破成规的人。不是有意为之，而是因为天生太懒导致违规。复读的日子太漫长，长得紧张似乎都消除了。每到黑色十一月意味着即将面临高考——左右人生的一天，但这对一个整天闷闷不乐、体重超标又复读了三次的人来说，已经不那么重要了。尚秀该起床的时候起不来，该跑步的时候跑不动，不该听音乐的时候听音乐，不该吃东西的时候吃东西。关着灯，房间里一片漆黑，尚秀搅动筷子吃桶装面，汤汁里的味精刺激舌尖的味蕾，此时他才觉得还——活着。活着的感觉不在于显示高考倒计时的电子屏幕，也不在于大家穿着一样的运动服解题的时间——社会探索科目的例文经常以名言名句开头，如"宽容饱含人类的爱心，人是由软弱和过失造就的""人生伟大的目标不是知识，而是行动"。只有方便面能救他。只有这方便面的汤汁才能在令人厌倦的、支离破碎的现状中拉他一把。尚秀宁肯这样理解方便面。

　　那年夏天，复读班换了生活助教。新来的宿管当过海军陆战队新兵训练所的助教，专攻体育教育学专业。他有一副肌肉结实的好身板，像工地上的大锤。大多数的老师考虑到尚秀的家底不错，对待这位少爷像拿海绵小心擦拭瓷器一样谨慎。新来的生活助教可不吃这一套。尚秀赖床，一直睡到上午的阳光照射到额头上。房门被打开，紧接着他听到助教的喊声——"出来"。这个词非常暧昧，不带主语，分不清是命令还是陈述。不过，要是这点眼色都看不出来，那自己就是个傻子。尚秀明白这是让他立马穿上裤子，从被窝里出来，到操场上去挨罚。助教死盯着他，尚秀只能配合一下。他慢吞吞地走到操场，有六七个学生在那里松松散散地排着队。

"有，还是没有？"

生活助教体罚他们时，总是这种腔调，撂下这句话后，静静等待有人回答。有人接茬才能减少挨罚的时间。有个学生勉强回答说："老师您问的是有什么？"

"毅力。"

助教扫视一眼学生，又问道："重要，还是不重要？"

"您说的是毅力吗？"

"大学。"

他说话总是留三分，让人不得不多问一句，不过净是无关痛痒的话。他只是用疑问句引起注意，再用特别没劲的回答来完成一次令人哭笑不得的对话。这种可有可无的对话只是为下一步的体罚做铺垫而已。连续七八次赛跑、倒挂单杠、蹲跳等花式体罚，在刺目的阳光下挺折磨人的。挨罚的时候，尚秀思绪万千。他手叉着腰按照"开始""停""再来一遍"等指令折腾身体时——离爆裂不远的眼角、结实的方形下巴、黝黑的皮肤——情绪如爆米花般迸发。这和以前为一碗方便面疯狂截然不同，尚秀被一股亵渎的感觉笼罩着，不仅有恐惧，还掺杂着愤怒、厌恶和悲伤，最强烈的是还有某种欲望的涌动。助教越压制他，他对助教的欲望越汹涌。

尚秀一直没爱过有血有肉的人，没尝过爱情的滋味。他觉得对助教的欲望不是爱情。尚秀尽量让自己摆正心态来面对助教。助教让他跑、伸直手臂、反复蹲跳，随着体能触及极限，尚秀的内心愈加火花四溅、欲火燃烧。

只有助教有权让尚秀免受体罚之苦，尚秀对他的怨恨和郁愤无处发泄。他很清楚在两人的权力关系中，自己永远是弱者，处于祈求对方怜悯和饶恕的位置。

总之，对尚秀而言，新来的助教非常特别，他也希望自己被助教特别看待。他模模糊糊地觉得这种"特别"可能不值得一提，但爱情可能就是在这种悬殊的权力关系中迫降的。一切都是幻象。

秋天的某一天，尚秀躺在床上，身体犹如陷进稀泥一样，结果迟到了一节课。尚秀知道躲不过挨罚，便自觉去了操场。他琢磨，今天要跑几圈呢，跑就跑吧，怕什么。他感觉自己瘦了点，穿袜子都比以前轻松了，稍微低下身子就能看到脚指头。不过助教没有搭理尚秀，只是面无表情地坐在操场边的观众席上拨弄着手机。尚秀呆呆地等着助教发出指令——重要，还是不重要？有，还是没有？助教对尚秀视而不见，好像根本不认识他这个人，只是拿着电话说——嗯嗯，清凉里，对吧？清凉里，没错哈？清凉里哈？尚秀觉得清凉里这个地名似乎和位于龙仁的复读班宿舍毫不相关。

"老师，我迟到了。"尚秀先开口。

助教愣了愣，反问道："我们有约在先吗？"

尚秀心中掂量了一番这句话。他居然说"我们"——一个尚秀、尚秀的朋友和讲师都会用的再普通不过的词，不过从这位"大锤男"的口中说出来，给尚秀带来一缕清凉和惬意。

"我迟到了。"

助教点了点头，似乎了解了情况。尚秀紧了一下鞋带，回想着整个夏天在这个操场上热火朝天挨罚的场面。助教对尚秀说道："不弄了，合同到期了。"

助教爽朗地笑了，脸上露出纯朴天真、对世事不屑、轻如羽毛的微笑。尚秀有些心慌。

"您是说结束了,老师?"

"还有三周就高考了,在这个节骨眼上搞什么体罚呀。再说,我也是临时的。"

尚秀不敢相信,一直以来高强度地折磨他、压制他的人,怎么能以合同到期为由说走就走呢?那他体罚别人的权力又是从何而来的呢?这期间尚秀真真切切感受到的情感又算什么?

"高考那天可别犯困呀。改掉晚睡晚起的毛病,补充蛋白质和维他命。"

助教留下忠告并祝他高考成功后,转身离开了。看着他大锤般的身板越走越远,尚秀的心仿佛被封锁了。秋日的落叶像鸣放过的礼炮碎片散落一地,撒满了操场。

那个秋天下午的风景,在他心里怎么也抹不去。每当尚秀孤零零地走在大街上时,凌晨四五点钟痴痴地睁着眼睛坐在床边发呆时,看着坐公交车的人们有说有笑时——他都会想起一度让他情感丰沛的人随着合同到期一走了之的事情。他总是不敢相信这一切。从开始、进行到结束,情感的激流无时无刻不击打着他的心灵。他隐隐约约能明白,推动心潮的不是由内而外的力量,而是助教和尚秀之间形成的上下关系导致的正负能量,最终产出的结果是情感。这样的分析对尚秀有利，首先多少能减轻心里的痛苦，再者，被莫名的失落感缠绕而痛苦不堪的心灵好像一下子也释然了——清清爽爽的，好似畅通无阻的高速公路。虽然想不到这条路的尽头会散发着难闻的柏油味，同时也是通往充斥着嘲笑、虚无和无限怀疑的空间的起点。

尚秀恨不得马上回邮件提醒敬爱，爱的本性本来就是如此丑陋不堪的。但他无从下手，越是热情满满越不敢写——第一步，把前男友的电话号码拉黑、拒接。这一步一点也不难，轻轻挪动手指头点下拒绝按钮就行。这样就能从剥削情感的绑架中解脱了。睡了吗？……过得好吗？……在哪儿呢？……不用再听他说这些狗屁话了。这是最关键的一步。换了是我呢？我绝不会跟你说"快点出来"。我不是急性子，出不来的姐姐多得很，我会等，我会等的。朴敬爱，我等你——尚秀像屎壳郎滚牛粪一样左思右想，一夜没合眼。上班后看到敬爱坐在电脑前正咔咔打字，上面是尚秀贴给她的标语——"卖货绝不出卖心"。要是以前会觉得朴敬爱还挺敬业的，现在可不这样觉得。尚秀怀疑她是不是用聊天软件给前男友写信呢。他假装找东西，偷偷瞥了一眼，信上这样写着：

早安，今天也是平安无事的一天。

"平安无事"这个词犹如茫茫大海中漂泊的孤舟，

又像是从无穷无尽的、成千上万个单词中打捞上来的。

信中的言语动情而温婉，果然还是深爱着他。敬爱读了来自姐姐充满尖锐批评的电邮，但仍然放不下这段感情，尚秀也不好再说什么了。而且那几行湿漉漉的文字让他很不舒服，恨不得用回车键通通删掉，劝阻她"别这样了"。但尚秀知道，他不能这样。一个从来没有痛痛快快笑过的男人，却在脸书上无微不至地照顾众多女性——光凭这一点就足够引起很多误会，人们会指责他倾听悲欢离合是假，满足龌龊的窥视隐私的癖好是真。不过，尚秀感同身受，便一点一点地给姐妹们回信。

至少在这个主页上尚秀是明白的——坠入爱河的冲动，不确定降落伞能不能打开却不顾一切后果将自己交给重力的勇气。他的"身体"非常清楚，甚至比头脑理解得还要通透——就像身体的每个细胞感受着肾上腺素、催产素和多巴胺分泌一样明明白白的。殊不知浪漫的爱情往往是为残酷的杀人做铺垫的,这和电影导演特吕弗的创作理念不谋而合。他拍悬疑片时主张抒情的镜头应排在前面,预示着美好的爱情即将惨遭破坏。

尚秀从小爱看电影,从中间接体验过无数个爱情的诞生和破灭,懂得如何辨别爱的真伪,明白只要爱过都是无罪的——这一切算是爱的技术吧。他复读三年终于考上了大学,在读书社团阅读了人文类的必读书,得出来的结论是:无论是爱情还是恋爱,深陷其中的当事人不过都是劳动者而已——通过多元的途径进行物质交换,形成权力关系,一方殷勤地服务于另一方,一直到剥削关系终结为止。这种假设看似是对恋爱的污名化,也像给没谈过恋爱的自己合法化,但敬爱的邮件更加巩固了这一假设的正确性。怎么说呢,尚秀是一个封闭在恋爱工厂里的熟练工——愤怒的熟练工,活在双重生活中,他是公认的,也是自认的——爱情的熟练工。

尚秀天天强忍着,不敢对敬爱说出那是错爱。敬爱蒙在鼓里,她不知道她和旧情人(已婚男士)剪不断、理还乱的秘密已被尚秀知道。尚秀若无其事地吃着干菜酱汤、鳕鱼汤,聊着工作上的事情,假装漫不经心地引导她。

"敬爱，最近看什么电影呢？"

"我不看电影，看视频。"

"看什么视频？"

"看考拉和树懒，有个三小时的视频拍了它们睡觉的样子。想看视频的时候就看那个。"

"好玩吗？"

"可以理解树懒的生活。"

"树懒是怎么生活的？"

"时速九百米。"敬爱用双臂模仿攀爬的动作。

"什么意思？"

"树懒呀，动的时候时速九百米。"

尚秀想，时速九百米几乎和一动不动的状态差不多，相当于婴儿蹒跚学步的速度。也可以说是等待某种气候、兆头或季节的速度吧——就像困于冬天的寒冷，一到二月便翘首以待春天的到来一样。不过现在这么情绪化有什么用呢？

"那是倒退，是回避问题。我不是影迷吗？敬爱，我看了几部比较应景的电影——《异形》《小魔怪》等。外部的生物体在宿主身体里变大，最终致人死亡，是能让人死的！榨取你的血肉，要小心，一不小心就上当了！敬爱你不是喜欢弗兰肯斯坦吗？他不也是恩将仇报吗？"

尚秀拐弯抹角想说——不要见那个人，一不留神提到了敬爱的账号——弗兰肯斯坦。他忐忑不安地看着她的脸色，害怕自己"姐姐"的身份露出马脚。敬爱全神贯注地用筷子夹住了一粒酱黄豆。她放下筷子摆手说，不是的。不是吗？不是——这句简单粗暴的否定让尚秀感到沮丧，仿佛敬爱一口否定的是那个"姐姐"的身份给她的建议——情感腾空。

"不是吗？怎么，那到底是什么？"

"弗兰肯斯坦是博士的名字。这和你说的弗兰肯斯坦不是一回事。"

尚秀有些尴尬。敬爱心不在焉地说："大家都想当然地这么认为。"

"我不喜欢那样的电影。世上哪儿那么容易敌我分明！这种黑白二分的想法才是倒退。人活着，多少会被磨损。谁不想不碰壁？谁都想活得干净利落？不过这容易吗？人们往往明知自取灭亡，还要坚持自己的选择，最终为自己的选择付出粉身碎骨的代价。这些电影把对方设定为怪物，把一切罪过转嫁到它们身上，这有什么用？"

餐厅大姐把锅放到了便携式煤气灶上。两个人看着炉火不说话。尚秀在琢磨敬爱提到的怪物，敬爱在思考尚秀的话——"能让人死的"。敬爱觉得尚秀的那番话和他平时的话风——夸张的、慌张的、激烈而"空洞无物"的——并无二致,但今天多少有点触动她的地方。敬爱能感觉到尚秀在担心她,但凭什么?平时也没流露出什么情绪,难道她的心事无意中被他看到了?难道她的心事像滚烫的汤汁不断冒出气泡,像茼蒿和葱丝滚动一样流露出来了?

尚秀问她:"不是弗兰肯斯坦,那是什么?"敬爱说:"造物。"

尚秀拿起手机搜索"造物"的具体含义。

"存在的意思,存在。"

"不完全是存在的意思。存在和被存在是有区别的。"

敬爱用筷子夹着海苔包起了米饭。她嘴里嚼着食物说,我十几岁的时候,绰号是"造物","造化之物"的简写。尚秀听着有点耳熟,就是想不起来在哪儿听过。这个词让他联想到一些模糊不清的记忆,比如九十年代的风景——穿着裤筒很宽的牛仔裤——宽到完全可以扫街上的落叶,留着"刀子头"——线条分明得像一把刀子,显然是土包子追求"洋气和时髦"的节奏,却显得格格不入,营造出一副"生不逢时"的形象。

"说实话,我最近挺累的。"

尚秀刚才被过去的记忆裹挟着,这句话把他拉回了现实。他猜,敬爱可能要和盘托出了。不过,尚秀想多了,敬爱并没提及她隐秘的心事,反倒问尚秀最近有没有心事。

"我们眼前的麻烦事多得像自助餐厅里的鸭肉切片。我看你对工作不上心。我们被调遣的事已经通知越南那边了,那边也在等着我们。还得见赵师傅,赵师傅去不去也不好说。委派一年,时间虽短了点,不过好歹也算是委派。"

尚秀憋了一肚子的火——不就是因为你的邮件让我心烦意乱吗?但这些话都不能说,只好咽下汤汁,自己消消气。敬爱自顾自地说,好好工作吧,别忘了晚上去见赵师傅。的确是,晚上还约了赵师傅!

"什么叫好好工作?"

"相互尊重呗。"敬爱看了看尚秀的脸色。

"尊重什么?"

"赵师傅的状态。"

"什么状态?"

敬爱听一瑛说,赵师傅酒精中毒很严重,但她不想提这件事,主要是担心没人要一个酒精中毒、手发颤的师傅。以前她老觉得赵师傅自尊心强,不会回到当年赶他走的公司。但现实是残酷的，现在他即便想回来也不一定能回得来，除非手不抖。敬爱一直不敢相信一瑛的话——赵师傅颤抖的手指几乎握不住东西。赵师傅即便是在罢工期间也紧握着笔，双手随时处于待机状态。当他把《罢工日记》递给敬爱时，还说过"我们要小心提防的不是眼前的暴风骤雨，而是雾霾，因为它会不知不觉蚕食我们的生活"。敬爱不敢相信一瑛的话，毕竟耳听为虚，眼见为实，但如果事情正如她说的那样该怎么办呢？

只好看尚秀的意向了。尚秀可能不太在意赵师傅的现状，果断决定和他共事。敬爱总觉得尚秀的心"介于"不可名状的什么东西中间摇摆不定。他胆小懦弱，去人多的地方时紧张兮兮，要吃定心丸；他胆大包天，隔三差五找顶头上司，动不动提出过分的要求——只有走后门的人才敢提出来的要求。他有时候看上去雄心勃勃，充满朝气，有着让人想不到的派头。办公室里只有他和敬爱，他都要写上不切实际的销售指标，寄托"公司实现了这个目标相当于我们也实现了"的心灵鸡汤。尚秀想方设法提高销售业绩，东奔西跑出入各个工厂，后来才恍然大悟，明白采购负责人想要的是贿赂和应酬，难免灰心气馁。他就像一个钟摆，介于两个东西之间左右摇摆，敬爱觉得这种纠结正是某种道德的流露。她越发觉得尚秀不是别人说的那样，是个无可救药、自私自利的笨蛋或新兵蛋子，而是一个内心有规律但不擅长和他人分享自我道德的人。那么即便赵师傅无法控制双手，"手感"至少会发挥作用吧。

"我是说，手。"

敬爱放下勺子，靠着椅背久久看着尚秀。锅里煮着从俄罗斯沿海捕捞上来的几段明太鱼，里面还有煮烂的萝卜块。敬爱张开手掌对尚秀说"手"。尚秀也放下勺子，呆呆地看着敬爱伸出来的手，稀里糊涂地伸出手。这偏离了敬爱的本来意图，但她还是握了握他的手。

两个人又吃了起来。尚秀和敬爱觉得这一握手貌似完成了某种交流。尚秀琢磨着自己对敬爱斩钉截铁地说过的话——能让人死的。那些登陆"姐姐无罪"的主页、诉苦自己因陷入谬爱而痛苦万分的人，还不是照样过日子吗？这样说来，以爱为幌子的剥削终究能让人死的结论是错的。也就是说，不管敬爱和自私的旧情人之间的结局如何，她都会安然无恙——或触礁或漂泊，最终抵达彼岸。但是尚秀不想把敬爱的事置之度外。他既然知道了，敬爱都发出求救信号了，能不管吗？如果不管，恐怕自己会耐不住深深的失落感而漂流不定。

敬爱吃完饭出来后，暗自思忖怎么跟尚秀说"手"的事，不过尚秀见了赵师傅自然会知道的。她还想起了她对山株说"别再联系"时的情景。他气急败坏地指责她说，你终究还是做出了这样的选择。

"什么选择？我的选择有什么毛病吗？"

"你把我归类为坏蛋，决定抛弃我。你的选择就是这样的。"

敬爱无语了。好多年前的夏天，通知她分手的不就是山株吗？分手后，两人仍旧保持联系，互相问候，这一切纯粹靠敬爱的努力。敬爱一直忍受着带刺的嘲讽——人们说她痴情，属于好莱坞风格，不得不面对敬爱的学姐兼山株的新恋人时，还得忍气吞声地接受虚情假意的嘘寒问暖——你没事吧？我不愿和你反目。这些话听上去好心好意，却粗暴地玩弄着敬爱的心。

有一年冬天，学姐约了敬爱，一起看电影和喝茶。他俩尽量回避有关山株的话题，只讨论了会一起看的电影《潜水钟与蝴蝶》。主人公突然中风，全身瘫痪，只有左眼尚能自由活动。他形容自己就如同困在潜水钟里一般，身体被紧紧箍住，无法动弹。学姐给敬爱念了一段导演的采访："即便我们的身体被封印了，但通过想象力和记忆的力量还是能够在广阔的天地里自由飞翔。"敬爱死死抓住了"封印"这个词——她觉得有些爱情完全可以超越肉体,只要不断推动停滞的记忆,爱情就能延续,失去的爱情就能在回忆中重获生命。

学姐和敬爱喝完茶,去和山株约会了。敬爱忍住羞辱,看着学姐离去的背影。但她一想到山株正在电话那头和学姐通话,始终放不下他的心,反而变得踏实了。那是一种踏踏实实的安心。见完学姐回家的路上,冷不防袭来"要不算了吧"的想法——了断感情,仿佛从未发生过一样。不过,选择了断几乎不可能,不可能把山株当作僵尸不管不顾。这对于从前自称"造物"、失去过一个人的敬爱而言,是绝对不可能的。

你给我讲讲E吧——山株有时候会问她。与其说山株想了解E,不如说他知道敬爱有诉说的需求。山株知道敬爱在博客上设置了关于E的存档。她的博客不设密码权限,也会统计访问人数,但都是些不相识的人,实际上和没人访问的博客毫无两样。山株对此一点也不介意,也是因为敬爱不愿意,所以没有专门搜过敬爱的博客。山株只是对敬爱说,如果有抹不去的记忆,可以说给他听听。毕竟一个人缅怀另一个人会很孤独。敬爱只言片语地说过这些话。

当时我想，我的初夜会属于 E。我想我会是一个非常不错的性伴侣。

是吗？有什么根据？

你不觉得吗？你跟我做，是不是感觉不怎么样？

不，不是。

这些话我都和 E 说过。

你说要和他上床？

我说以后会上床的。

他怎么回答的？

那会挺热乎乎的，他说，该多热乎乎的呀。

我有一阵子不敢说"热乎乎"这个词，因为老想起他。有些话好像被记忆蹂躏了，我不敢写。

我想，如果不是生活中常用的词就会好受很多。比如，"敬拜"，不常用的词，没有好受不好受的。再就是"深思熟虑"，我们很少说。可是"热乎乎"不一样——米饭热乎乎的。自从 E 走后，热乎乎的米饭不再热乎乎了，觉得它就不该是热乎乎的。敬爱吞下这句话，纠正说——米饭香喷喷的。她联想到那身体怎么办。她想到那年在火灾现场被重度烧伤的打工仔揪住妈妈的衣襟说过的话——妈，我很痛，这么痛怎么还活着，人到底多痛才能死。E 已经死了，说明他痛得死去活来才死的。学长,每当我想到这里,就好气愤,简直不可原谅,但又想不明白到底不可原谅什么,我要原谅什么,我在生谁的气?

当山株把敬爱拥入怀中,敬爱觉得浑身热乎乎的——鲜明的、亲切的、细小的、细腻的,像抚摸着温顺的大狗毛或草叶的小刺那样,密密麻麻的触觉连成一片——感觉自己还活着。

敬爱想,如果这些记忆能让人死,正如尚秀说的那样,这属于倒退的话,她该怎么办?敬爱沉浸在万千思绪中横穿了斑马线,尚秀被红灯拦在了对面。尚秀躲进了林荫树的影子里,以免被日光晒黑。尚秀平时挺注重防晒的,坚持外出吃午饭前必须用防晒霜仔细涂抹一番。树叶的影子落在尚秀的身上,斑斑点点像被松动的渔网罩住了。

尚秀拿出手巾擦擦汗,挥手示意敬爱不用等他。敬爱本想先走,又改了主意,等着他。她掏出一根烟,嘴里叼上,看到尚秀伸出双臂弄出 X 字,绝对不行的意思。敬爱长期抽烟,知道这个地方不罚款,但看在尚秀心急如焚的份上没点火。敬爱心想,抽烟罚款算什么屁事?

他那样拼命挥手干嘛呢？到底绝对不行什么呢？敬爱随即也向他招了招手。

　　尚秀和敬爱在附近的咖啡厅见了赵师傅。赵师傅看上去状态不是很好，正如一瑛说的那样。他依旧穿着胸口有小口袋的衬衫和夹克，可能因为是新衣服，反倒显得有些生硬、拘束。敬爱琢磨了下自己在赵师傅的眼中会是什么样子——没被解雇但保住了饭碗的安定感？应该不会。当敬爱递过名片，赵师傅长叹一口气咕哝着"主任"二字——敬爱的头衔。

　　三人的谈话如曲奇饼干——点茶水赠送的比利时饼干一样，簌簌地成了碎块。赵师傅听到返聘的提议时，显得有点冷淡。尚秀讲明了似乎缺少抱负的未来计划。一直谈不拢，可能是各怀心事的缘故吧。尚秀明显感觉赵师傅变了，但又觉得这不算什么事。他尽量用平常心面对异常消瘦、神情憔悴的赵师傅。以前尚秀情绪低落，劲头不足，一天天过着勉强上班打发时间的日子。赵师傅对他说过，劳动让人活得更像人，劳动的意义不仅仅是死守着靠走后门获得的饭碗那样简单。尚秀心想，反正缝纫机一直在犄角旮旯运转——在半岛缝纫机公司，在越南，在中国——赵师傅提着老旧公文包的样子又出现在他的眼前了,何不群策群力呢?敬爱见过赵师傅之后,面容带着忧愁,好像沉浸在种种过往中。

尚秀耍贫嘴说:"主任也挺好的。最近忽略主任直升代理是个大问题。从字面意义上看,主任是主要负责分内工作的人。拥有代理头衔的人,个个无心念佛,一心吃斋,热衷于套近乎。我们组吧,简简单单就三个——赵师傅您、朴主任和我。规规矩矩的,不用拉关系,也不用竞争。"

尚秀试图活跃一下气氛,一心想着赵师傅和敬爱能够从罢工的阴影中走出来。罢工以失败告终后,二人既然再次相逢,陈年的感情也好,悔恨也罢,是时候怀揣新梦想起航了。一想到梦想,尚秀就心潮澎湃,想象着大步走在胡志明市工业园的自己。这一想象驱走了有关越南的刻板印象——安南米、战争、雾霾、孤独等。

尚秀从谷歌地图上检索胡志明市,给赵师傅看了看。赵师傅拍手叫好说,真好,太好了,又有工资领了。他搓着双手,环视四周,见面还不到一小时就提出:"要不咱换个地方?"

"换地方?"尚秀反问。赵师傅突然从梦中昏昏然惊醒,赶紧改口说:"没事没事,继续说。"赵师傅一副焦躁不安的样子让尚秀不知所以。后来去了小酒馆他才恍然大悟。赵师傅等不及下酒菜,一杯接着一杯地喝起了烧酒,状态看上去舒服多了。

"赵师傅,以前只喝三杯的呀。以前说三杯足够了。"

"对的,对对,足够足够。"

赵师傅话是这么说,不过还是喝不够的样子,又递出酒杯。尚秀给他斟满后,说了声"我不喝了",便把自己的酒杯放下了。赵师傅带着幽深的目光问他,你不喝了?不是因为悲伤或委屈,更不是因为尚秀的举动冒犯了他。他这种幽远的眼神,露出陷入万丈深渊的惆怅和迷惘。就像醉汉一样,推杯换盏也好,自斟自酌也罢,总是越喝越陶醉于自己的小世界。在一旁自斟自饮的敬爱也喝醉了。

一起喝酒反倒拉大了孤独感。照这样下去,别说一起去胡志明市了,连耗时一小时的机场大巴也别想坐。要是真去不成越南,留在韩国的敬爱会被旧情人拖后腿,无法自拔。如果组不成队——师傅一名、销售两名——不能按部就班推动的话,敬爱的命运还是凶多吉少。

"师傅,最近怎么过日子的?"尚秀把龙须面推到赵师傅的跟前。

"日子该怎样就怎样,问题是酒。"

"酒怎么了?"

"哗啦哗啦喝不够呀。"

"手艺还好吧?没忘吧?"

赵师傅吃着龙须面,微笑了起来。尚秀和敬爱今天第一次看到他的笑容,笑容中透着沧桑,慢慢磨灭了活下去的意志似的。微笑似曾相识,尚秀的母亲生前也经常露出这样的微笑。尚秀偶尔会想起和母亲说过的话。尚秀曾问她,妈,你觉得什么事情最难?妈妈轻轻地笑了笑,说,今天最难。

今天怎么难了?

今天也要熬过去,所以难。

今天也要熬过去,是什么意思?

今天也要煎熬的意思。

今天也要煎熬下去,是什么意思?

今天不会消失的意思。

今天不会消失,是什么意思?

不可预测明天的意思。

不可预测明天,是什么意思?

明天可能会消失的意思。

明天可能会消失,是什么意思?

熬不过明天的意思。

熬不过明天，会怎么样？

明天不能过下去。

明天不能过下去，那怎么办？

那就……解脱了。

听到妈妈说解脱的时候，尚秀心里咯噔一下，有一种沉潜下去的感觉涌上心来，不是季节或昼夜的交替那样自然的起落，而是被强制下沉的感觉。这和妈妈可能会永远消失的一丝不安不太一样，他的心异常冰凉。他明显能感觉到自己在妈妈心中的分量根本不值一提，仿佛有人啪地拍他的肩膀，提醒他后退一步闪开，做好"心理准备"——做好被抛弃的心理准备。

那时候尚秀还是个彷徨的孩子，下雨天故意不打伞，穿着耐克拖鞋踩着从坡顶上冲下来的雨水逆流而上，那雨水的触感记忆犹新。脚步乏力无助，各种垃圾、塑料袋和大大小小的树叶、粗绳、塑料泡沫碎块掺杂着沙粒淌下来，脚背上的凉气令他惊悚。或许令人打寒战的凉气是"心理准备"的最好阐释。所谓心理准备莫过于一边抛弃鸡毛蒜皮的东西，一边迎着某颗捉摸不定的心逆流而上。尚秀听到妈妈在日本去世的消息，仿佛觉得这踩着雨水逆流而上的脚步突然停止了。

"一起去吧，赵师傅。当地也有一名师傅，年纪跟您差不多。而且在越南干活远比韩国轻松，那里挺好的。当地不会有罢工，更不用剃光头，我都三十五岁了，也剃不起了。孔组长人也不错，都挺好的。"

敬爱表扬了一下尚秀。赵师傅也顺着她的话说："的确是，孔尚秀，人真不错。"

"不过，我恐怕去不了。"赵师傅把话说死了。敬爱也没话说了。赵师傅说："女儿上中学，才十六岁，她不能去越南。"

"我得在韩国找个工作。半岛缝纫机公司不能给我安排韩国的岗位，我去越南才有用处，是吧？我去越南，我闺女怎么办？没有妈妈，一个人怎么过？我不能去，我是孩子的爸爸呀。"

三个人从小酒馆里出来。两人搀扶着赵师傅穿过一条美食街，木炭烤肉的烟呛嗓子，路过聚集蜉蝣的下水沟，到赵师傅家了——多户型住宅的二楼。赵师傅推开磨砂玻璃门，传来"爸爸吗？"的声音。赵师傅的女儿穿着学校运动服，猛地推开大门。

"又喝了，又喝了。"

小女孩娴熟地扶着他坐下来,给他拿拖鞋。

"英瑞,这两位是爸爸的老同事,都是半岛缝纫机公司的。"

小女孩听完赵师傅的介绍,微微点了一下头。脸上的雀斑透出一股淘气劲儿。打完招呼,敬爱和尚秀准备回去,赵师傅却一个劲地让他们进屋坐会儿。

"糟了糟了,家里乱七八糟的。"英瑞说完进房间了。

"不用进了,我们这就回去了。"敬爱和尚秀赶紧说。

"不不不,我请你们吃酸奶。"英瑞大声回应道。

"那好,谢谢你。"敬爱脱了鞋进去了。

三室一厅的房子,其中一间的房门被拆开,成为客厅兼厨房。敬爱注意到门框上的白漆大半剥蚀,岁月痕迹可寻。敬爱从小和妈妈住在老旧的房子里,总觉得房子会变老,而不是变旧。内部的消耗导致房子变老,而不受外界的影响。

英瑞手脚麻利地收起餐桌椅子上晾着的T恤和毛巾,还从小水壶里舀出两碗酸奶。敬爱看到阳台上有捆洋葱,还有香龙血树和虎尾兰,参差不齐的枝叶并没有修剪,展示出生机和活力。

"花养得真不错。"敬爱说道。

"多亏阳光好呀。"英瑞回答道。

"这个房子整天都进光。"

"太好了，这样的房子简直太好了。"

房子里还有螺钿碗柜，上面供奉着赵师傅夫人的遗像和香火，陈旧的摆件整整齐齐地放着，营造出一种舒适安逸的气氛。比起刚刚穿过的喧闹街道，显得有点脱离现实。英瑞把酸奶端过来。她说，最近减肥老吃酸奶。

"老师，老师怎么这么瘦？我太羡慕了，吃得少吧？"

"我不是老师，叫姐姐就行。姐姐刚喝了一瓶烧酒，吃完酸奶想上厕所呢。"

"没事，用洗手间就行。"

"万一堵了马桶怎么办？"

"姐姐真逗。"英瑞说完哧哧笑了。尚秀十几年没做客了，有点不自在，不过看着活泼的小女孩，心不由得平静了下来，便插嘴说道："吃得少？小朴每顿饭吃得都饱饱的呢。"

"小朴，老赵，这些称谓挺好玩的。"英瑞笑着说道。

"英瑞。"赵师傅侧躺着叫了声闺女的名字。

"英瑞，你说爸爸去工作怎么样？"

"工作就能赚钱呀。有钱挣当然要挣，有什么好纠结的。"英瑞翻着手机短信，随口说道。

"工作地点太远了，在越南。"赵师傅过了好一会儿才说道。英瑞抬头看了看赵师傅的后背——衬衫已经皱巴巴的了,手指头一直在发短信。

"爸爸要去吗?想去了是不是?"

"不是,绝对不是。"

"我没事,我还有阿姨。"

英瑞端着碗走到洗碗池,开了水龙头。赵师傅心情沉闷地说道:"三年前的冬天,孩子她妈走了。她心脏不好,那天好像预感到自己不行了,有气无力地站在门口说,好好上班,照顾好英瑞。"

"爸爸,又说这些,快别说了。"

英瑞扶他起身,推他进了浴室,要他洗洗。尚秀和敬爱也准备回去了,英瑞送他们到楼梯口,问道:"工资多少?是不是只要去越南就能恢复职位?"

"这不挺好的吗?对我爸来说是件好事吧?那必须去,总比当门卫强啊。拜托你们带我老爸去吧。"

敬爱指着旁边的尚秀,告诉英瑞说:"我做不了主,主事的是这位孔组长。"

"大哥是组长,那我爸呢?"

英瑞觉得尚秀太年轻,不由得担心起爸爸来。

"你爸是师傅,公司里的人都叫他师傅。"

"我爸不带徒弟,为什么叫师傅?"

尚秀和敬爱顿时觉得不知道怎么回答才好。过了会儿敬爱说道:"因为人品太好了,像你爸那样人品极好的人,我们都叫师傅,一直都是这样的。"

尚秀和敬爱并排坐在地铁椅子上,默默看着窗户里照出的模样。敬爱觉得两个人肩并肩坐着,一点也不觉得尴尬。

"你觉得赵师傅会去越南吗?"快到驿谷站时,尚秀问道。

"我哪里知道。你打算怎么报告?"

"有什么好报告的,就说一起去呗。"这句话听起来很舒服,流进了敬爱的耳朵里一样。

"没事吧?"

"你指的是什么?"

"算了。"

"那么敬爱你呢,没事吧?"

"你指的是什么?"

"任何事。"

尚秀看着敬爱的脸,在地铁的照明下显得格外清澈。尚秀心想,好久都没有这么近距离地看过别人的脸了,不过又马上产生了戒备心,告诫自己不该为她动情。尚秀尽量和她的侧脸保持距离,便把视线移到车窗上。车窗照着戴着耳机听音乐的敬爱,尚秀又看向周围的乘客——有个女乘客对着手机谈情说爱,嘴里咕哝着,想你了,怎么不想你;有个男乘客用手指轻轻捋了捋女友的头发;还有一对手牵手交谈的恋人,不停地说,是吗?哎呀,是吧?周围都是两情缱绻的画面,尚秀心里直痒痒。

"嘿,敬爱。"

尚秀想要按捺住浮躁的心情,就要絮絮叨叨说个没完。敬爱摘了耳机,问他什么事。

"你在听什么歌?"

敬爱拿起一只耳机递给他。尚秀听出来这首曲子是 The Beach Boys[①] 的 Kokomo。

"这是电影《鸡尾酒》的主题曲呀?"

敬爱说:"没错,The Beach Boys 唱的。"

汤姆·克鲁斯,

牙买加,

罗杰·唐纳森,

逃亡之路,

[①] 海滩男孩(The Beach Boys),美国摇滚乐团。

尚秀说，敬爱你看过的电影还真不少。敬爱不冷不热地说，我在上中学时加入过名气比较大的影迷俱乐部。

"你不知道那里的电影竞猜比赛吧？我是高手。"

"嗨，看你说的，我能不知道吗？我当时也是影迷的会员。"

敬爱把眼睛瞪得溜圆，反问道，真的吗？尚秀觉得在她面前显摆的机会到了，正要高谈阔论的时候，忽然意识到：造物、仁川、地铁、影迷俱乐部和一九九九年，这些破碎的记忆召唤了一个声音——这边好冷——蹦出这么一句话又沉默良久的声音。在恩宠出事之前，这个声音开口总是——嗨，是我，造物——一个女孩子的声音。

是我，你们的姐姐。可能会有一段时间，由于个人原因不能及时回复，请大家原谅。这可怎么办呢？这可咋办？想必你们会这样问我。不用担心，还有"眼镜蛇""爱情火锅""断奶触感"等资深姐妹开的主页，火急火燎的恋爱事宜可以找她们咨询。最后，针对一直没来得及回复的一封邮件，奉上这样几句：你问过该怎样腾空心灵？到底有什么办法可以腾空？那个旧情人有一天和你说过，咱俩亲热亲热吧,暖乎乎的。你答应他了,便进了浴室。洗完澡出来,看到他把衣服拉整齐,连袜子都穿上了,说是要回家。他还说送你回去。你自己径直打车,沿着江边北路直走,觉得自己彻底崩溃了。那个狗东西,真不是个玩意儿,哪有这样玩弄人的。巴不得冲他破口大骂,恨不得捡着最难听的脏话臭骂一顿。不过我的好姐妹,不用腾空了,不用腾空你的心了。我们的心,不是随便想删除就能删除的。我们的心被打碎了,不过没被破坏掉。我们随时可以沿着江边北路的原路回去。请多保重,好好吃饭,少吃肉,多吃菜,要保重。这就是我们的终极指南。

冷酷的夏日

　　听说札幌一年的降雪量有六米，那里是尚秀的妈妈度过最后时光的地方。不过在尚秀的脑海里，札幌是个到处种满土豆、玉米、萝卜和胡萝卜的小城市。尚秀还记得那边矮小的日式住宅和医院墙上蓝白相间的瓷砖。尚秀用被泪水浸透了的手掌，一一数过每片光滑而冰凉的医院瓷砖。姨妈主张把妈妈的遗体运到韩国去火葬，爸爸则希望在当地操办后事。

　　姨妈平时用韩语，当抑制不住兴奋或火气的时候会用日语。听不懂日语的尚秀也明显能感觉到她的怒火。妈妈的遗体经过防腐处理后，被安放在了姨妈家。那两天负责葬礼的人进进出出。按照当地习俗，尚秀可以近距离看到妈妈。入殓前，妈妈躺在平日的被子上面，仿佛还活着。

　　"叫妈妈，看看小玉应不应声。"

　　妈妈穿着绿色套裙，里面穿了白衬衫。姨妈说，那是妈妈生前最喜欢的衣服，应该是拿第一份工资在"明洞"或"乙支路"买的吧。尚秀听到姨妈用日式发音提起这两个熟悉的地名时，突然觉这间屋子非常陌生，以至于让人不自在。尚秀辜负了姨妈的意愿,还是叫不出妈妈。倒是尚圭跪步膝行,紧紧挨着妈妈坐了下来。他刚刚还倚在墙上拨弄着捡来的皮筋。殡葬师照着生前的照片化的妆,脸白似雪,唇红似火。正值盛夏,生机盎然的白杨树和玉米田的绿叶触目皆是,唯独妈妈的脸勾起了寒冬和死亡。

"妈妈。"尚圭拨弄着皮筋,喊了声妈妈。

"在呢,在,妈妈在,尚圭。"

姨妈在旁边应声,像替妈妈在回应,也像在鼓励他继续说下去。尚圭开始啜泣。变声期的男孩儿咕哝着嘴,发出抽噎的声音,与其说是在哭,不如说是啼鸣。尚秀看在眼里,踌躇半天,拿不定主意该不该哭。这时,爸爸开门进来,打了尚圭一巴掌。

"你打我?你打我?"尚圭大喊大叫。

"你哭什么,我跟你说过不要哭,我说过,不要哭。"

"你打我,为什么打我?"

殡葬师和姨妈家的亲戚闻声而来,把尚圭拽了出去。他一个劲地追问为什么,爸爸却沉默不语。可能这不是爸爸能回答的问题吧。那天晚上,尚秀在厨房吃了一个姨妈给的布丁——甜甜的,嚼着有股柠檬的清香。尚秀想着,妈妈去世了,这个时候贪吃可不行。不过想归想,用茶匙刮得干干净净，吃完了。姨妈从冰箱里又拿出一个给他，尚秀不忘妈妈的教导，说了声谢谢。尚圭却什么都不肯吃。

"你们以前在釜山住过，还记得吗？"

尚秀摇摇头，尚圭用拳头压着肿起来的脸颊，瞥了一眼姨妈。

"你们的妈妈最怀念的就是那段时间。那年夏天，你爸爸老想和在野党总裁套近乎，在首尔发展。全斗焕不让你爸爸有任何举动，哪怕租个办公室，挂个经济研究所的牌子都不允许。有一次还闯进家里，把各种家具物品都扔了出去。你妈妈实在是受不了了，说服你爸爸去釜山生活，釜山是你妈妈的老家。后来，她要找工作什么的，于是去做了出租遮阳伞的生意。你妈妈这样和我说的：姐，我把遮阳伞插在沙滩上，不巧那年夏天刮台风，席卷了所有一切，破产了，彻底破产了，不过我特别怀念那段时光。"

入棺过夜时，姨妈聊起妈妈生前爱唱的歌曲。尚秀也听过那首歌，记得每当家人聚会时，好多亲戚都请妈妈唱过。妈妈在十来岁的时候进了合唱团，后来经人介绍，录制了一首冰激凌的广告曲子。姨妈哼着叫《蔗田》的小曲儿，告诉他说，副歌里的"嚓哇哇"是"轻轻柔柔"的意思。

  轻轻柔柔　徐徐吹来
  无边无际的蔗田
  轻轻柔柔　徐徐吹来
  和风习习
  一望无垠
  沧海蓝天　轻飘飘
  在盛夏的阳光下

  如冰似雪的妈妈、波浪拍打着绵延的白色沙滩、蔚蓝的大海……这些印象轻轻掠过夜空，仿佛冬夏都交集在这个家里。
  不太记得爸爸在葬礼期间的表现，比如怎么流露悲伤等具体的姿态。尚圭像快爆裂的球一样，里面被注满了气。尚秀的悲伤不亚于哥哥，但和顶不住里面的热气和能量不断向外膨胀的哥哥不同，尚秀感到内心瘪了，心里不停漏气，几乎被掏空了，就像脱离身心的幽灵。每当要接受妈妈去世的现实时，他都感觉自己要跨越到虚拟现实中去了。
  尚秀沉浸在电影《夺宝奇兵》死里逃生的镜头

中——主人公被歹徒追赶到洞穴的尽头,以为走投无路了,突然发现悬崖峭壁,沿着瀑布下落,但毫发无损,苦难便戛然而止,恶棍即将烟消云散,主人公成了英雄。他还沉溺于电子游戏——玩射击,只要打中不断下降的大蜜蜂,就有可能成为赢家;玩俄罗斯方块,任其方块降落,随机叠加堆高也能赢。当他坐在首尔的游戏厅里转动操作杆时,失去妈妈的事实就不那么真实了。

姨妈对妈妈的死可能最有话语权。她说话夹杂着日语,尚秀听着像有好多窟窿的衣服那样不完整,但她深重的悲伤是藏不住的。姨妈的伤痛似乎和他们不在一个层面上。

父亲在意的是每个环节是否准确无误——灵车能否准时抵达火葬场;怎么招待客人吃饭;明天是不是日本的黑道日;妻子有段时间信过天主教,现在按照佛教仪式办丧事是否妥当,等等。还有一件事他反复确认过:"肯定不是自杀,不是自杀哈?"

姨妈爽快地回答说,不是,是病故。然后猛然反问道:

"怎么心虚了?你对不起小玉吗?"

爸爸冷冰冰地回答道:"我没得罪过她。"

"那你关心过她吗?把她赶到这里,就像什么事也没有似的。她生病，你管过吗？人都病了，你什么也没管。"

尚秀这才隐约明白后妈——当时住进家里，不单纯是为了照顾生病的妈妈。透过姨妈责难的语气和轻蔑的眼神，尚秀懵懵懂懂地能猜到爸爸非常恶劣的行为。

"大姨姐，别胡说，只要不是自杀就可以了。"

"不是自杀又怎样？要是自杀了呢，怕连累你吗？"

"不是这个意思。"

爸爸忽然起身，在幽暗的灯光下，身影显得格外长。

"要是自杀，实在不可饶恕。真是自杀，我该怎么饶恕。"

是谁饶恕谁呢？

就这样度过了哀悼之夜——日语叫通夜。探丧的人寥寥无几——妈妈经常光顾的面包店、肉店、鱼店、茶馆、织物店、药店的老板们。听说妈妈这一年来没出过这个小村子。姨妈去客厅眯了会儿，尚秀进了安放着棺材的房间，感觉有点阴森森的。

"妈妈，什么叫消失？"

焚香的死灰簌簌地掉了。

"没有今天的意思吗?"

尚秀想起了妈妈以前说过的话。

"那么明天呢?"

空荡荡的心里突然一阵剧痛,塞满了间歇发作的绞痛。

在火葬场,尚秀没能看到妈妈的遗骨。殡葬师以孩子太小为由阻止了。不过,尚圭进去看了,看完出来后使劲儿打自己的眼睛。尚圭啪啪地抽自己的眼睛,尚秀看着都疼。

"哥,你别打了。"

尚圭抽打眼部,出手更重了,脸一下肿得鼓鼓的。尚秀实在看不下去了,便劝阻他。兄弟俩你一拳我一脚地厮打了起来,一直到被大人制止。他们在火葬场的院子里背靠背地坐着,喘着气,扑打身上的尘土。他们默默看着从火葬场的烟囱里升起的冉冉白烟和捧着骨灰盒的人们穿的黑色皮鞋。尚圭用树枝翻弄着地上的土随便涂鸦,直勾勾地看着尚秀说,爸爸骗人。尚秀不知所以,也懒得扭头看他哥。尚圭又喊,骗人,撒谎,骗子,爸爸瞎说。尚秀的内心被巨大的伤痛笼罩着,容不得他细琢磨这句话的含义,有气无力地迎来了妈妈消失的这一天。

你有妹妹吗？

敬爱喜欢胡志明市的风景——数不清的摩托车穿梭在马路两边，嗡嗡作响，戴着耳机走路根本听不清音乐，街上熙熙攘攘，一派生机勃勃的景象。半岛缝纫机公司的胡志明市分社有负责管理和销售的分社长、金部长、吴科长、一个叫海伦娜的当地职工，还有一个叫创植的技术工。海伦娜会说英语和韩语，有七年工龄。

三人在金部长的家里临时安顿了下来，他在韩国人居住区——富美兴有一栋房子。后来赵师傅分出去和创植一起住，敬爱和尚秀先后租了公寓。公寓离市区的办公室有二十分钟的路程，楼房倒是挺新，一室一厅，小区内有泳池。敬爱平生第一次住在有泳池的小区。室外泳池总是很拥挤，大多是韩国小孩儿。敬爱也跃跃欲试，不过得买泳衣，腋毛必须剃干净，最重要的还是先学会游泳。敬爱觉得太麻烦了，还不如当作没有泳池呢。尚秀听完说道：

"当作没有，就可以没有，岂不美哉？"

不知道是认同敬爱的话，还是简单的点评？

分社职工们各以自己的方式招待了他们。金部长带着尚秀辗转于高级酒吧,后来不知道尚秀怎么折腾胡闹的,把联络感情的方式改为高级聚餐。敬爱爱看骑摩托车的女性——年轻的和年老的都喜欢,她们根本不理会巴士和出租车的鸣笛声,像表演绝技一样穿梭其中。她们戴着头盔,后座上载着孩子或载着行李,下雨天披着雨衣,面无表情地骑车,看上去很酷。敬爱看她们看得出神。海伦娜说话也有这样的气质。有一次,办公室只有敬爱和海伦娜,她俩吃完饭用韩语聊了会儿天。海伦娜突然问她,一句越南语都不会说吗?敬爱被临时任命来这里,来不及做准备。再说,和山株的感情纠葛缠绕着她,身心俱疲,根本没有精力学习越南语。在胡志明市这里,能够毫无障碍地用韩语沟通,这本身就是可遇不可求的吧。敬爱觉得有些不好意思。

"反正客户都是韩国人,不会说越南话也不碍事。不过会说几句话,会给西贡①人留下好印象的。"

海伦娜平时很少说心里话,这次说话比较坦诚。她的英语水平远远胜过敬爱,根据不同的情景,英语和韩语可以随意切换。敬爱明白海伦娜的一片好意,便去书店买了本教材。原来,同样的发音根据不同的声

---

① 胡志明市的旧称。

调会产生不同含义的意思，比如，ma有"妈妈""但是""魂""坟墓""马""禾苗"的意思。但细细品味这几个含义，又觉得有一定的关联性，也许就应该用同一个发音。

敬爱试图和海伦娜建立关系，觉得在这间办公室里她最靠谱。看得出别的韩国职工和尚秀、敬爱、赵师傅保持着距离。投标的时候才知道，他们之间并不是合作关系，而是竞争关系——和别的公司毫无两样。到胡志明市的第一周，尚秀投标了一家韩企，还提前和金部长协商了标价。后来才知道金部长单独投标，拿下了项目。尚秀怒气冲冲地去找分社长理论：

"这叫什么事啊？一个公司里怎么出现两个投标的？"

分社长不无惊讶地说："在这里，人人都是个体户。"

严格来讲，在当地有销售部门的情况下，总公司又派来尚秀一组，对公司来讲，尚秀算是滚来的石头，公司才不管谁顶掉谁，只要投标能中一个就行。

"拿回扣，是不是？回扣？"尚秀没想到还有这一层的内部竞争，沉不住气鼓鼓地说道。赵师傅说不一定是那样的。

"你想想，假如你长期在对方公司干，谁给回扣呀？谁拿回扣谁被牵着鼻子走，谁有这个牛胆子吃回扣呀！

吃回扣的都是开完工厂、一走了之的人。个别的公司会指派吃回扣的人,盖完工厂,终究还是要换人的。不过,不是所有人都拿回扣的,哪儿那么简单!"

"不吃回扣,是什么?"尚秀不肯罢休。赵师傅搪塞说:"我一个当技工的,哪儿懂这些?"

赵师傅又多说了几句:"人心都是一样的。孔组长什么时候会动心?不要排斥人性。反正在我看来,不管什么情况,人心都是一样的。"

在敬爱看来,赵师傅挺有人情味的,要不然怎么会想到和创植一起住呢?创植是没有职务级别的技工,五年前从中国临时调过来。他的生活糟透了,搞不清是本来就糟糕,还是派到这里之后变得一团糟。他的软肋依次为酒、赌博和脆弱的心。

创植快六十岁了,公司的人对他直呼其名。金部长动不动就训斥他说:

"创植,创植你这个半瓶子醋,脑子清醒点不行吗?到底什么时候能搞定事?"

创植受训挨骂,伤心难过。但他排解抑郁的方式和别人不一样。赵师傅请他吃米线给他宽心——捎带着尚秀和敬爱两个人,尽管他俩不愿作陪——他哭着鼻子,啰里啰唆地说——金部长是不是讨厌我?万一金部长说我的坏话，炒鱿鱼怎么办？赵师傅问他，你到底做错了什么事？他马上欲言又止。

"我可不能说，我可不做背信弃义的人。"

"什么事情那么严重，还背信弃义？"

尚秀追问了一句，创植咬紧牙不开口。他连哭带闹地要喝酒，赵师傅给他点了瓶啤酒，他又没头没脑地吹捧金部长。

"金部长是个好人，像全斗焕一样。"

"全斗焕哪里好？"尚秀一问。创植抿嘴憨笑说，孔组长你不懂。

"他的销售风格有范儿，像全斗焕，怎么说呢？活脱脱的全斗焕，销售界的全斗焕，有男子汉大丈夫的风范。你说，全斗焕在位的秘诀是什么？忠心耿耿的心腹多呀。他掌权的时候，大大方方地给人好处。金部长一点不亚于全斗焕，他是条汉子。"

赵师傅到分公司提出的第一个建议是有关创植的——对他不要直呼其名。赵师傅拿自己的称呼说事——在韩国总公司人们一直叫他师傅，包括尚秀和敬爱在内的员工都这样称呼他，到了胡志明市，分公司的人也跟着这样叫。创植和他一样是名技师，年龄也相仿，直呼其名不够尊敬，也不公平。

"不叫创植,那叫什么?没有职称,你想怎么称呼?赵师傅,叫他创植,叫名字有什么冒犯的?已经对他足够尊重,足够恭敬了。"

金部长看不惯赵师傅。

"那以后也别叫我师傅。这样公平一点。"

"随你便,你爱怎么着怎么着。"

从此,赵师傅的称谓改成了文泽。也是差不多这一时期,他搬到创植家住了。赵师傅似乎很满意,离办公室很近,房租也便宜。敬爱有些不放心,创植是个彻头彻尾的酒鬼,走起路来跟跟跄跄的,受不了早上二十来度的气温,总爱发牢骚说浑身不舒服,头痛欲裂。赵师傅会不会和他一样堕落?敬爱产生了危机感,千里迢迢来此,可不是为了糟践自己啊。她想做点事,而且在出国前答应过英瑞。那会英瑞专门给她打过电话,拜托敬爱替她照顾好爸爸。敬爱问她,现在在哪儿?她俩约好一起吃饭。英瑞说,好久没来首尔了,看什么都觉得新奇,还送了敬爱玫瑰香很浓的化妆品——街边品牌,她为了领一张心仪的明星海报不得不买的。

那天两人一起吃了晚饭,敬爱送她到地铁站。英瑞问她,姐,你有妹妹吗?敬爱回答说,没有。英瑞笑着说,真巧,我也没有姐姐。

"我爸去那儿没事吧？"

"我负责监督你爸少喝酒。"

"姐，喝酒没事，喝酒心情好呀。"

"你一个未成年人，怎么知道这些？"

英瑞笑而不语。

赵师傅拉着行李箱搬家了。新家在万成景区的步行街，到处都是拥挤的人群。赵师傅和创植行走在川流不息的人群中，像从漫长的旅途中掉队的人，拖着孤苦、疲倦的身体长途跋涉，这使他们显得更加困顿不安。看不清这是转瞬即逝的旅途，还是涓涓细流的日常。他们漫无目的游荡人间，苍老而灰暗。

赵师傅没有像敬爱想象的那样掉入染缸，反而开始勤快地照顾创植的饮食起居。出租房没有什么家什，堆着锅碗瓢盆，一片狼藉。赵师傅动手收拾屋子。

"你老家是哪儿来着？龟尾？"

赵师傅开始打扫，创植像个跟屁虫似的忙前忙后，拾起东西又放下。

"是金泉，金泉。"

"老家都有谁？"

"亲戚们都在，还有祖坟和稻田。"

"多久没回过韩国了？"

"一次也没回呢,从来没回过国。"

"怎么没回过家?家人找过你吗?"

"没有,没有往来,也不让我回。"

"那你给他们汇生活费吗?"

"没有,我哪儿有钱往家里汇。我和家里人说,不能补贴家用,怪不好意思的。你知道我老婆怎么说的吗?她说,不指望你汇钱,你死了也不要找我。"

创植的钱总是不够花,既不是因为工资少,也不是因为贪杯,主要是赌博。不知道金部长向来大手大脚,还是分社油水多,反正隔三岔五聚餐。偶尔会叫上敬爱他们。创植拨弄手指头,掐算聚餐的日期——喝酒、抱女人、玩吃角子老虎机。创植稀里糊涂沾上了恶习,他意志薄弱,经不起一句谴责和忠告,这反倒唤起了赵师傅的怜悯之心。创植变得嗜赌成性。金部长一边纵容他挥霍金钱,一边苛责他。

"像他这样的人,要是在韩国早就露宿街头了。在这儿可好,要岗位有岗位,也少不了聚餐吃吃喝喝。多亏是在越南,人情味儿比较浓,相当于韩国的七八十年代,客户有喜事会招呼创植,要不然他哪辈子能建立起这样的人际关系?"

胡志明市分社的职工频繁出差,至于具体给哪个公司做售后，他们都遮遮掩掩的。交接缝纫机后，创植负责安装。敬爱问他去哪儿了，他支支吾吾地说，朴主任，我忙坏了，忙得不可开交。总之，嘴里没有一句痛快话。

敬爱怀疑，他们在销售别家的缝纫机。商用缝纫机种类很多，不同布料匹配相应的专业品牌。薄布料和厚布料的缝纫机品牌不一样，后者有公认的日本品牌——重机、三菱等。这边的韩国缝纫机公司代工欧美品牌，固守半岛品牌的缝纫机也不是个办法。因为订货单位有时会指定缝纫机的品牌。客户提出购买某家品牌的缝纫机时，做销售的尽量要满足他们，这样有利于取得信任并维持关系，还能赚点外快。怪不得金部长说，在国外人人都是个体户。但其中盘根错节，外人无法看清楚。敬爱不敢和任何人交流自己的想法，算是吃一堑长一智吧，罢工的时候吸取过这方面的教训——绝不能和别人共享真实的想法。

头一个月算是适应期吧，敬爱和尚秀各自忙着摸底，几乎没有一起下过班。两人首要任务是打通获取信息的渠道，这可是光坐着解决不了的事。他们需要建立起既能随时相互照应、又可以收集情报的关系网。他们各自随机地约人、见人，没有详细规划，也没有经过深思熟虑，只是为给不可知的未来留点余地。

没有计划的战略也需要一定的想象力和冒险精神，这两点恰恰是尚秀最擅长的。尚秀事无巨细，把做配件业务的负责人见了个遍。在胡志明市做买卖的韩国人，都有着非常精细的目的。尚秀在线上加入了忠清道人[①]的群聊，还参加了他们的线下聚会。他不是忠清道人，但通过这次聚会得知了忠清道的某家发电机公司落户胡志明市的消息。他还打听到这家公司和哪个地区的人做了交易——芹苴、凯比县、丐皮等。对初来乍到的尚秀来说，这些地名格外陌生，也读不准发音。他问公司的司机——托尼，他的回答每次都一样：

"乡下，都是乡下，very very[②] 乡下，啥也没有。"

公司只有托尼一个司机，用车需要提前约好，如果赶上金部长用车，就会被临时取消。那天尚秀临时被放了鸽子，只好包出租车去了一趟乡下。夜里返回市区，在小区见到了敬爱。他们对着泳池，坐在长椅上聊天。敬爱问他怎么样了。尚秀回答说："不骗你说，真的只有一个集装箱和一根旗杆。"

尚秀的话一点也不夸张，往返耗时六个钟头的地方，

[①] 位于韩国中部，当地人以做事说话慢条斯理著称。
[②] "非常非常"的意思。

他发现了一名操着一口忠清道方言的厂址负责人。院子里插着一根旗杆，似乎用来标明领地。这空空荡荡的院子里什么时候会建厂，他们何时会买缝纫机？尚秀站在那里一脸茫然。难得他及时调整心态，和负责人攀上了关系。这个人像流落到无人岛的鲁滨逊，热烈欢迎尚秀的到来。他自从被发派到连一个正经酒吧都没有的乡下，已经好几个月没和韩国人畅快地聊过天了。尚秀听完觉得这六万六千平方米的厂址显得格外荒凉。他们交换名片时天色已晚，这人还不肯放过尚秀，一直到饭香阵阵袭来，远处传来几声狗吠。看得出他很是孤独，渴望聊天。尚秀对这种孤独寂寞的心情再熟悉不过了，仿佛一下子开窍，懂得该怎么销售了。"我们的方针是，在胡志明市的韩国人没有一个不孤单的。用孤单来开拓销路，这就是我们的策略。"

还管人家寂寞不寂寞？敬爱想了想。在她看来，尚秀自己都耐不住寂寞。

"吃了吗？要不要吃点东西？炒年糕怎么样？"敬爱问道。

"这么晚了，到哪儿去吃炒年糕呀？"

富美兴像韩国的新城一样无所不包——炸鸡店、炒年糕店、汉堡店、美发厅，以及各种补习班和房地产中介,仿佛复制过来的一样。隔着一条江分为江北——敬爱住的地方——和高级别墅鳞次栉比的江南,江南的房子比江北至少贵三倍。在异国他乡,机械照搬韩国的生活模式,敬爱心中有些苦涩。住在胡志明市的韩国人大部分是派驻人员和工厂的管理层,他们很少和当地人打交道。韩国人之间也泾渭分明,根据住宅区、职业、收入分为三六九等。

"薪田洞炒年糕店估计关门了。要是你家没有吃的,就去我家吃点吧。"

敬爱淡淡地说出来,尚秀却吓了一跳。电影里,邀请对方到家里做客——一起吃方便面、巧克力、水果或喝咖啡——都有着不同寻常的意义。尚秀可能想多了,不过这倒是第一次,敬爱从来没有说过这么亲近的话。她只有和脸书的姐姐才说心里话。不过,尚秀动心了,蠢蠢欲动想要吃甜甜辣辣的炒年糕。他想入非非,没想好回答去还是不去,尽管时间拖得越久越有心怀不轨的嫌疑。公寓保安一边哼着挽歌,一边捞出浮在泳池水面上的落叶。虽然听不懂越南语的歌词,但挽歌的旋律满是哀怨和思念,鼻音很重的唱法隐隐约约透露出如潮的幽思。和渲染感情的歌词相比,放松脖子、压低嗓门哼唱的挽歌似乎很应景——尚秀不能和敬爱说出真心话,敬爱对尚秀同样说不出心里话。

尚秀明知他和敬爱之间隔着共同的朋友——恩宠，却采取不了任何行动。有一次故意提及电影俱乐部，但终究还是点到为止。他没有足够的勇气深入讨论这个话题，窥视别人的创伤难免令人感到无力。这与拉近二人之间的精神纽带或交情是两回事。

他忍不住想和敬爱一起追忆恩宠，时不时想告诉她，恩宠对她多么情深意切。但一想到敬爱痛失恩宠后过了什么样的日子，他便难以开口。据他所知，敬爱心里不会轻易迈过这道坎。随着时间的推移，记忆逐渐淡出，但对某些人而言永世难忘。尚秀检索敬爱的用户名，重新看了一遍邮件，其中"封印"这个词赫然醒目，虽然是针对山株说的，但同样适用于恩宠。尚秀看到敬爱在办公室门口摘下她的头盔，显得生机勃勃。路过胡志明市的大街小巷抵达这里，她新的一天开始了。不知道她什么时候能撕开封印，那份神气会不会帮助她解除封印呢？

敬爱的出租屋是两室一厅，她的东西集中放在了一间屋子里。

"怎么只用一间屋子？"

"习惯了,一间足够了,也方便。"

尚秀第一次到女性的家里做客,有些兴奋。他在脸书上扮演姐姐的角色,平时在购买化妆品和洗漱用品上也花了很多钱,体验女性生活。但敬爱的东西有着异样的吸引力——用完扔掉的化妆棉、卷到开口处的护手霜、没扎紧的吐司面包袋子、写着烧酒和培根的今日购物清单纸条,这些都反映着敬爱的面貌。

这些到底都是无关紧要的东西,没有明确的象征意味,更不会让人伤感,真为这些消耗品动情,那未免太滑稽了——尚秀越是这样告诫自己,敬爱的真实感越强烈。敬爱把速食炒年糕放入微波炉加热,用鱼饼、大葱、卷心菜做成调料包,没有任何形状可言。敬爱有些应付差事——请尚秀吃夜宵仅用了七分钟。这一切倒是符合敬爱的风格。

敬爱请尚秀吃东西,他乖乖地吃着,汤汤水水的炒年糕,年糕条比牙签还细。这唤起了他复读时在一片漆黑的房间里吃味精的记忆,浮动摇曳的思绪潮涌而来。他忍不住想象和敬爱拥抱在一起。不过不是紧紧的热烈的拥抱,而是轻轻的拍拍肩膀的拥抱。他想起了敬爱的话——姐姐,我觉得我残缺不全,我自己也想不明白到底指望他什么?读着这封邮件,悲伤难过的心情还历历在目。

"不好吃吗?"

"没,味道不错。"

尚秀看着墙上的海报发呆——大卫·林奇的《穆赫兰道》。

"你喜欢大卫·林奇?"

"不怎么喜欢。"

"那还贴着海报?"

敬爱也看了看海报。

"我朋友喜欢……没什么,从韩国随手带过来的。"

她指的是恩宠吧,说话的语气像他还活着似的。敬爱的暗示令尚秀觉得两个人更近了。尚秀有些矛盾,既感到欣喜又很排斥,不小心说漏了嘴,提到以前在大卫·林奇的特展看过《穆赫兰道》。

"家里有DVD,你要不要看?当时看完电影参加了什么活动,冷不丁寄来的。我原封不动地保留着,二手市场可以卖个好价钱。没拆开包装的话可以高价卖。"

敬爱问他:"DVD吗?"她久久地打量了他好一会儿。尴尬的沉默持续了一阵子。尚秀去洗碗池刷起了碗。柔软的海绵擦过的地方泛起了很多泡泡,顺着水龙头的水被冲走,只剩下水珠。

"你以前也这样瘦吗?"

敬爱看着他的后背问道。尚秀有些羞涩,碗筷已洗完,便拿起抹布洗了起来。"没有,二十来岁的时候也挺胖的,你可能想象不到。"

"有多胖?像杰克·布莱克?"

"布莱克那点脂肪算不上胖吧。那不叫肥肉,最多叫壮硕。"

尚秀抖了抖抹布,刚要转身,看到敬爱的表情有些不对劲。尚秀这才想起来,当年看《穆赫兰道》特展的时候,自己挂着一副不像样的脸蛋,被父亲扔过来的篮球破了相,那真是屈辱和不幸连连的日子。敬爱歪着头,皱起了眉头,像在冰箱嗡嗡作响的空间里要抓住什么声音似的,不过马上又扯到无关紧要的话题上,问他回来的路上累不累?

"还行,马路还行。"

曲曲折折的沙石路,车开起来一颠一颠的,腰和屁股都颠疼了。在往返的路上,他还看到了四起交通事故。大概是因为把那个孤零零的韩国人撂到了荒地上,他感觉一路上格外孤单。他还看到,在热带林荫树下,死者被盖上了白布。

尚秀以悲哀的眼神看这些风景,可能是受了吴科长的影响。吴科长和意气风发的金部长不同，是个过度谨慎和胆小的年轻员工。这个人唯恐说话走漏什么风声，平时不愿和尚秀他们聊天，偶尔谈及胡志明市的风土人情时会插上几句话，但嘴里没有一句好话，把当地人看作宣泄压力和不满情绪的出气筒。

金部长说，当地人淳朴重情义。吴科长说，他们都是冷酷无情的势利小人，还举例说，出车祸人死了，只要给足够的赔偿，后事进展神速。不过在尚秀看来，这与其说是胡志明市特有的速度，不如说是资本的速度。这种事见怪不怪，换了别的城市也会屡屡发生。尚秀还听说胡志明市和临近的地区有七万名左右的外国人——不仅有来自韩国的，也有从危地马拉、塞班岛等其他美国代工工厂来的，还有来自中国和马来西亚的。尚秀觉得，当地人不得不防范这些异乡人，人情冷漠或许是必然的。多数韩国人怀着旅客的心态，要不是为了养家糊口，谁愿意一辈子待在异国他乡过着寄居的日子。这样的消极心理支配着这里的韩国人。金部长在胡志明市住了十年，家人一直在韩国；吴科长的家人也在韩国；至于分社社长，任期一到随时可以卷铺盖走人，除了分社内部的管理工作，他对其他业务根本不关心。

敬爱执意要送尚秀，尚秀让她留步。她说，顺便透透气。泳池那边空无一人,在地灯的灯光映衬下,水面分外湛蓝,像幽冥的深渊。

"孔组长二十来岁的时候体格宽大,长得圆乎乎的吗?鼻梁骨也骨折过吧。"

"那是我复读的时候,糟透了。"

两个人分别回家的时候,有个疑问在尚秀的脑海里一闪而过——我以前说过鼻梁骨骨折的事吗?是敬爱的话让他勾起了那段时光,但是不确定自己说没说过鼻梁骨的事。平时话太多,说过的话记不过来。他长途跋涉,有些累,来不及脱夹克倒头就睡着了。

尚秀开始冲破孤单,邀请乡下的客户到市里游玩、吃饭,不过,除了啤酒其他一概不点。客户啧啧咂嘴,一副扫兴的样子。

"太清廉了,清廉。"

有些人当着敬爱的面露骨地表示了不满。他们想象的招待是,在宾馆、酒吧和按摩店享受几十万元韩币的娱乐服务。尚秀给他们灌输赵师傅的那一套劳动精神——我们劳动,是为了活得更像人。客户才不吃这一套。尚秀便吓唬他们说:

"要小心,次长!在这里,赌博、性交易、吸毒,警察都死死盯着呢,会坐牢的。电影《巴比龙》的监狱讲的就是越南监狱,囚徒抓蟑螂吃,看过吧?"

这种说法收效甚微,有些在意娱乐服务的人干脆和尚秀断了联系。尚秀果真实属罕见的浪漫主义者。

那些爱说闲话的人,想当然地把尚秀和敬爱看成一对情侣,至少将来准是一对。尚秀不停摆手,还连蹦带跳地加以否认。他的反应越激烈,外人觉得自己的猜测越靠谱。有一天,敬爱特意告诉他不要那么夸张。

"你一笑置之就行啦,反应那么激烈干什么。"

敬爱说得很直接。尚秀却更加夸张地说:"不是,不是的。"

"什么不是,到底不是什么?同事之间也可以谈恋爱的,你一个劲儿说不是不是,听着都觉得可疑。"

"因为不是,才说不是呀。"

"我也知道不是。我的意思是你淡定一点。你越是一本正经,别人越觉得暧昧。"

暧昧……尚秀细细思量着这个词。

如此快速而彻底地了解一个人,是个奇特的经验。这不是说忌讳她或者厌恶她。自从在"姐姐无罪"的主页上发布暂停的通知后,"弗兰肯斯坦冰冻"再没联系过他。尚秀依旧想拉她一把。此时的心情,和以前以姐姐的身份回邮件时大不一样。在脸书的平台上收发邮件时，他老觉得自己比这些受伤的姐妹强，至少比她们懂得多，脑子清醒。不过这种自我的感觉良好已经站不住脚了。对他而言，敬爱不再是匿名会员，自鸣得意的感觉便随之烟消云散。他明白拉她一把是不可能的事。当尚秀读到敬爱发来的邮件，说自己已经残缺不全时，他说不出这些话——振作起来吧；真是踩到臭狗屎了；男人没一个好东西；为了满足性欲，用甜言蜜语讨好你；他以为写诗呢，他以为里尔克复活了呢。敬爱看着连袜子都没脱的山株，忍受了多大的羞辱。尚秀无声无息地气愤起来，蜷缩着身躯，他的心好像被泼了冷水一样，瑟缩成一团。了解一个人，可能就是一起坠落深渊的感觉吧。

尚秀开始搜集那起火灾的有关信息。恩宠死于那次火灾，尚秀却没关注过火灾的前因后果。他一下班就回家上网搜索，试图查明事情的原委。光看新闻报道的标题，他心里就很难过。

仁川一家商场火灾　五十六名学生死亡
十几岁学生无处可去　青年文化亮起红灯
酒钱没结　封锁出口
重大火灾现场日记

"不敢相信，不敢相信" 止不住哭声的校园

"警察吃拿卡要" 酒吧老板、游乐场业主上缴钱财

疑有高层包庇 调查酒吧员工

如何支付赔偿金

仁川火灾酒吧老板自首

　　尚秀从受贿的国会议员名单上看到了熟悉的名字——这个人和父亲关系比较近，两家人经常一起去昌平、龙仁等地游玩。尚秀还设想，如果恩宠还在，将会怎样帮助敬爱。过了二十余年，已经想不起他的模样了。他和恩宠是好哥们，但想得起来的场景不多——两人一起拍短片时，恩宠带来了抹着沙拉酱的玉米吐司面包。除此之外，他什么都想不起来了——恩宠的父母怎么样，兄弟关系处得如何，上过什么培训班，学习成绩好不好，等等。有一次，恩宠默默听着尚秀对爸爸一顿恶语谩骂，听完后静静地说，你算是运气好的。尚秀反问道，那你呢？你运气不好吗？他说，当然不是。

　　很少见恩宠发火，有时候他又特别得理不饶人。那段时间，仁川汽车厂的下岗工人经常游行。有一天，尚秀说，解雇工人也是不得已的事。尚秀的父亲看着电视

屏幕里示威的队伍，经常这样点评。恩宠叹气道："那是因为你不懂得失去的滋味。你没被剥夺过，不懂得那种愤怒。"

想起这句话，尚秀在笔记本电脑上写道：恩宠是个愤怒过的人。

追溯过去的种种，有利于用新的思路来回顾自己的生命。尚秀重新思考了内心的伤悲、痛苦和伤痛。

尚秀又写道：恩宠认为孔尚秀是个运气不错的人。

敬爱也在努力建立人脉，见了不少人，不过比起横冲直撞的尚秀，还算是稳扎稳打。她约见的客户大多是海伦娜介绍的——挑了些以前有过交易、但由于交易额不高而被排到后面的公司，或者是因为和金部长有矛盾而变得疏远的客户。海伦娜的记录精细周详——客户的名单、性别、老家、备注事项等。敬爱看着本子心里清楚——客户的老家是哪儿的，客户是总公司派遣的，还是在胡志明市聘请的——后者属于临时工，随时可能被辞退，一般说话不算数。不过，也不能一概而论，有些工厂的领导只求平安无事，对业务不怎么上心。所以，即便是临时工，他们的影响力也不能忽视。

海伦娜还备注了客户的不同嗜好——酒、红包、泡菜等。有的销售每次回韩国，都会亲自带回一些杂七杂八的东西给胡志明市的客户，还带过十公斤的泡菜和萝卜块。海伦娜的本子相当于分社职工的销售备忘录，上面记录着乙方说服甲方买缝纫机的技巧，比如怎么拍马屁、怎么说服、有什么好处等。

海伦娜一边把本子递给敬爱，一边说，这可不是白给你的。她提出的要求是，给她妹妹找份工作。她妹妹是大学应届毕业生，英语水平足够当导游。

"海伦娜，你也知道我没有人事权，我的级别最低。

"你私下雇佣她就行。"

海伦娜说服敬爱，妹妹每天坐班，一个月工资二十万韩元，这点钱对尚秀和敬爱而言，真不算什么。再说，雇个专业的人有助于开展业务。只要妹妹加入进来，她会更加卖力地干活。

尚秀一组处处要和金部长抢资源。总公司拨付的办公费由分社长经手后，通通打到了金部长的账户里。海伦娜和托尼等当地员工都会优先处理金部长团队的工作，忙完那边才能顾得上尚秀一组的事情。幸亏听取了金瑜婷的忠告，带了赵师傅，要不然什么都争不到，创植几乎每天都被外派，没有精力干别的。海伦娜的本子到底有多大价值，还不知道。她既然说出口了，敬爱也很难拒绝。胡志明市的多数韩企都是这样沾亲带故的，一个公司里亲戚扎堆的情况非常普遍，有的公司还会限额。

"朴姐，你有妹妹吗？"

海伦娜用自己的双手包住敬爱的手，好像要进一步说服她。敬爱说，自己是独生子女，没有兄弟姐妹。海伦娜轻轻地叹了口气说，你要是有个妹妹，就能懂了。敬爱虽然没有妹妹，但通过和海伦娜的交往大致能明白现状。胡志明市的通货膨胀比较严重，失业率很高，再加上家庭人口多，都挤在一栋房子里。海伦娜家有八口人，结了婚的大哥夫妇还和他们一起住着。海伦娜开玩笑说，湄公河附近的公园为这对没有二人空间的夫妻提供了释放能量的地方，是两口子可以亲热的好去处。

尚秀本来就看不惯金部长，二话没说就同意以"个人"名义雇佣海伦娜的妹妹。尚秀盘算着，海伦娜为报恩，可以暗中把咨询预算的电话转到尚秀的团队。即便是些小额订单，对尚秀的团队而言也非常重要。

海伦娜的妹妹第二天就来上班了。她的英文名字叫艾琳，披着黝黑齐腰的头发，嘴角总是带着微笑。艾琳在海伦娜正对面的办公室找了个地方，开始熟悉业务。海伦娜对妹妹积极地交接、点拨。金部长产生了戒心，冷不丁说："哟，这完全是要另起炉灶的节奏呀。"

上班初期，艾琳负责接电话、复印资料等零碎的工作，后来就跟着敬爱外勤了。虽然大部分客户是韩国人，不过带上艾琳有助于了解工厂的习气。

艾琳也喜欢载着敬爱外勤，她在办公室总显得无精打采又紧张兮兮的，一骑上摩托车到了街上，仿佛从无形的压力中解脱了出来，回到了二十二岁小姑娘该有的模样。艾琳比较好奇敬爱为什么不结婚。她说，韩国电视剧里的女人都漂漂亮亮的，还擅长烹饪；男人则体贴入微。敬爱回答说，对结婚这件事她一点也不感兴趣。艾琳同意道："我也不想结婚，我要攒钱。"

"攒钱干什么？"

"买房，要买房。"

"对的。的确要买房，要有房。"

"朴主任，你有房吗？"

"没有。"

艾琳提起了自己喜欢的韩国偶像组合BTS[①]。敬爱却

---

① 防弹少年团，韩国男子演唱组合，二〇一三年出道成名。

回答说，第一次听说。艾琳不敢相信天下竟然还有不认识BTS的韩国人。艾琳可以一字不错地背诵歌词，吟诵歌曲《血、汗水、眼泪》给敬爱听，以她的演唱水平真听不出是说唱音乐还是抒情歌曲，敬爱笑了笑。艾琳很好奇首尔的雪景。

"艾琳，你要是冬天去首尔，一定要带上最厚的衣服。"

"下雪天很冷吗？"

"下雪天不冷，下雪的时候会散发出热能，反倒暖和。下雪之前的空气会很冷，实际上就是冷空气导致下雪的。"

"你的意思是说，下雪之前寒冷，下雪不冷。"

"没错，下雪时没那么寒冷，下起来之前最寒冷。"

"要看漂亮的雪景，必须挨冻。"

"没事，酷寒天气可以配上炸鸡，喝烧酒兑啤酒。"

"韩国人为什么喜欢烧酒兑啤酒呢？"

"醉得快呀。"

骑着摩托车的艾琳向后仰头张嘴大笑。

"太搞笑了吧。那么快醉了有什么用？"

"醉了赶紧回家。"

"不是说没有家吗？"

"那倒是。"

敬爱很欣赏艾琳,但也会警告她——不要太体贴。艾琳会给敬爱挑出鱼刺,剥山竹给她吃。敬爱一本正经地劝告艾琳不必这样。

"不仅包括我,对办公室的任何人都不要过于体贴,没必要。"这句话引起了艾琳的误会。她认为这是在拒绝她,和敬爱闹了好几天别扭。敬爱不是嫌弃她的热情,而是担心被办公室别的员工恶意利用。当海伦娜问,我妹妹是不是哪里做得不对?敬爱这才意识到有了误解。

"对不起,艾琳。"

敬爱道了歉。艾琳嘴里说没事,眼睛里却泪珠盈盈。那一阵子,敬爱更频繁带她去外勤。有一次,两人逛了唐人街的菜市场。当敬爱从众多食材中发现田鸡而吃惊时,艾琳逗她说,怎么了,这多好吃呀。敬爱觉得和艾琳在一起的时候,整个世界都变得灿烂了——明亮而鲜艳,像极了艾琳充满好奇的目光。二人情同姐妹,她们结伴约见韩国客户,虽然她年龄小,但对敬爱有不少好处。吴科长说,越南是始于契组、也毁于契组的地方,甚至一个人加入的契组就多达数十个,契组形成了密密麻麻的关系网,小道消息瞬间传开,所以要时刻警惕。

正因为此，韩国的管理层总是防备着艾琳。有一次，她们从工业区回去的路上，一个开着丰田汽车的女人打开窗户用越南语比画着什么。艾琳用越南语跟她沟通后，转身用韩语问敬爱说："朴主任，你认识她吗？她问你是不是韩国人？"

"我是韩国人。"敬爱的话音一落，她马上接道："我是重机的朴，你是半岛缝纫机公司新来的销售人员吧？你听说过我吗？"

敬爱好像有印象。在胡志明市住了二十年的韩国人很少，韩国金融危机期间，韩国工厂一窝蜂地往越南挤，这位应该就是从那时候起家的出了名的销售女王。她卖日本品牌重机的缝纫机，卖得风风火火，以至于得到了一个"重机朴"的外号。她引以为荣，用外号做了名片，做事气势汹汹的样子不亚于男性。敬爱一时不知道该怎样回答才好，便淡淡地打了声招呼"您好"。

"哪天一起吃饭，我给你打电话。"

重机朴没等敬爱回答，嘴里嘀咕着"就这样哈"，径直驶入工厂。翌日，艾琳到处打听有关她的消息。听海伦娜和在其他在韩国工厂干活的亲戚们说，她是个可怕的女人。她以前在耐克代工工厂当管理人员的时候，以浪费鞋子原材料为由，把全体员工一字排开，用鞋子朝着员工的头部和脸部一顿暴打。后来导致员工罢工。捅了马蜂窝后,她并没有离开胡志明市,而是做了缝纫机公司和工厂之间搭桥牵线的经纪人,还开了代理店。

重机朴还真打电话来了,敬爱在风景美丽的 AB 塔的顶层酒吧约了她。重机朴是个自我陶醉的人,也不避讳自己曾是引发大规模罢工的元凶。

"太脆弱了,太脆弱了。"

重机朴这样解释道:"真是小题大做。你不也知道我们七八十年代加班加点服用清醒剂干活吗?全泰一自焚事件①你也知道吧?"

重机朴是个酒徒,不停地点威士忌,喝得酩酊大醉,说话也变得粗鲁。她问敬爱做好心理准备了没有。

"做销售嘛,要没心没肺,要不然就别干了。"

重机朴喝高了,便自顾自地唱起沈守峰的歌——没有可恶的、讨厌的、可恨的人。敬爱猜不透她的心思。临走的时候她才说了真心话——你们公司有金部长和吴科长吧?你去打小报告,快告状去。

"您是什么意思?"

---

① 一九七〇年十一月十三日,韩国工人全泰一为了争取属于自己的劳动权益,自焚以示抗议,他的死在韩国工人运动的历史上影响极其深远。

重机朴故意卖关子，过了好一会儿才说道："他们不卖半岛缝纫机公司的东西，专卖别家的。简直是吃里爬外，拿着公司的办公费，做起自己的买卖来了。"

从酒吧出来，重机朴执意要送敬爱，她也住在富美兴。敬爱怀疑她喝得不省人事了，还怎么送人。不过，丰田汽车里有越南司机在等着她。

"小朴，我告诉你一个营业秘诀。你挺像我妹妹的。"

"什么秘诀？"

"在这儿，千万别让人看出你随时可能卷铺盖走人。西贡人厌烦这些人。你哪怕在这待一周，也要让人觉得你要待二十年。"

"记住了。"

"那么，自己心里怎么想才能顶得住呢？"

"怎样才能顶得住？"

"心里暗示，我随时可以回韩国，最多三天就能回去。这样才能硬撑住，知道了吗？"

敬爱凝视着重机朴身后红红绿绿的夜景。

"记住了。"

重机朴听完敬爱的回答，满意地拍了拍手。她让司机放音乐，驶向富美兴的路上灯火通明，充斥着大红大绿的各种招牌。她们穿过摩托车涌动的街道，歌声——没有可恶的、讨厌的、可恨的人——在车内荡漾——古老的时候,我从某个星球飞到地球,听到微弱的声音,你要播撒爱情。

顾不上疼痛，还痴痴地笑

敬爱回到公寓，坐在椅子上环顾周围。为什么空着不用呢？她想起尚秀的疑问。还真是，尚秀这一问，她才意识到这一点。敬爱心想尚秀一定是那年在明信片上写上E、像巨大的木乃伊一样缠着绷带、哭得很凶的那个魁梧青年。尚秀和敬爱有着共同的朋友，算不上什么天大的巧合。人生总有一两次出现离奇的巧合。只是敬爱不敢提起E，她怕再次受伤。

怎么说呢，这是一种自己的回忆要通过别人的眼光来过滤的感觉。

敬爱用聊天工具和美瑜、一瑛打招呼。一瑛回她，什么事？敬爱说，没什么事。一瑛说她一定是得了思乡病。
嗨，你有点多愁善感。
是吗？和平时不一样吗？
你平时吧，活脱脱一个弗兰肯斯坦。
你有没有读过《弗兰肯斯坦》？那怪物不叫弗兰肯斯坦。

你知道就好，以后别纠缠了。

一瑛没再回她，估计是休息时间结束了。敬爱要么等她回复，要么睡觉。敬爱看着空荡荡的出租屋，觉得被寂寞包围着，就像妈妈的美容院一样。小时候，敬爱和妈妈住在美容院的单间里，剩下的空间是妈妈给客人剪发、烫发的地方，房间里散发着化学烫发剂的味道。白天充斥着女人的地方，到了晚上静悄悄的。妈妈呆坐在那里看电视，白天的忙乱已经消失，水泥地板上的寒气逼人，让人感到冷冷清清的。

妈妈是不是不幸？

一想到不幸，目之所及都是不幸，敬爱仿佛看到断了联系的山株坐在角落里。虽然从心里完全推开了他，但她没有彻底从脑海里抹除他。敬爱禁不住问自己，你不幸吗？

我跟你说，山株学长，听到我们分手的消息后，美瑜说她终于能睡上安稳觉了。她的小宝宝一到十一点准哭，弄得她苦不堪言。不过，她最难以忍受的还不是这个。她说，想到我还在见你，心里就特别难受。我倒是羡慕她的小宝宝，她能感知到该哭的时间到了，便使劲儿哭闹一场。学长,我们还是我们吗?就是说,从前一天到晚躺着听音乐、谁饿了谁煮方便面的我们,和前一阵坐在汉江边上看鸭子船的我们,是不是一样的?各坐各的车沿着江边北路疾驶的我们,还是从前的我们吗?我怀疑,我们都受损了。是不是擅自解开封印,一切就变得乱糟糟的了?每当想到这里,我就后悔那天不该去咖啡厅见你。我真不该问,你带伞了没?更不应该担心你穿多了。我不该说,我也想抱一下你,不该相信你的话——我想和你睡觉,取暖。我真应该问你——你过得好吗?你不幸吗?事事都不幸吗?你对你的不幸是不是彻底的无怨无悔?

山株听不见这些自言自语。敬爱只好像卷起一团毛线一样,把所有的不幸丢在空荡荡的房间里。

敬爱喜欢听妈妈讲童年时的故事。妈妈讲述的画面总是浮现在她的脑海里,仿佛她亲眼见过一样。妈妈十几岁的时候,经常和朋友聚在老家的瓜棚里吃偷来的西瓜。有一天,她们笑得太起劲了,简陋的瓜棚扑通一声倒塌了——这是妈妈最爱讲的一段——敬爱等着她的下一句:瓜棚垮了,我们笑得全然不知,不知道疼痛,还在痴痴地笑。这句"不知道疼痛,还在痴痴地笑"成了这段回忆的高潮部分,也是敬爱最期待听到的话。不过,敬爱在十几岁的时候,并没有像当年的妈妈一样,不知道疼痛,还能痴痴地笑。

敬爱奔波在胡志明市的各个工厂里,想得最多的还是妈妈。妈妈在学美容之前,在一家工厂里打过工。有时肚子太饿,会抓一撮制作糨糊的面粉,和舍友烤饼吃。冬天凛冽的寒风从墙缝里吹进来,她们在小小的榻榻米房间里蜷缩成一个小球儿,吃着工业用的面粉。不过当年的妈妈心高气傲,对个人的选择充满自信。毕竟是自己选择离开家乡在城市里打工的,脸上笼罩着跨入另一个世界的自豪感。在敬爱的想象中,妈妈光彩夺目,像夏天夜里的月亮,照亮着整个旱田。

在吗?睡了吗?一瑛发来信息。

还没。

你孤单坏了吧?我能想象得到。

你猜我有多孤单?

我十二月的最后一天都在值夜班。辞旧迎新那一天的午夜,我在物流公司值班,就像今天一样。

对呀,你冲着加班费值夜班。

没错，跨年之夜我也在倒计时，十、九、八、七、六、五……叮，掐得真准，商品到了。当天要配送的商品包装完成之后，放到仓库暂存，顾客一下单，传送带马上运送过来，一看，是一百只拉链袋。我扫码的时候，不由得想——这个买家也怪孤单的，新年的第一件事居然是买拉链袋，真是人人都孤独呀！每个人都像一百只装的拉链袋一样孤单。

敬爱觉得一瑛的文字很好玩，看着她的信息感到些许慰藉。或许，不知道疼痛，还痴痴地笑，指的就是这种吧。笔记本电脑上显示有邮件通知，是脸书主页的姐姐发来的。自从姐姐发了暂停的通知之后，敬爱就没写过邮件。不过，不用腾空心灵的嘱咐，比之前任何忠告都管用，激发了她的斗志。与之前想要自暴自弃地从人间蒸发不一样，敬爱这次鼓足勇气，产生了面对不幸的意志。姐姐和别人不一样，感觉她在护着敬爱，保证她无罪。

敬爱坐在写字台前打开邮件。邮件的标题为"靓女的集合地"，明显和以往的"早点睡""按时吃饭"的风格完全不一样。点开邮件，弹出数十个成人广告，紧接着链接到了色情网站。关掉又弹出，窗口像快速繁殖一样不计其数地弹了出来。画面上都是女性淫秽的姿势，那种看起来像合成的多国女性的动图。敬爱忙着关掉窗口,这时收到一封邮件:"会员紧急通知——千万别打开从'姐姐'账户发来的邮件"。一个叫"爱情火锅"的会员发来邮件说——姐姐的账号被盗了,为防止病毒扩散,脸书主页暂时停止访问。

雨点不断地落在我头上

夏天，一个漫长的梅雨季节，一次冒险的经历。敬爱和 E 走啊走，在街上闲逛，为了在仁川的皮卡迪利影院看大卫·芬奇的《七宗罪》，一直走到凌晨。影院同时上映的另一部电影是《泰坦尼克号》。《七宗罪》属于禁止未成年人观看的等级。《七宗罪》最初上映的时候，E 还是个中学生，他打扮得再怎么老气也装不出大人的模样，每每在影院门口吃到闭门羹。如今，E 仍然是个未满十八岁的未成年人，明明知道看不了，但敬爱还是跟着 E 去了。她舍不得 E 自己去，想陪着他。看电影犹如在隐蔽的内心漫步。每当 E 热衷于谈论自己看过的影片时，敬爱就有点委屈，恨不得和 E 一起沉浸其中，感受时间和心灵的游荡。敬爱觉得 E 独自看电影，跟背着她去旅行是一回事。两个人会因为琐事吵嘴。敬爱不善于表达自己的感受，不会说——我不舍得你自己去，我不习惯你独自去感受我感受不到的，你跟我讲电影，我感觉你的心又飞到很远的地方去了，所以两个人经常为琐事拌嘴。比如，吃炸酱盖饭，炸酱和米饭要不要提前拌好再吃，还是边吃边拌。一开始是说着玩的，结果就真吵了起来。

  提前拌，米饭潮乎乎的，没味儿。
  既然这样，你怎么没在拌饭之前说呀？
  我可没少说，说了好多遍。
  差不多就行了，犯得着发这么大的火吗？
  你什么事都是马马虎虎的，差不多什么呀……

  这段无关紧要的对话就像碎屑一样残存在记忆里，同时也历久弥新。要是现在肯定不介意，什么时候拌炸酱都可以，只要能一起吃。这些碎片化的回忆随着E的死亡，若隐若现地被粉饰了。痛苦被包裹了起来，悲伤仿佛也用包装纸精心包裹着。想到这里，敬爱气得发抖，简直无法忍受。她在心里呐喊——与其说是包起痛苦，还不如说是在粉饰。敬爱往心底窥视，发现那里藏着更大的伤痛，呐喊变成了回音在回荡，没人能倾听她的心声。

  E经常坐地铁把敬爱从仁川送到九老[①]，两个人在站台里继续聊天，省得出站还要重新买票。地铁票有效时

[①] 首尔市下辖的一个区。

间为三小时,也就是说,两个人还有一个半小时的余量。不过这得看末班车时间。地铁不停地进站和出站,两个人混在潮涌的人群当中,觉得对方是最亲近的人。对两个人来说,站台好比巷子口或自家门口,因为每次都在那里分别。一转身,两个人又要开始各自的日常生活了。敬爱说,走了。E回复道,再见,愿主的恩宠与你同在。敬爱又接着说,什么时候恩宠降临呢?

  E不是个挑剔的人,也不是那种会来事的,但对敬爱恋恋不舍,道别后如果敬爱不转身回眸,他就会黯然神伤。回眸一次是必须的,两次差不多,三次算还可以。敬爱推开铁杆,二人各自流入不同的空间——E会留在站台上。每每回首,E都在检票口向她招手。可当时没想到这个画面不是循环往复至无穷的。

  看完《七宗罪》和《泰坦尼克号》,两个人抵挡不住那种穿越天国和地狱的冲击,都没什么话。一个是按照基督教的七种罪孽杀人的杀手,另一个是为了救心爱的人而在大海中慢慢冻死的杰克。影院里的人寥寥无几,坐在椅子上负责收票的保安放了他们一马,不过敬爱觉得这一天糟透了,外面的世界随时随地都在发生令人发指的事,无论是犯罪还是牺牲,一样惨不忍睹。这天和往常不一样,他们没有直奔地铁站,而是在街上闲荡。

敬爱心中闷得慌，想进游戏厅疏散一下，玩了雷电[①]和街头霸王[②]，无论怎么爆炸弹和挥拳，她淤积在心头的苦闷始终无法散去。游戏无聊得很，她肚子饿了，但电影中死者的惨状出现在眼前，让她无心吃饭。在街上四处徘徊时，敬爱看到了以往没注意过的风景——发亮的文字、红红绿绿的照明灯、歌厅、酒吧、汽车旅馆、夜总会、生鱼片店、五花肉店、酒馆等，都和往常不一样。伛腰曲背的行人，有的脸部五官不协调，有的哆哆嗦嗦地抖着腿，有的歪垂着身子。她想到《泰坦尼克号》，觉得这些人的生命或多或少有重量，但想到《七宗罪》，又觉得人类渺小而脆弱，以致无法躲过荒唐无稽的惩罚。电影的影响还是很可怕的，活着也很可怕。

两个人路过一家面粉工厂的圆柱形仓库，它的规模堪比一座大厦，后来又走到了一个满是老房子的小村子。E说，我住在这个村子里，这里叫花水洞。敬爱觉得终于看到了检票口背后展现的真实生活。满满的被掏空内脏的鲜鱼映入她的眼帘，人行道和小门帘前摆着渔网上晒干的鱼。两个人路过卖鱼竿和渔网的小门店。钩针的

[①] 日本MOSS公司制作发行的弹幕射击游戏，是非常经典的操控飞机击败敌人的游戏。
[②] 日本CAPCOM公司推出的格斗类单机游戏系列。

东西五花八门，有一种奇诡的感觉。老板在一旁的遮阳伞底下听着 DJ DOC[①] 的歌——不是筷子用得好才能吃饭……想跳舞的时候就跳舞。E 穿过马路，那边中国人扎堆，形成了唐人街。孩子们上华人学校，男人们都会点儿叫八卦掌的武术。E 说，自己常去的一家中国料理店的厨师以前是黄飞鸿的徒弟。

"黄飞鸿的徒弟在厨房干什么？"

"不可以吗？"

"炸酱面店和武术不沾边呀。"

"怎么不沾边？做菜呀，劈断洋葱，击碎鸡肉。大厨说过一只鸡可以做出一千道菜来。"

敬爱觉得那个大厨有吹牛的嫌疑，她吃过的鸡肉不超过三种烹饪的方式——油炸、煮和炖。她和 E 聊天，一切糟糕的心情随之消除了。空气浑浊，一股腥气和刺鼻的石油味随着海水的潮起潮落扑鼻而来。E 说海边的工厂很多，一刮风就有一股刺鼻的恶臭。

"造物，你住哪儿？你住的地方怎么样？"

敬爱不愿谈论自己住的地方——那里像"马蜂窝"一样，以墙壁上的编码区分住址。四五口人挤一间房的

---

① 韩国三人男子演唱组合，后文为他们一首歌《和 DOC 一起跳舞》的歌词。

不计其数。敬爱住在美容院里的小屋子里。住在"马蜂窝"里的孩子们一出家门，宁可在街上打发时间，也不愿回家。他们不厌其烦地玩冰块叮的游戏，十分享受"叮"的一刹那那种紧张刺激的感觉，玩皮绳玩到头晕目眩，爬着小滑梯消磨时间。一到夏天，时间分分秒秒就像冰激凌一样消融掉了，根本不用打发。这样的日子过久了，总觉得时间是磨光的，而不是日积月累让人成长的。在那样的地方，敬爱被打入另类，因为她一天到晚憋在屋子里看电影。朋友们觉得不可理喻，有时用挑衅的语气问她，你到底窝在屋子里干什么？

敬爱和E站在停车场，对面是一家招牌竖写着"一股脑鱼汤"的餐厅。天阴沉沉的，看样子要下雨，天比晴朗的时候要低一些，感觉很近。敬爱觉得自己庆幸。

"有个叫龙旭的孩子，和我住在同一个巷子里，他在写作比赛上获奖了。题目是《写给上帝的一封信》。"

敬爱故意用不冷不热的语气说道。

"你在听么？"

"听着呢。那还用说？我是个喜欢听故事的人。"

"人们说喜欢听故事的人，都会落个穷光蛋的下场。"

"笑话！好多富人也喜欢故事呢。"E面带冷笑。

"哪个富人？"

"《天方夜谭》里有个王,边听故事边杀女人。"

"坏家伙,"敬爱说道,"那个王叫什么?有名字吗?"

"记不清了,不知道。坏蛋不留名是真的,只记得是个恶棍。"

"罪恶盖过名字了。"E说完,挥手驱散了蜻蜓。

"造物,你还记得刚看的电影里的杀手叫什么吗?"

"不记得了。看完电影觉得人心险恶。"

"可怕吗?你也觉得可怕?"

"是呀,可怕。罪恶可怕,杀手也可怕。"

敬爱给E讲了讲龙旭的作文内容:上帝啊,我们住在马蜂窝里,我们家有四口人——姥姥、妈妈、妹妹龙淑和我,按姥姥的话说,我们的房子和方便面的箱子一样小,全家人不能一起睡,所以妈妈在九老二洞酒吧工作,在那里过夜,凌晨回家,爸爸在青松监狱,妈妈告诉我们说,对别人说爸爸死了。

两个人有一搭没一搭地聊起天来。

"你也明白这种状态吧?"

"明白,我不怕杀手和罪恶,那才恐怖。"

E边说边在土里乱踢,扬起灰蒙蒙的尘土。他说"恐怖"时的语气和漫不经心地乱踢的动作，可能最接近于E真实的面貌。天色昏暗，淅淅沥沥地下起雨来了。E说顺便去他家拿伞。两个人被什么追赶似的，一路咿—呀—呀地奔跑起来。E家的大门和屋顶都刷着蓝色油漆，没有院子，推开大铁门，就能看到玻璃门。身高一米七的E低下上半身进屋了。屋里一片漆黑。E说，家里有人。

"奶奶在家。"

E小声对敬爱咕哝了一下，好像要给她看的是小宝宝或者小猫似的。E一边推开门一边轻声说："睡着了吗？"奶奶这一会儿工夫起身迎接他说："回来啦，恩宠回来啦。"灯一打开，敬爱看到了弯曲着身子、满脸皱纹的老太太。她一手拿着扇子——但没有扇扇子——出了房门，非常客气地对敬爱用敬语打了声招呼"您好"，然后问E，她是你教会的小伙伴吗？E回答说，是的。E给敬爱看了看他和弟弟们一起用的房间。绿色胶带划清界限的塑胶地板给她留下了深刻印象。父母实在受不了三兄弟老打架，才想出这么个主意。三兄弟临睡前还会反复叮嘱不要越界，不过半夜里难免四肢越界，有时整个身子横跨两边。唯一的书桌上插着小学教材和高中参考书，还有E喜欢的电影杂志 *ROAD SHOW* 和 *SCREEN*。一个老旧的胶卷相机，看着价格不菲。E说，朋友送的相机，不过不准备要了,要还回去,觉得不该收这个礼物。

"用得着还吗?送都送了,你留着就行啦。"

"我用不上,很少拍照。"

"送你的人应该很有钱,送得起相机。"

"没错,有钱。是个爱哭鼻子的家伙。"

"哭什么?"

"谁知道呢,因为害怕?"

"有钱怕什么?"

奶奶边打开洗涤槽的水龙头边说,该吃晚饭了。E说,我们要出去,奶奶,我们一会儿就出去了。奶奶拿起锅开始烧水说,出去也得吃饭呀。E不好再坚持,他让敬爱也坐下来。驼背的奶奶像球一样圆。她掰开干凤尾鱼,掐掉头部,漫不经心地往锅里噼啪一下扔下去。过了会儿,奶奶打开锅盖,锅里冒着袅袅热气,她放进土豆块和面疙瘩。开饭了,面疙瘩汤可能是酱油放多了,汤水黑乎乎的,只有浓浓的咸味。E悄悄对敬爱说,她不必吃光。不过,敬爱想尽可能吃掉它。

"哎哟,忘记谢饭①了,"切完泡菜,奶奶吃了一口,说道,"恩宠,你来谢饭吧。先别吃了,快。"

---

① 吃饭前的祷告名为谢饭祷告。

"奶奶,我来谢饭吗?"

"是啊,没错,你来。"

敬爱至今还记得 E 谢饭时的祈祷文——主啊,感谢您赐给我们日用的饮食,今天和我的朋友造物一起吃,更加感恩。愿主光照我们,赐予我们恩典和平安。

"小朋友,味道怎么样?"奶奶问闷头吃饭的敬爱。敬爱本来想说好吃,嘴里却不小心说出了实话——有点咸。

"我还嫌太淡,多放了点盐,咸了不好吃吧?"

"没事没事,主要是我平时吃得很淡,没事的。"

奶奶说最近年纪大了,尝不出味道,只好一勺又一勺地放酱油,结果汤水变成汉江水了。敬爱觉得"汉江水"这个词古朴又陌生,不由得笑了笑。

"人老了,味蕾也会老。"

"奶奶没那么老。"E 摸着奶奶的胳膊轻柔地说道。

"哪儿有,奶奶离死不远了,不久要见天上的主。"

"哪里的话,主可不欢迎您。"

"肯定欢迎我,在天上。"

敬爱还记得那天 E 家里散发出的味道,奶奶的语气,三兄弟共用的房间,屋檐底下滑落的雨珠。吃完饭,E 的父亲回来了,问了一声"新朋友吗",便坐下把面疙瘩汤喝得干干净净。他边吃边看报纸,家里散发出温暖的气息。家人们都很随意,连E也没有刻意照顾敬爱。家里安安静静,各做各的。敬爱三十多岁的时候,回忆起那天的情形,觉得自己很庆幸。如果没去过E的家,那追忆他的空间也就只有影院、地铁站台和充斥着陌生人的街道。这些不足以代表E的全貌,幸亏见过E的家人,她觉得这才是完整的E。想到这里,敬爱底气十足,觉得有足够的资格去哀悼和思念E。

*

消息提醒不断响起。尚秀半夜醒了,看到脸书主页充斥着无法直视的色情广告和咒骂。有人在肆意捣乱。当他浏览了一遍邮件,发现黑客居然群发了邮件,他差点尖叫了出来。电子邮件和脸书主页全被攻入了,密码也被改了,导致尚秀没法登录个人主页。猥亵下流的帖子一个接一个,仿佛在调侃"姐姐无罪",让他束手无策。尚秀用手堵住耳朵,好不容易才承受住这艰难的时刻。"婊子""妈的""破鞋""操蛋""处女""舔""吮""怪物"……这些词像恶心的飞虫一样紧紧地贴在尚秀的耳边。尚秀通过身份认证,总算登录了。他修改了电子邮件的密码,把主页设成非公开模式。脸书的主页被关闭,缠着白色绷带的大拇指图标很是醒目,显示"您点击的链接有误或主页已被删除"。枪林弹雨的战场终于安静了下来。

不知道泄漏了多少书信的内容?

聊天窗口上,"断奶触感"说道。

黑客是一个人,还是一群人?不知道是什么情况。

反正已经通知过大家会员账号被盗的事。具体的通知文案还是请姐姐来起草吧。

这可是"姐姐无罪"开通以来最棘手的问题,要不见面聊吧。

我们的原则是不见面的呀,姐姐以前也只上传背影和手部照片,见了也认不出来。

除了姐姐以外,我们几个脸书上有照片,肯定一眼就能认出来。

是的,没错。

不过姐姐在国外,估计来不了。

哦,是哈。

会员们七嘴八舌地讨论起来,尚秀心里紧绷绷的,一个字也不敢敲。要是平常的话,他毫不犹豫地会说,姐姐来了,姐姐的想法是这样的,但今天的姐姐呢?以前想当然地自称为姐姐,现在却成了鼓足勇气才能勉强说出的称谓。尚秀的真实身份随时都有可能被泄漏,何必冒着被揭穿的危险说假话呢。

姐姐吓坏了?怎么不说话?

尚秀不好再犹豫了,敲着键盘打出几句话——现在没有根据断定所有会员的书信都被泄漏了,幸亏在半小时之内采取了措施,先别慌,再等等吧。脸书的主页和电子邮件通通被盗,很有可能是平时看不惯主页的人干的坏事。目前不知道黑客的意图是什么,但愿有惊无险,吓唬吓唬,戏弄一下就过去了。

姐姐,加油。

姐姐,没事的。

姐姐,不是你的错,黑客们太坏了。

那一瞬间,有一股惆怅的情绪涌上尚秀的心头,感觉身边的人都走散了,只留下他一个人。他本想说——大家都去睡吧,又觉得这句话暗含告别的意思,便什么也没说。关闭了聊天窗口,尚秀怅然若失地坐在椅子上,一直坐到天亮,头脑一片空白。他忽然想到要报案,便进了网络警察的网站。网页上弹出输入身份证号码的窗口,有一种羞愧感涌上心头。他输入完出生年月日,接着输入"1"开头的数字时,以前运营这个主页时的信心、远大的抱负和强烈的使命感顿时灰飞烟灭，满脑子都是这些心思："怎么能控制这个局面？有没有少受责难的方法？走运的话能不能继续伪装成姐姐？"运营恋爱顾问主页，难免会把网友的故事粘贴到回信上去公开，无意中损害名誉。回信上不会用实名，即便被告上法庭，问题也不大。但当事人可能会不依不饶地闹——你们看看，这个混蛋——上传尚秀的回信和会员们的跟帖。要么吓唬要将他告上法庭，要么对他破口大骂——婊子，看我怎么收拾你。最近恶意的回帖者猛增，不得不踢人出群的情况频频发生。删除回帖太累人了，他快支撑不住了。是不是这些人盗了主页？

尚秀还想，既然主页都关了，干脆别再开了。反正线下也没见过面，不会紧抓住他不放的吧……不过，这相当于删除了他的一段人生，他不能这么做。

到了上班点，尚秀给敬爱发了条"今天下午上班"的短信。他不吃不喝地对着电脑屏幕看了很久，网警主页上的指南都可以倒背如流了。尚秀勉强出了门，耳机上传来播放清单里的《星球大战》主题曲——伦敦交响乐团演奏的《穿越星空》[①]，庄严而雄浑。尚秀想不明白为

[①] 美国电影配乐家约翰·威廉姆斯为《星球大战前传2：克隆人进攻》谱写的主题乐章。

什么自己无缘无故会遭到黑客攻击。从富美兴的出租公寓开始，他的烦恼好像滚雪球一般越滚越大，以至于忘了叫出租车。快到下午一点了，尚秀说好一点到公司的。但他管不了这些了，想一口气走到公司。大提琴的旋律低沉，小提琴的曲调凄美。他感觉肚子很饿。可口可乐的广告牌矗立在茫茫的原野上，周围只有公路，根本找不到餐厅。尚秀不由得想，人生真是渺茫呀，眼看着自己辛辛苦苦经营的小天地被毁了。胡志明人是不是也经历过战争？对的，他们有过越南战争。有部电影，罗宾·威廉斯每天早上会播放《美丽的世界》，喊一声"早安，越南"①。在《星球大战》中，外星球的市民遭受帝国军的攻袭，但他们至少有叛军和丽亚公主出面平息。我自己呢？万一真相大白，会有人站出来给我撑腰吗？想到这里，悲壮的交响曲旋律愈发意味深长，增添了悲剧色彩，尚秀忍不住哭了。这时收到了敬爱的短信：

"怎么还没来上班？"

尚秀看完短信，直接合上了手机。这段时间以来的磨合似乎没什么用，感觉一点意义都没有。敬爱喜欢出头，又冲动，肯定会第一个站出来拿姐姐问罪。她不会

---

① 这里提到的是罗宾·威廉姆斯主演的一部电影《早安越南》。

因为姐姐是尚秀而轻易放过他,可能还会对他恨之入骨。一种不祥的预感笼罩着他,要真出什么事,他可能会束手无策。现在他只想逃避。尚秀暗生怨恨之心,抱怨包括敬爱在内的所有会员。当初为什么要找他咨询情爱方面的问题呢?一开始他开通主页的时候,并没有明确的意图或目的。没想到一个帖子引起了很大反响,他只是单纯想回应,没有别的想法。

"不来了吗?"

又收到一条短信。不去了,不去了。尚秀咕哝着脱掉开衫,有气无力地走着,不小心一脚踩空,掉进了泥泞的水沟里,凉鞋都弄脏了。他犹豫要不要原路回家,想了想干脆破罐子破摔往前走。路上遇到了搭棚摆路边摊的老板,和他搭话,让他洗洗脚再走。尚秀想拿几张纸巾擦擦脚也行,但他从来没在路边摊坐过,便连声说 không sao①。小老板举着黑色胶皮管,嘴里也喊着 không sao,劝他洗洗。两个人 không sao không sao 僵持了一会儿。尚秀想到泥水对皮肤可不好,再加上脚脏兮兮的,不好打车,便进去坐了下来。这里的生意十分冷清,虽然过了饭点,但清静得连收拾碗筷的动静都没有。尚秀

---

① 越南语中"没关系"的意思。

洗了洗脚，接过老板递来的几张纸巾擦了一下。既来之则安之，正好肚子也饿了，点了一碗米线。米线里有几块牛血碎和内脏（不确定是猪的还是牛的），点缀上香菜和竹笋。其实，尚秀能吃的只有米线。男老板和蔼可亲，当他和尚秀目光相遇时，笑着说："请随意，不必拘谨。"看在老板热情并给他提供便利的份上，尚秀假装吃了起来。这时他的手机响了，是敬爱。

"到底在哪儿？"

"离公寓不远，没打上车。"

"怎么回事？"

尚秀跟敬爱解释自己的脚怎么被弄脏的——拖拖拉拉、不紧不慢地说着，让老板以为这个人太忙，根本顾不上吃米线。

"到底来不来？"

"不去了，不去了。今天去不了了。"

敬爱听得出尚秀的声音有点激动，便没再多说什么，而是问他，他眼前能看到什么？尚秀抬头看到了路边摊的红色凳子和沾满手垢的塑料垃圾桶，还有高大的林荫树——椰子树、木油树、合欢树，高大得给人以威慑感。他拿着一碗米线，呆呆地看着路边的树随风摇曳，似乎把大白天的热气和闹哄哄的情绪，一路上被无限扩大且编织成悲壮的交响曲，变奏出的诸多情感——怨恨、悲伤、孤独、不安、敌意、愤怒等，都吹散了，飘飘扬扬的，像煮熟的米线。

"我在吃米线，吃完回去。抱歉，敬爱。"

"原来你在吃米线。"

敬爱说完，和旁边的人说，应该是那里。没过多久，艾琳、敬爱、赵师傅坐着托尼的车来了，说是刚从一个叫东阳物产的针织衫工厂回来。尚秀这才想起来，敬爱说过这个工厂的经理有事找赵师傅。昨晚的打击太大了，他竟然把这件事给忘了。

"我们也吃点东西吧，都还没吃饭呢。"敬爱看上去活力满满。

"怎么还没吃饭？去哪儿了？"

"不是刚给你说了吗？从东阳物产来的，厂子在平阳省①，一早就去了。"

"下午去多好。"

"下午去不行，金部长要用车。"

敬爱说，实在不行，我们组也买一辆摩托车吧，说完点了一碗米线。艾琳点了冬瓜酱、新鲜的蔬菜、拌蛋

---

① 越南东南部的一个省。

卷的菜。尚秀后悔自己怎么没细看菜单呢。没错，后悔的事情多着呢。人生每每会遇到意想不到的事情，让他狼狈不堪，好像他是为随时随地迎接失败而生似的——孔尚秀你失败了，点菜失败、电邮保密失败、保持姐姐的身份失败、单恋失败、海外业务失败、组长失败，总之通通失败。

"东阳物产的柳东深主任，你认不认识？赵师傅帮了柳主任的忙，"敬爱搅拌着食材，一边呼噜呼噜吃着，一边说道，"赵师傅用铁板做了一个喇叭，帮了柳主任的大忙。"

喇叭是斜裁工具，斜纹的开线用喇叭可以事半功倍，但工厂不提供。这还是越南职员反映的问题，柳主任亲自做了几个给了他们，后来更多员工找他要喇叭。喇叭小如大拇指，对做工技巧不熟练的人而言，可不是件容易的事。柳主任实在是做不过来，才请赵师傅帮忙。敬爱有些激动地说，刚才在那家工厂，他们的理事都来探望了。

"至于这么指望那个小小的铁片吗？"尚秀昨天通宵开夜车，说话有些带刺，甚至还有些发蔫。他以前还老说——往往是一些不起眼的缘分恰恰会创造奇迹，我们抱着浪漫主义的情怀，打动所有在胡志明市的韩国人。

"孔组长,是不是哪儿不舒服?脸色很差。"

"没事,赵师傅。眼睛充血发红了,都怪我看了一夜的电影。"

"看了什么电影?"

尚秀想回答敬爱的提问,不过脑子里像粘着什么东西似的,感觉有异物。正如嘴里含着一口香菜味儿的米线汤一样。

"的确是看……电影了。主角遭到袭击陷入困境,广阔空间的大场景连连不断,有眼镜蛇,也有爱情戏,主角受冤屈……《星球大战》,我看了《星球大战》。"

"《星球大战》有眼镜蛇吗?"

敬爱提出质疑,尚秀也不确定影片中到底有没有眼镜蛇。好在《星球大战》里充斥着各种无奇不有的生命体,怎么也得有一条眼镜蛇吧。眼镜蛇的镜头至少会引起观众的危机感,起到暗示主角已陷入困境的作用。眼镜蛇以迅雷不及掩耳之势将猎物紧紧盘绕,剧毒慢慢扩散到猎物全身,使其断气。想到这儿,刚刚被公司业务短暂转移的注意力又转向了昨晚的悲剧,他有点难过。相比昨晚发生的事,触目皆是梦幻般的风景——坐在路边摊吹着微风,上面沾满了手垢的塑料酱油罐,春卷、蛋卷被摆放在看似没有冷藏效果的玻璃柜里,脱漆的木筷，老板头上的帽子，敬爱拿着的花纹大碗——这一时刻的平静有点像为将来的悲剧埋下的伏笔。他越觉得珍贵，就越担心这一切会烟消云散。

托尼接了金部长的电话先回去了，剩下的人叫了出租车。敬爱对尚秀说，东阳物产接了欧洲的订单，下一步很有可能会置办机器，到时候可以具体接洽。敬爱开玩笑说，搞不好，到时候赵师傅做喇叭都忙不过来呢。尚秀看到敬爱笑了，那一瞬间觉得她光彩照人，和车窗外掠过的风景一起把他迷住了。

"赵师傅，好久没做喇叭了吧，真是宝刀未老。"

"宝刀比不上当年，记忆倒是不减当年。"

"记忆不减当年……"

敬爱小声咕哝着赵师傅的话。赵师傅说，只要能签约成功，通宵做喇叭都没问题。敬爱说，那就好，那就好。

接下来的几天，尚秀在办公室里过得好像在孤岛上独自漂泊一般，总是心不在焉，要么给顾客放鸽子，要么不按时提交材料，这下事事碰瓷的金部长可以明目张胆地教训他了。尚秀甚至弄砸了快要拿下的合同。对方是尚秀花了很多工夫跟进的客户，从物色工厂用地开始，他跟前跟后地伺候，但在约定签合同的当天，尚秀被放鸽子了，客户给他发了一条"忙"的短信，始终不露面。

按尚秀以往的风格，非死缠烂打到底不可。不过现在"姐姐无罪"的主页出事了，弄得他心神不定，满脑子都是遭受各种羞辱的场景。现在的他毫无干劲可言，反正电话打不通，他也没办法。韩国总部的南部长暴跳如雷，叮嘱他无论如何都要拿下这个合同。部长的声音落在尚秀的耳朵里，犹如空中飘浮的一股烟，随风飘散。以前的艰辛与磨难像慢镜头一样晃晃悠悠地闪过，他只是觉得岁月蹉跎，万事虚无。

尚秀被客户放鸽子的那天晚上去了创植家，把办公室闲置的电脑搬了过去，还给他下载了Gostop纸牌游戏①。这可不是创植提出的要求。一切就绪后，尚秀让他敲敲键盘试试。创植说，键盘和任何机器比起来都——一点也不夸张地说——软乎乎的。他还半开玩笑地说，他不会用电脑，所以从韩国辗转到中国，又从中国辗转到越南，玩了电脑游戏后，会不会就能熟练使用电脑了？尚秀听着有些伤感，以前看不惯创植过着放荡的生活，现在对他倍感亲切。自从"姐姐无罪"的主页

---

① 在韩国颇为流行的一种纸牌游戏。

被盗后，即将一无所有的恐惧笼罩着尚秀。他从创植的身上看到了自己——被放逐的、漂泊不定的人生，像极了一张哼一声、擤完鼻涕、就被随地扔掉的纸巾。尚秀根据那个用身体挡住堤坝、让大家免遭洪灾的荷兰少年的故事①，分析出创植的所有问题可能都来自他的侥幸心理，给他下载 Gostop 纸牌游戏多少有点帮助，既能省钱——他不懂电脑，不会因为买卖游戏币惹事，又能减少他因为在赌场上故意顶撞而被人撵出去的情况。反正尚秀抱着大公无私的心态，希望创植的生活能早日步入正轨。

"您看，这样等于我们赚了六百万。咱俩可说好了，除了周末去赌场以外，平时只能玩 Gostop 游戏哈。"

"六百万……"

创植嘴里不住地嘟囔，眼睛紧盯着电脑屏幕，连续玩了好几局，赢了很多。无论是弹子游戏机，还是在赌场，他从来没赢过钱，现在电脑游戏玩得挺投入。尚秀见创植紧盯着电脑屏幕，一手握着椅子，好像第一次坐在书桌前似的。听说创植拿了工资也不买生活必需品或食物，而是穿梭于酒吧、弹子游戏厅和赌场，病倒了就

---

① 这里指《堵水坝的男孩》，一个在西方很著名的荷兰小英雄的故事。

躺着说胡话——我不走,不走,还没到时候呢。赵师傅递给他从韩国带来的正露丸或胃药,对他说,别说话,说多了费神,不要说话,好好养病。创植激动地回答,大哥,谢谢你。暮色降临,屋子里充斥着纸牌游戏的音效——走一个、继续、光输、强光、蹦。创植一一回答说——哎哟,吓死人了,你当我是软柿子,赢了,看你这小家子气。暮色渐浓,尚秀看着创植的得分越来越高,虚拟币越来越多,他的内心好像也在瓦解。

"金师傅,您打算什么时候回韩国?"

"我还回得了韩国吗?工作在这边。"

"那也得回家看看吧。"

"我这一辈子都是稀里糊涂过来的,没有家,也没人盼我回去。"

尚秀觉得他们俩没什么两样。创植的过去是尚秀,尚秀的未来就是创植。尚秀原有的等级观念彻底沦陷了。他即将成为笑柄,不用说公司员工了,平时不动声色的公司会长——孔晓尚议员的复读班同学——也会哈哈大笑的。什么?晓尚的儿子假扮女人?都什么时候了,宣传自己是完美男人都来不及的时代,闲着没事假扮女人?晓尚同学,你那个半男半女的儿子,怎么做出这种事来?孔晓尚议员哪里受得了这些,即便是和会长赌钱打高尔夫，每每成输家都受不了。父子关系原已满是矛盾，这下肯定会进一步恶化，非要彻底断绝关系不可，父子俩会像空空的竹筒一样一刀两断。到头来，他要再次验证父亲的缺失，这意味着什么呢？意味着他像哥哥一样无所事事吗？

尚秀一想到哥哥就绝望透顶，眼前浮现出一个画面——尚圭多年吃补剂，还不厌其烦地锻炼身体，一边展示发达的肌肉，一边大摇大摆地说，你这个黄毛丫头。尚秀非常嫌弃尚圭爱穿紧身运动服，连冬天也穿那一套。他那浮夸的身板总让人想起他的淫威，还有那个被拴在屋顶的少年——不是小狗小猫等动物，而是活生生的一个人——为考法学院专门从岛屿转学到了首尔的江南。尚秀仿佛成了那个少年，感觉被哥哥勒紧了脖子。"姐姐无罪"的事，如果被哥哥知道了，肯定会讥笑他。一个留着平头的脑袋瓜子随着笑声晃动，双肩也晃动，紧接着肱三头筋和肱二头肌随着腿肚子会晃动，还有那随着麻利的踢腿动作打了结一样的跟腱也会晃动。这种晃动让尚秀极其不舒服，极其难受。不过他毕竟是亲哥，从小一起长大，一起经历母亲的去世，一起感受着父亲的缺失。尚秀对他的情感在手足之情和厌恶之间摇摆，最终眷恋之情战胜了憎恶感。尚秀感到有些虚脱，说着车辘辘话——真是恶心。什么时候才能不恶心呢？

尚秀看着创植深陷在浮想之中，这时敬爱把他拉回到了现实中。敬爱可不会轻易放过尚秀下了苦功夫的客户就这样被放了鸽子——她专门租车陪他看过工厂用地，还把从别的厂长那里打听到的消息分享给他。敬爱搜遍酒店，琢磨着那个客户要回韩国，胡志明市是必经之路，肯定下榻在某个饭店。她挨个打电话，找李先生。饭店前台问哪位李先生，敬爱说出了他的全名，前台说是明天退房。搜索范围已经缩小到了一家饭店，敬爱劝尚秀一起去看个究竟。

"敬爱，用得着去吗？"尚秀不冷不热地问道，像个在纸牌游戏中连连惨败的赌徒一样心灰意冷。

敬爱提高嗓门说：

"要讨回公道。到底为什么不跟我们签合同？要问得清清楚楚。"

"没用的，这种事不稀奇，不顺心就甩掉一个人，很正常，干吗去追回他？"

"是谁说要追回他的？你以为他会乖乖地让你追回来吗？"

"敬爱，下班吧。去购物，吃点好吃的。过去的事情就让它过去吧。有首歌好像这么唱的，就让它过去吧。"

"听我说,组长。我们要是不和他对质,我们就会白白错过这单生意。那种人不会任由我们摆布的,就算这件事白费了,如果我们不确定那个人是不是窝囊废,我们以后怎么开展工作?见到客户就怀疑这个人是不是兔崽子,我们还能正常开展工作吗?所以要去看个究竟,看他是窝囊废还是兔崽子。"

尚秀被"窝囊废"和"兔崽子"这两个词戳中了,所以跟着去了饭店。敬爱的这一番话像警告,告诉他再不出面,她就会对他不客气。团队的氛围迟早要被打破,只是时间的问题。而尚秀只想拖延,他没办法挽回那个局面,解决问题的钥匙握在盗他账号的黑客手中。

到了晚上八点,李先生还是不见踪影。他俩在饭店大厅里干坐着,后来进了能看见入口的咖啡厅。敬爱点了三明治和茶水,尚秀点了啤酒。恰好赶上歌手唱歌的时间,歌手唱了几首经典电影的主题曲——史提夫·汪达的《打电话说声爱你》、惠特妮·休斯顿的《永远爱你》和纳塔·金·科尔的《难以忘怀》。缠绵的歌声在咖啡厅里飘荡,好似把所有的浪漫都倾泻了下来。这些情歌算不上应景——他俩只是在等待无情甩掉尚秀的客户,但拨动了尚秀的心弦。他瞅着敬爱——嘎吱嘎吱地嚼着火腿的下吧看上去很结实,鼻梁上的细纹,盖住上眼皮的刘海（自从来到胡志明市之后她一次也没去过美发厅），举起茶杯但没有碰杯子的把手。这一切的一切都是敬爱，无论是一年前的敬爱，还是三年前的敬爱，甚至尚秀不认识她的时候，敬爱一直都是这个样子吧。一切真相大白之后，当敬爱知道了那个姐姐是尚秀后，她还是这个样子吧——照常吃喝拉撒，需要奋斗时奋斗，会哭泣会生气，转身离去，不回头。尚秀突然心里一阵发热，握住了敬爱的手。精疲力竭的歌手在唱《雨点不断地落在我头上》[①]，为了消遣的演唱有些有气无力。

当然，尚秀不清楚握她手的明确意图，可能是想表达——对不起，我骗你了，也有可能是——真相大白以后，请你别生我气，说不定是——救救我，再不就是——辛苦了。的确辛苦敬爱了。尚秀有时想到别人的人生和他们背后的艰辛，眼泪就流了下来。尚秀的回顾往往局限于自己的人生，但这次有些不一样。尚秀神情恍惚地握着敬爱的手，当敬爱也紧握他时，他才回过神来。一开始，尚秀罩住了敬爱的手，后来敬爱把手放到了尚秀的手背上。什么也没有了——尚秀想，这样交替握手，脑子里空空的，一点烦恼也没有了。更确切地说，

[①] 一九六九年美国西部片《虎豹小霸王》的经典插曲。

现在什么也不想了，不能说完全没有念想，而是像在空寂的宇宙里悠扬回旋的短波一样，只有哗哗哗的声音在浮动。此时此刻，什么也没有了——这个念想指的是敬爱的手，暖乎乎的手，沾了三明治果酱的手，手腕上戴着皮草手链。敬爱摸摸尚秀的手指甲，稍微使力摸着他的手心，感受着他的存在。

"你在哭吗？"

"我没哭。"

尚秀借口搪塞说，这几天睡不好觉，眼睛充血了。他俩松开了手，但气氛很暧昧，含情脉脉的。尚秀觉得在这铺着米色餐布的桌上爱意浓浓，眼眶里充盈着泪水，这种爱意让他感到有些空虚。一般来讲，爱意蓦然涌上心头时，心中会充满幸福或兴奋。但此时此刻，尚秀感到有什么东西从内心快速溜出去了，内心的温度和外面的温度显然不一样，好比冬天结霜的窗户。尚秀潮乎乎的内心渗出悲哀，只想哭，不过哭不得。这时，尚秀看到了通过旋转门进来的李先生，尚秀只想这样待着，不去管他，找他理论又能如何呢——肯定是有人贿赂他了，被谁收买了，就这样打马虎眼要溜走。至于尚秀对他的帮助，他认为是理所当然的，那又如何？

"李先生，我们来了，半岛缝纫机公司的朴敬爱和孔尚秀组长!"

认出李先生后,敬爱立马跑了出去。李先生转身看到敬爱后,面带尴尬,显得有点难为情和狼狈。敬爱此刻要质问他,但又不好意思当面责问,也不甘心就这样放过他。李先生像回避敏感话题似的扯了好些别的事。

"李先生,我们有什么做得不妥当的地方,还请您指教。"敬爱插话问道。

"没有什么不妥当的,只怪我们的作业流程有些变动。拿到了欧洲的订单,要做羽绒服。这个需要厚面料缝纫机,你们半岛公司的缝纫机用不上了。"

"说不定将来能用得上薄面料缝纫机呢。您怎么一直拖着不签合同呢?我们事先不都谈好了吗?汇票结算的事都谈妥了。"

"小朴,那我说句实话,你们公司的金部长开出的条件更好,总款一亿元,还包含几台三菱机器,我们老板一听就答应了,我这个小喽啰还能怎么办。你们不都是一个公司的吗?内部解决不就行了。我记着孔组长费心费力陪我走遍隆安河一起选址的事,我忘不了。这么肯干的年轻人终将会成功的,我跟你们签不了合同,但至少可以给你们写个保证书。"

敬爱想,原来如此,牛打江山马坐殿,尚秀播的种,金部长收获。要不签合同的事交给我们办吧——这句话到了敬爱的嘴边她又收了回去,因为还得给他配备三菱机器。尚秀不会像金部长那样贩卖别家的机器。一看他那副无动于衷、隔岸观火的样儿就知道。尚秀也不和他理论一下——哪儿有半路甩掉我们的道理?他也没有半句要说服他的话——比如,我们也给你配备三菱机器,好吗?

所有的努力打了水漂,只留下了李先生的空头支票。敬爱和尚秀从饭店里走了出来,路过卖各种假货的本地市场,五美元就能买到北脸包。敬爱还想着签约泡汤的事,尚秀的眼里只有穿梭在繁华街头的敬爱。

"那个人也真是。他以前在孟加拉国开过工厂,难道给工厂选址的时候,不知道要用什么缝纫机?这借口也太离谱了吧。"

敬爱说这话时留意尚秀的反应,生怕打击胡志明市最后的浪漫主义者。不过尚秀看起来还挺淡定。

"敬爱,你看那儿,胡志明市里的胡志明。"

路过人民委员会办公厅时,尚秀指着胡志明的雕像说道。一直埋怨李先生的敬爱也抬头看了看。雕像高举右手,下方有花束。周围是三三五五闲聊的人群和照相的游客。白天又闷热又潮湿,还是晚上比较舒服。胡志明市的夜晚如同一座不夜城，一点不亚于首尔。霓虹灯照耀下的街道明亮如白昼，红红绿绿的灯光赶走了夜色。尚秀被这里绚丽的风景深深吸引了。

"敬爱，你觉得怎么样？拥有一座以自己的名字命名的城市，像胡志明和胡志明市一样。"

"就像上水洞的尚秀一样？①"

"是呀，像敬爱的敬爱一样。"尚秀的话音刚落。敬爱喝了几口随身带的水。

"孔组长，你表白啦，这么直接。"

"我表白啥了？"

"你刚才说敬爱来着，又敬又爱。这样该多好呢，互爱互敬，怎么说呢，人文关怀吧。"尚秀微微笑了笑，脸又暗沉下来了。

"谁给你起的名字？"尚秀转移话题。

"我妈。除了她还有谁，没别人。像姨母辈的名字一样老气得很，不过我觉得还可以。"

"名字不错呢。尚秀这样的名字就太扎眼了，一到数学课，老师点名道姓地让我算出常数②。"

"后来呢，解题了吗？"

---

① "上水"和"尚秀"的韩语发音一样。
② "常数"和"尚秀"的韩语发音一样。

"解题了。"

"学习还不错。"

"有些没做。"

敬爱说，胡志明这个人最起码有一百六十个名字。他闹革命的时候，要隐姓埋名，用过很多化名，后来担任了越南的首任主席。他在中国当记者时用了"胡志明"这个名字。

"好玩吧？有过一百六十个化名的胡志明和胡志明市。"

那一瞬间，尚秀想告诉她一个秘密，哪个秘密都行——姐姐是尚秀，尚秀是姐姐，是尚秀叫恩宠、敬爱叫E的朋友。尚秀始终不敢张口，等待着夜色降临，但又不想被那些秘密打搅，只想和敬爱静静地待着。夜色必将来临，但他不想被黑暗笼罩，这是不是一种奢望呢？

*

敬爱反复看了"姐姐无罪"主页上的通知。奇怪，恋爱咨询和回信，这么隐私的痛苦和慢性的苦恼，怎么会被别的主页转载了呢？"姐姐无罪"的通知上说，正在确认会员个人隐私被泄露的情况，查清后将一一联系。"姐姐无罪"的会员数量骤然下降，就像一座城市停电后，迅速溜走的光亮一样。原来两万多的会员，在出事当天早上少了两千多名，下午又少了五千名。敬爱想，主页的留言板都停了，只有一条通知，肯定有很多会员取消关注了。

过了几个小时，通知下面多了许多跟帖。最火爆的跟帖是一个网络新闻记者写的——"姐姐，何必拒绝接受采访呢？"记者的跟帖下面又多了好几百条跟帖——"站出来说话有助于解决问题"。记者说，姐姐拒绝了线下线上的所有采访。这下气氛更僵了。后来真假难辨的跟帖也出现了，说姐姐以恋爱顾问的名义讨要钱财；恋爱咨询过后，发来了带有化妆品和首饰广告链接的电邮；姐姐探听个人信息；谎称得到赞助，试图贩卖雅诗兰黛的优惠券。按跟帖上的说法，姐姐诱骗钱财，过着奢靡腐化的生活。还有人说，知道这个姐姐的社交账号，看到姐姐提着香奈儿手提包的照片了。有人对此抗议说——香奈儿手提包怎么了？你肯定不是我们这儿的会员，真是没事找事。帖子像炸开了的锅一样，互相斗嘴。会员又突然猛增，回升到了原来的数量。没人知道谁在关注，为何而关注。

敬爱觉得混乱的局面可能一时打不住了，有点担心她的邮件内容是不是也被泄漏了。和姐姐收发邮件有一段时间了，按理来讲风险不大，但还是放不下心。这时，尚秀打来电话说，今天没法参加缝纫机教育培训中心的成立仪式了。他的声音沙哑，说话病恹恹的。

"是不是哪儿不舒服呢？"

"没有，没事，不不，好像有点不舒服。"

"有什么事吗？"

"没事，不不，有点事。"敬爱觉得尚秀说话有些反常。她说要去接他。

"你来接我？都在一个街区，离得这么近，还来接我干什么？"

"人生漫漫长路，有时候走不出区区一条街道。有时候觉得从起床到出门，就像攀爬珠穆朗玛峰一样艰难。"

尚秀说，没事，真不用，接着又说，你知道我家的楼牌号吧？成立仪式在离胡志明市开车两个小时路程的槟椥省。工厂一竣工就要投入生产，所以需要提前对村民进行缝纫机培训。尚秀一直和独守工厂用地的黄经理保持着联系，两个人算是一起作伴排遣寂寞的熟人了。尚秀卖给了他八十台缝纫机，是尚秀主动出击并成功销售的案例。尚秀不去真不合适，他前些日子还说——别看那是生产袜子和袜套的小工厂，我们要看着它扎根、结果子，它是和初来乍到的我们同甘苦共命运的一粒种子。我们之间不是简单的买卖关系，而是心连心的关系，所以赵师傅和艾琳也得去。话说得如此冠冕堂皇，现在自己却说不去，真不合适。吴科长也要去，是金部长派他去的。不知道金部长打着什么小算盘，说不定还像上次那样攫取胜利果实呢。即便如此，尚秀和敬爱也不便不让他来。反正善意和恶意相互交错，最终哪个会胜出也是未知数。

敬爱洗漱后坐在镜子前用吹风机吹干头发。来到胡志明市后，她一次也没去过美发厅，头发长到可以扎起来的长度了。敬爱用毛巾搓着湿发，心想，要是在韩国，妈妈是要给她剪成齐耳短发的。想到几年前罢工示威时，妈妈专门来给她修剪头发。妈妈担心用剃子剃光头，头发剃不整齐，特意来给她修剪。敬爱既不想带妈妈去人多的帐篷，也不想让别人看到她剃光头。她想找个没人的地方，便带妈妈进了工厂内部。妈妈像是来参观的人一样，问这问那——这是食堂吗？你的办公室是二楼吗？她们来到工厂后面的斜坡上，那里铺着菱形石板。一年四季背阴，长了一层苔藓。妈妈有些哽咽。敬爱坐在井盖上面，妈妈拿出从家里带的报纸，叠起来，剪出半圆形，套在敬爱的头上。她用理发器修剪头发，摸着敬爱的顶门儿说道：

"你还是小宝宝的时候这里有过囟门①，不过早闭合了。那个时候你还留着光头呢。"

"呼吸门在哪里？"

"就在这儿，婴儿呼吸的时候，这里的骨头没闭合，能看到呼吸。"

"那样会不会很奇怪？用脑袋呼吸，还挺奇怪的。"

"一点也不奇怪，又奇妙又可爱，小家伙使劲儿的样子多可爱。"

"那为什么要闭合呢？用脑门呼吸也不错，肺和脑门交替呼吸不也挺好的吗？"

"不能，囟门不能老开着。"

"现在完全闭合了吧？"

"那还用说吗？"

"不错。"

修剪完之后，妈妈问，非要这样闹腾才能继续上班吗？早知今天，还不如当初考公务员呢。敬爱梳头的当儿摸了摸自己的头、额头、鼻子、脸颊、下巴、肩膀、

---

① 指婴儿头顶骨未合缝的地方，在头顶的前部中央，实际上和呼吸并没有关系，一种民间的说法而已。

胸部和胳膊。她想知道,一个人穿过某个时期到底意味着什么。那段时间,有过"前进"的感觉吗?好像只有"煎熬"的感觉。不过,也不是每次都那样,因为有人会像敲门一样发出声响。敬爱握住尚秀的手时,恨不得进一步贴近他,萌生了一股充盈内心的力量。这种力量无人能及,好像可以一手抱起自己和对面的尚秀。敬爱也不知道为什么一想到尚秀,就变得力量惊人,不由得会坚强起来。

敬爱花了几天时间,在有关 E 的存档里——自己的博客——寻找和尚秀有关的蛛丝马迹,一边追溯记忆,一边花了很长时间完成存档,帖子的数量不到一百个。当然,这种计算单位不能测量她和 E 一起度过的所有时间。和他在一起的短短三年,在记忆里有时候会无限伸长,有时候会缩短。如果不执着于那些具体、鲜明的记忆,记忆中的时间还会拉长——不追求实感、只在乎感觉的话。

敬爱重新看了有关《心》的记录——E 拍的那部短片。那个男孩——在教室里絮絮叨叨的那个孩子——怎么看怎么像尚秀。尚秀总是耐不住片刻的沉默,没完没了地唠叨不停。短片里的男孩没有脸部的镜头,他好像不敢说出埋在心头的话，只好吵个没完，以此来"消耗"饥渴的心，这个样子很像现在的尚秀。最后一个镜头，摄影机的角度转向骨灰堂，可以推断出，那个男孩经历过身边人的死别。敬爱懂得这种思念是让人无法忘怀的。

敬爱到了尚秀的住处，按了下门铃。尚秀看起来多少有些憔悴。他的发型向来很利索，头发抹点发油，用喷雾把自己的脸弄得水润水润的。今天可不一样，看上去两三天都没洗头了，头发丝紧贴在额头上，两眼充血，胡须也没剃，显得有些疲惫和不冷不热。敬爱给他秀了秀越南法式三明治，尚秀却面无表情。

"我去不了了，也不想去。"

"有什么事吗？"

"敬爱，我没什么事。"

敬爱心想，到底怎么了？是不是因为上次握手的事，现在反悔了？敬爱就此打住这种想法，拿出越南法式三明治，说："一起吃吧。"尚秀摇了摇头。他一直低着头，也不抬头看一眼敬爱，那摇头的样子显得很沮丧。

"怎么了，看我不自在吗？没必要的。"

"你说到哪儿去了？有什么不自在的。"

"那天我们是牵手了，但犯不着这样严肃。"

尚秀听完哑口无言，一个劲儿地叹气说："我可能看起来有些异常,你别见怪。"

"你的确挺反常的。反正买都买了,自己在家里吃吧,洗个澡也好。"

敬爱递过装着越南法式三明治的盒饭,转身下楼了。她想,这也是情理之中的事,毕竟他是痴情种,还单恋着一个人呢,心情很复杂吧。但至于这样糟糕吗?还严重影响工作。幸亏只是牵手,那万一上床了,他会陷入自责,痛苦死的。这时电话响了,是尚秀的。敬爱没接,希望尚秀沉得住气,让这次的风浪一扫而过,不要被裹挟。

敬爱。

尚秀发来短信。

能不能等我一下?我需要点时间。

这条一本正经的短信,连一个表情包都没有。敬爱没回信,心想,等什么呢,让我呆呆站在这里,别出这个小区吗?转身一看,尚秀在阳台上俯瞰着敬爱,正在发短信。他倚在阳台栏杆上,一只手拿着手机。敬爱似乎能明白他的心,对他来说,也许连简单的洗漱都是件困难的事情,不过,我能有什么办法呢。敬爱走到尚秀的视线够不到的地方,坐在长椅上拿出越南法式三明治。法棍中间夹着火腿、蔬菜,上面撒了一层猪肝酱。这是法棍的改良版，和面时加了米粉，这样吃起来更有嚼头。不过法棍的外皮比较粗糙，容易伤到上颚。不管怎样，好吃就行了。

你先吃越南法式三明治。

敬爱给尚秀回了条短信。

吃完之后呢？

吃完再发我短信。

不知道尚秀吃没吃，不过有一阵子还真没发短信。敬爱嚼着越南法式三明治，看着富美兴的街头。艾琳每次到富美兴的时候，都会说这里的"干净"给她留下特别深刻的印象。这里看不到电线杆、路边摊和摩托车。这是因为这里城市改建的时候，把所有的电缆都埋在地底下了。出了这个地方，在胡志明市的大街小巷，到处都能看到各种电缆缠绕成鸟窝的形状。在艾琳提醒之前，即便她住在富美兴，也一直没觉得这里和其他地方有何不同。原来，如果没有会发现的眼睛，看待生活的方式就不会有改变。敬爱很好奇，人与人之间也会这样吗？比如了解一个两三天把自己关在家里、承受着某种起伏不定的情绪、不敢出门的人。

敬爱，我吃完了。

那你洗洗吧。

那倒是。

你先起身,争取走到浴室。你觉得这个恐怕很难做到,是不是?

敬爱,你怎么知道的?

我算是个过来人,亲身经历过才会明白,一看就知道——这是八十年代的流行语。

你也知道这个流行语?

怎么不知道,这狗屁流行语——一看就知道,真是糊弄人。

的确是,一看就知道,这是骗人的。

猜不准的,真是骗人的。

对了,敬爱,你那段时间也很痛苦吧?

你说什么时候?

……我是说,恩宠,恩宠死后,好多次。

敬爱用皮筋套空饭盒时,收到了这条短信。敬爱还以为尚秀不知道这件事呢,没想到他已经猜到了。不知道尚秀回忆恩宠的时候,有没有关于她的只言片语呢。如果有,真想听一听。想到这里,敬爱的眼眶湿润了。

吃炒年糕那天猜到的吧?

没错。

在电影俱乐部,我们说过话没有?

不清楚，也许。

你的外号是什么？

……岭东姐姐。

走到浴室了没？

还没。

只有半个小时的时间。

我是不是很可笑？

一点也不。

可笑吧。

一点也不。

敬爱终于等到认识 E 的人了，这下可以问问，E 走后尚秀的生活都发生过什么样的变化了。

说实话，我发胖了，胖胖的，你不也见过吗？

见过，可惜没照相。

留着那些黑料干什么。你呢？

敬爱的手指头在手机上游动，想找个最合适的说辞回答他。她的手指头在ㄱ、ㅅ和ㅈ，ㅗ、ㅣ和ㅓ①之间摇摆。挑来挑去，没挑出合适的，最终回给他：好冷。

---

① 均为韩文字母。

坐上车时，比预约的时间晚了半个小时。培训中心是由一所停办的学校改造的，布置得简朴而典雅。校门上用英语和越南语写着"技术合作中心"，挂着"欢迎光临"的宣传画。敬爱一行和黄经理打完招呼，互换了名片。桌子上摆着胡志明市最有名的啤酒，瓶身上的标记是"333"。多张胶合板堆成的讲台上，韩方领导开始发言。艾琳突然噗的一声笑了起来，她对敬爱窃窃私语，翻译好像偷懒了。韩国人的发言不管如何冗长，翻译出来只有寥寥几句话。不过，没完没了的发言实在太乏味。一位自称来自韩国的理事说，把停办的学校再办起来，开启新的学习之路。另一位韩国人又上台说，结合大家的劳动力和韩国的先进资本，拉动落后地区的经济发展。韩方人士有些僵硬、矜持。相对来讲，当地村民则显得从容很多，中途有出去哄孩子的，也有出去干农活的。总之，紧张兮兮的先进资本和从容不迫的劳动力结合的成立仪式结束了。进入到下一个吃饭的环节，村民推来了卡拉OK机。由派出所所长的儿子开头，轮番唱歌。

黄经理到了敬爱一行的桌前敬起酒来，正如尚秀说的那样，他是一位多愁善感的职员。他说，请多关照，请多指教。敬爱听着还挺感动，不过仔细想想，需要关照和指教的应该是敬爱他们，毕竟还要卖设备呢。这时，有人给黄经理递过麦克风,说"唱一首"。黄经理站在讲台上,不知道是因为举办成立仪式而感慨万分,还是喝高了,望着日暮黄昏,说自己的姨夫曾和越南结下过不解之缘,以前天天听他唱一首越南歌曲,现在向大家献上一段。

"这首歌叫《美丽的西贡》,相当于韩国的《首尔赞歌》。"

黄经理好像有备而来,用越南语唱起了歌——随风飘荡的奥黛,玫瑰色的人生,爱意绵绵的西贡。他全程眯着眼,盯着自己的脚背,唱完了这首快节奏的歌。黄经理回到座位,赵师傅问他,您姨夫以前在这儿做过生意吗?黄经理苦涩地说,他参加过越南战争。

"按姨夫的话说,他还不是打仗的,是军乐队吹萨克斯的,不过,我一次也没见他吹过。他酒精中毒,大半辈子都是在精神病院里度过的。"

自那以后,韩国人的豪言壮语一直没断过。韩国人讲礼貌,但也热衷于表现。一位村里的老人在答谢时,引用了一句越南谚语,穷不过三代,富不过三代。吴科长顺着他的话说,没错,说得真好,看看胡志明市的车就知道,到处都是丰田车和本田车,没有韩国车,韩国人不能放松警惕。

韩国职员跳起了鸟叔的骑马舞，麦克风转到了尚秀的手中。敬爱知道尚秀今天没心情唱歌。

尚秀用蹩脚的越南语说，抱歉，抱歉，我不会说越南语。村民于是给他放了一首韩语歌。这是一首八十年代人气很旺的流行歌曲，叫《生劈柴》，曾经还被翻译成越南语。敬爱记得小时候，妈妈在美发厅听收音机，她经常听到这首歌。妈妈很中意一头自来卷、长相帅气的歌手具昌模，还常常替他惋惜不应该退出当红乐队苍鹰，看他那个可怜相，唱这样凄楚的歌，真是可惜了。不知道别的女人怎么想，至少对敬爱来说，具昌模永远是苍鹰乐队的具昌模。这种泄气的歌曲真不适合他唱——和你邂逅，我的心被你迷住了，在你身旁徘徊，像个罪人一样无法走进。敬爱上中学时准备搬家，看到一张比较清晰的照片，照片里的爸爸长得还挺像这个歌手。说不定，妈妈后来排斥这个歌手，不是因为他退出了乐队，而是因为她离婚的那个人和他长得相似。即便如此，妈妈还是认可不期而遇的爱情，这算是一件比较欣慰的事情，至少，不以"像个罪人一样无法走近"为理由被束缚住。敬爱夺过尚秀的麦克风，他不知道歌词，正在咿呀咿呀哦哦地糊弄着。尚秀被夺去麦克风后，腼腆地拍手哼了几句，后来越南语跟唱的歌声淹没了他俩的声音。

教室里有八十张裁缝机桌子,最前面的一排打着红色的蝴蝶结做点缀。这里是几年前停办的学校。一般家里有条件上学的孩子都去了城市,留在村里的孩子要干活。敬爱想起了每天早上在公司附近卖鸡的十一二岁的孩子。在越南孩子上工是常事。人们都出去了,敬爱留在教室里望着窗外。尚秀摸着裁缝机,一副欲言又止的样子,走近敬爱。

"有多少人来学裁缝呢?"

"听黄经理说,上午下午两个班。"

敬爱坐在裁缝桌前蹬了蹬踏板,没套毛线的压脚一上一下。尚秀坐在敬爱的前排,扭过身看着她。

"你上学的时候,是个什么样的学生?"

"倒霉的、被冷落的那种。敬爱你呢?"

"幽灵一样的学生。"

"听着还挺恐怖的。"

"我就不追问你到底发生了什么事,问了也白问。"

尚秀看了看敬爱,转过身呆呆地看着黑板。操场上充满了节日般的喧闹声,这里却像和现实隔离的空间。十来岁的时候,敬爱在教室里总趴着,不是瞌睡,而是注视着胳膊和头发丝之间的黑暗。透过这小小的黑暗,她隐约能看到同学们记笔记、唱歌、吃饭。即便把自己隔断了,不过——嘿、还我、你好、翻开书、今天赶进度、疯了、班长、下课——这些声音还是在缓缓流淌。敬爱再怎么紧贴着桌子趴着,创造的黑暗总是有限的。不可能完全覆盖,透过手指或头发丝的缝隙,能看到同学的长发、纸条上还没写完的字迹、挽起来的绿色运动服等。敬爱不由得心动,不自觉地会期待什么。这样的期待慢慢变成祈祷。她老是幽灵一般趴着不动,不意味着她的心是死的,而是她的心太强烈,只好一动不动地等着。

敬爱期待尚秀谈起有关E的回忆,又觉得没必要,只好这样呆坐着,看着尚秀的后背。他的肩膀比他和E一起拍短片的时候要结实多了吧。短片里,摄像机的角度紧盯他的肩膀。今天敬爱这样看着他,似乎能明白E的用意了,E为何拍他的肩膀,为何用那个角度,敬爱都有所感触。敬爱用静音模式对着他的后背照了几张相,当她放下手机的时候,尚秀背对着她说:

"敬爱,我不是坏人。"

"知道。"

"真的,我不是坏人。"

"知道,我知道,不用担心。"

尚秀闷声念叨着同样的话,敬爱不厌其烦地回应说,知道，我也这么觉得。

坐车回胡志明市的路上，大家都困顿不堪。路过坑坑洼洼的土路，左右摇晃得腰都疼。坐在副驾驶座的创植，扭头看着尚秀诉苦说，好像有人在偷他的钱，电脑纸牌游戏赢了一亿元，却眼看着钱一天比一天少。

"小心晕车，看着前方，系上安全带。"尚秀嘱咐道。开车的托尼也劝他，再不转回身子，会闪到腰的。

"操这份闲心干啥呢，托尼。闪的又不是你的腰，你只管开好车。"

"那个不联网，偷不走的，是你想多了。"

创植呆呆地看着尚秀，嘴里说，是吗？然后扭过身子。看来，尚秀给他下载的纸牌游戏还真管用，至少他不去赌场输钱了，以前没钱赌博还赖着不走瞎看。现在下班乖乖回家。创植说，回家有游戏玩是次要的，主要是因为家里有人。不过，还是问题很多。赵师傅再怎么照顾他，他还是动不动发小脾气，有事没事找碴，有时还吃醋。他吃醋的是，赵师傅有个女儿每天早上报平安，而且赵师傅有戒酒的毅力。创植的生活就是这样磕磕绊绊，看似进步，实则又退回到了自甘堕落的原点。赵师傅说，不管怎样，这都是创植努力和挣扎的表现，会吃醋，有欲望，总比整天失魂落魄地盼着蹭金部长的酒要好。

"也不是没有这种可能，会有人偷，在这个国家一切皆有可能，"吴科长突然插嘴，"知道金部长的爱人吧？她隔三岔五就辞退阿姨。"

沿着国道行驶，遇上了过路的牛群。托尼熄了灯，等着牛群过完马路，以免牛群被前灯惊吓到。熄灯可以保证人和牛群的安全。

"当地人中骗子不少，谎报肉价菜价不说，刚买完的东西硬说没有付钱，真是胡闹，弄得大家都神经兮兮的。"

办公室的人都知道金部长的爱人一天打无数个电话，抱怨阿姨说谎。金部长被日渐神经衰弱的爱人折磨到恨不得马上离开胡志明市。不过说走就走没那么容易，毕竟他在海外分社工作了十五年，回韩国总部不一定有他的位置。金部长惴惴不安地说，要回韩国，那就得赚够退休金。金部长有时候会给职员发十几万元的红包，不自然地说些鼓励的话，偶尔这样任性一下。接到老婆的电话，他阴沉着脸说，不可能的，确认一下收据，搜一遍包再说。在胡志明市的韩国人不管赚多少钱，都会被一丝莫名的不安缠绕着。吴科长也不例外，非常厌恶这座城市，怀有一种偏执的疑心。钱赚得越多，越是疑神疑鬼，内心逐渐变僵。这或许是拥有物质的过程中自然发生的后果，就像创植为摸不着的游戏币患得患失一样。

"你不也是吗？"吴科长突然对托尼说。

"您说什么，科长？"

"你也一样，你怎么迟到来着？你肯定会说，路上道路施工如何如何，正好我路过那儿，其实根本没有道路施工。你又改口说，车坏了，修这修那怎样怎样。我多问一句，那怎么没提前修车？你就说没有配件什么什么。如此这般，从来没有承认过自己的错。这就是西贡风格。"

"吴科长，说话得把握分寸，当地人听了多伤感情啊。"赵师傅插嘴轻轻劝他。

"你这初来乍到的，还轮不上你替当地人说话。你们组一个比一个心软，撑不了多久就会解散的。我和部长还打赌了呢，看你们能不能坚持一年。"

"你以为呢？"敬爱插嘴问道。

"这和朴主任有什么关系吗？"

"我们正好想打赌。你们在胡志明市贩卖别家公司的缝纫机已经有几个年头了，总部知道还是不知道呢？"

吴科长不言语了。过了片刻，对敬爱说："你在胡说什么。"

"你装不知情，就别问我了。"

"瞎说什么，朴主任你敢威胁我？"

"应该不是空穴来风吧，传得满城风雨。"

到了胡志明市市区，吴科长要求中途下车。街头幽暗，只有几家破破烂烂的小商铺，他坚持要下车，可能是因为心里很不舒服的缘故吧。吴科长下车走了，托尼关了汽车前灯等了好一会儿。艾琳催他走。他说，万一他回来呢。开车了，尚秀对敬爱说，那种话不应该在这儿说，其实我早就心里有数了。

"你心里有数，那怎么没找他们理论呢？现在不说，说不定以后我们也会受连累。"

"别，千万别。拜托朴主任、孔组长，多替我想想，"创植在副驾驶座上摆着手说道，"赚点外快怎么了？你俩年轻，还都是大学学历，这种工作对你们来说可有可无。我可不一样。"

"师傅，这个工作岗位对我来说也很重要，我为了守住这个饭碗，以前还剃光头示过威呢。"

车上的气氛变得很糟。创植嘟嘟囔囔地说，怎么办怎么办。尚秀紧闭着嘴凝视窗外。托尼和艾琳一言不发。看不清赵师傅的表情，他一会儿十指相扣，一会儿松开双手。敬爱将视线从窗外移到艾琳的脸上，对她说，今天真是见鬼了,你别往心里去。

"今天还真是见鬼了。"艾琳瞥了一眼把头倚在窗户上凝思的尚秀说道。敬爱附和着说,没错,是见鬼了,明天会更见鬼。艾琳又说,不过,姐,总算郊游一次了。她用越南语咕哝了一下——姐姐是好人。敬爱本想说,我不是好人,但后来竖起大拇指说:"你这话,我爱听。"

敬爱回到家后接到了尚秀的电话。他说,你这样讲出来,相当于走漏风声。我一直在向总部报告这件事,打算找到确凿证据后一网打尽。你这样一说,我白白错过了大好机会。敬爱问他:

"什么大好机会?"

"我要让他们撒手。"

"撒手?"

"赶走他们,连根拔除,干干净净。"

"这样对我们有什么好处?"

尚秀无言以对。过了片刻说:"什么好处?他们这么瞧不起我们,你难道不知道吗?而且明明是他们犯错了。我们把这一情况向社长反映,社长肯定也会采取措施的。这样岂不一箭双雕?既能拔掉眼中钉,还能晋升。"

敬爱说:"我没有多少人生经验,但在我看来,这可不算是什么大好机会。以别人的不幸为代价,是一种冒险。为了冒这个险,要把自己的命运和未来都搭上,是不是很可笑?"

"这有什么可笑的。敬爱,走着瞧吧,总部早晚会采取措施的。"

此时此刻,尚秀劲头十足,一反白天闷闷不乐的样子。敬爱预感到尚秀可能会惹出事来,但对他说什么他都听不进去,敬爱便没再说话。挂电话时她说了句——愿主的恩宠与你同在。尚秀沉默了一会儿,说了一声——对不起。

办公室的气氛有些紧张。金部长并没有找尚秀算账或辩解,还是和往常一样天天训斥创植,晚上和吴科长去应酬,总是提高嗓门接电话,业务上对尚秀的态度也没变。但金部长和吴科长都没跟敬爱说过一句话,对她视若无睹。

过了几天,总部的调令到了,敬爱要调到她从未去过的韩国始兴市①,在那边的物流中心工作。通知调令的还不是孔组长,而是金部长。事先没跟尚秀商量,公司

---

① 韩国京畿道中部的一个市。

突然单方面下了通知。尚秀愤懑不平地打电话给总部，部长含糊其辞地说，就这样，就这样。尚秀追问，为什么不清算腐败的金部长他们？部长无可奈何地解释道：

"孔尚秀你真是不知天高地厚。他们腐败，说明和总部的人分一杯羹，有回扣。你让我找谁告状去。这事你就别管了，把朴敬爱调回韩国就算了事了。再怎么民主平等，混职场讲究的是对领导言听计从。朴敬爱竟敢威胁领导。你别替她说话了，也别说情了。"

尚秀想，早知道这样，何必当初不厌其烦地告状呢？总部的理事不怕尚秀知道隐情，但有过罢工经历的敬爱挑事，就不能袖手旁观。这些理事精明得很，处理问题很"灵活"。分社的金部长很懂通融，他手下的员工也学着他的通融，通融创造收益，收益创造奖金、娱乐支出和定期给理事们打款的回扣。理事们都是老板的亲戚，他们对分社的灵活性毫无意见。至于尚秀不厌其烦的报告，被视为不合时宜的敬业行为，是走后门入职的人都会犯的毛病。后来听吴科长和金部长说，是敬爱挑事，他们敢肯定这个员工很死板。棘手的是，老板在经营公司的原则上丝毫不"灵活"。他总想找事干，而且平时看不惯这些理事——姐夫、叔叔等亲戚。这个老板可能会捅马蜂窝，比如，向动不动怒气冲天的会长告状。

理事们可以睁一只眼闭一只眼的事情,会长绝不会轻易放过。这位会长是纺织工业领域的鼻祖,是在五十年代的战后废墟中谱写新篇章的神话级人物。这则神话里,有勤快、诚实和挑战精神,但不允许有贩卖别家裁缝机的"灵活性",灵活性不配写入神话里。

尚秀的情况变得更糟糕,因为邮件泄漏的会员名单里有敬爱。敬爱对尚秀来说很重要,所以一直把她的邮件置顶,没有移到别的收件箱里。这样她的邮件首先被泄漏了。主页的管理员敦促尚秀要么接受书面采访,要么和会员们见面。毕竟她们是和姐姐倾吐心声的。"爱情火锅"知道尚秀没有向网络警察报警后,留言说,请你不要让我们试探。这样拖下去,说不定姐姐会落下罪名。

尚秀想逃避,但因为敬爱,他不敢回避。他绝不是个正义、勇敢、清醒的人,但一想到敬爱,就觉得不能打退堂鼓。总部的部长毫无妥协的迹象,尚秀很纠结。金部长对他说,比起这次你惹的大祸,以前犯下的小错都是小打小闹——去大邱给相亲的金瑜婷搅局、追逼晋升、和世界各地的客户撕破脸皮争吵。

"这次惹的祸,别说是走后门的人了,即便背后有再大的靠山,也不一定能保得住。"

"我说过多少次了,我没走后门,我和我老爸断了联系。"

"孔尚秀，我掏心窝子地和你说，你闭嘴。"

"什么？"

"我说，闭嘴。我一直忍着没说出来，今天终于说出口了，你闭嘴。"

尚秀真闭嘴了，不是因为畏惧金部长，而是觉得有些对不住他。这么多年以来，他对尚秀一忍再忍，他才是灵活通融的高手，像茫茫大海的水平线一样一直对他忍耐到底。可能是觉得自己有些过分，他在结束通话的时候，冷不丁地告诉尚秀说，自己远程就读了一个佛教大学。

"醒醒吧，孔尚秀。万事皆空，此岸没有属于自己的，连自我都是不存在的，只有不存在的事实。"

尚秀和部长的电话始于狗血职场剧，再发展到明争暗斗的政治悬疑剧，最终以通透人生的人情剧结尾。不管怎么样，改变不了敬爱即将被调走的事实。办公室的气氛很低沉。敬爱请了半天假下班了，艾琳哭着鼻子和海伦娜倾诉。在一旁用贴片做喇叭的赵师傅对尚秀说，出去吃午饭吧。

两人走出办公室，去了米线店。尚秀知道赵师傅不是那种嘴松的人，便一五一十地转述了部长的话。尚秀像忏悔一样喋喋不休，米线都泡大了，越说越觉得不能这样放弃，实在是太冤屈了，要问责应该拿自己开刀，何必为难区区一个销售人员，还打发她到和销售一点也不沾边的物流中心。始兴市的物流中心不仅存放着裁缝机，还堆放着行业走下坡路时和日本总部没头没脑地合作开发的打印机和汽车喷射器。那里根本不能发挥敬爱的特长——令人敬爱的谨慎、善良、执行力、毅力、英语和越南语。相当于又回到以前在总务部看管物品仓库时的原点，意味着她要重复周五三点半到四点半的时间，唯恐被人说闲话，工作之外的事情一概不做，偶尔找个合适的地方抽根烟，看着进进出出的卡车发呆，数数从铲车上卸下来的箱子。

敬爱即将回到没有尚秀的原点——过于精确地索要办公用品而让敬爱头疼的尚秀，突然成为一组后过分强调团队意识的尚秀，在地铁里想象敬爱高中时什么样子的尚秀，当敬爱握住他的手时心里颤抖的尚秀。尚秀一直备受数学老师的关注，但他不是数学里纹丝不动的常数，而是深陷敬爱的生命中无法自拔的黑洞、零和未知数。

尚秀陷入情感的旋涡中无法自拔，赵师傅提醒他不管怎样，先吃完米线，他这才动了动筷子把面条塞进嘴里。他好不容易问出了一个最痛苦的问题——朴敬爱她会很难熬吧？赵师傅看了看尚秀，开口说，会的。赵师傅的话音刚落，他两只眼睛吧嗒儿吧嗒儿地掉眼泪，止不住的泪水滴答滴答地流。尚秀怪不好意思的，连声说，让您看笑话了，师傅，我最近压力有点大，按捺不住悲伤。赵师傅说，要不咱到外面痛痛快快哭一场。他们去了楼下的一家韩国连锁咖啡厅，点了咖啡面对面坐着。

"我跟你唠叨唠叨刨植吧。他呀，刚开始我跟他合租的时候，像一辈子没打扫过的人一样。我递过扫帚，让他扫扫房间。他站着不动，对我说，大哥，地是怎么扫的来着？从上到下，还是从下到上？"

"居然问这个？"尚秀边拿餐巾纸擦鼻子边问道。

"是的，他好像这辈子从来没用过扫帚似的。我告诉他，随便。他又说，从上到下吧，怕灰尘都往我这边飞扬，从下到上吧，又怕扫不到灰尘。我们的心不也一样吗？你觉得对不住朴主任，她大概也懂得。你在她身上花过心思，所以觉得遗憾，没用过心，反倒没事。她肯定会难过，但她自己会疏解内心的。孔组长，要相信她有自愈的力量，不要自责。"

赵师傅这样安慰尚秀，快走到办公室的时候，又说，有时挺后悔当年他罢工离职时，嘱咐过敬爱——无论如何都要挺住,不要辞职。每当一瑛提起敬爱的处境很艰难时,他就恨不得收回当年说过的话,但一直没有机会。真没想到她自己的处境那样糟糕,还来找我,这真个是奇迹。

"她就是这样一个人。"

赵师傅说了很久,转过脸对尚秀说,我看你别急着回办公室了,在外头再走走吧,脸都哭红了。尚秀混迹在乱穿马路的当地人中径直闯了红灯。他走到午休时和敬爱一起小坐过的市厅公园。那里绿油油的树叶随风飘荡,闭上眼仿佛置身海边。以前,尚秀和敬爱闲坐着看风景,心情也放松得很。两个人的对话内容不过是——能签合同吗?敬爱漫不经心地回答,早吹了。总之,说来说去都是一些事与愿违的感慨。眼前的风景太美,和不如意的现实有着不一样的纹理。从两个人第一次在阴暗的工厂仓库相识到现在,他还是没有拿得出手的业绩,但至少两个人的时间是一起流淌的。尚秀想到这里,突然斗志激昂。那些让他着迷的电影和小说里的人物,都不是任人宰割的善茬。再说,当初接到来越南的调令时,他还因为没给他配备组员而苦恼。那时候,他每天中午都围着领导的屁股转,和领导喝醒酒汤或河豚清汤,最后都积极地解决了问题。

尚秀望着摇曳的树枝，它仿佛在暗示有一股看不见的力量穿过清幽的风景展现了出来。尚秀决定抗议——在别人眼里可能纯属瞎闹。他要回首尔亲自见社长。

社长是个愿意做事的人，通过谈判或破格的决定，可以在父亲或亲戚们面前好好表现一下。尚秀订了回首尔的机票，不愧是急性子，订了最早的票。敬爱不接电话，尚秀反复修改短信文字，最终发了一条——敬爱，别担心，我这就回首尔去摆平一切，完事再回来！

敬爱一下午都没有回信。尚秀盯着手机等短信，快下班的时候等到了敬爱的短信——一起吃晚饭吧，能来吗？看到敬爱时，尚秀差点哭了出来，多亏敬爱平静的表情，让尚秀好不容易才克制住激动的情绪。进门看到放在客厅里的大行李箱，衣柜的门敞开着，衣服在地板上放着。尚秀咬牙忍住没哭。他怕控制不住情绪，把视线转移到了餐桌上的速食炒年糕。他一边打开包装纸，一边说，上次也没帮上忙，这次我给你打下手。

"没事，我做饭了。"敬爱走到煤气灶旁打开锅盖，是豆芽汤。

"打开包装纸了吗？要用里面的年糕条，想放进鸡块汤里。"

敬爱说，她终于从每天早上在公司附近卖鸡的男孩那里买了一只。

"你没去超市买？"

"胡志明市的人是不会去超市买鸡的，那些流水线上的鸡要多难吃就有多难吃。这是艾琳告诉我的。"

敬爱说，她挑了一只，那男孩去了别的地方，不大一会儿宰完拿了过来，其间她给他看了会儿摊。正好赶上男孩还在，买来做菜挺好的。她还担心自己吃不了一整只，吃剩的冰冻起来也不现实，因为要离开这里了。敬爱开始翻炒提前腌制好的鸡肉。然后，两个人吃着鸡块看了一部敬爱喜欢看、尚秀不爱看的恐怖电影《惊声尖叫》。血淋淋的画面和炒鸡肉的菜有些重叠，尚秀有点倒胃口。他觉得恶心，但这份别离前的鸡肉不能不吃。他使出一股邪劲儿吃光了。敬爱问他，是不是一天没吃东西了？

"我不骗你，我只吃了三块鸡肉。"

"敬爱，我爱吃炒鸡肉。这是我最喜欢的菜，没有之一。"

终于看完电影了，接二连三的杀人也结束了。敬爱说，真是百看不厌，太棒了。从小就喜欢这部电影，老想搞恶作剧，有一点点调皮的杀气，恨不得说一声"你好，悉尼"，然后扑过去。

两个人饭后喝完咖啡，尚秀正要大谈特谈自己的激进计划，被敬爱制止了。她说，不如谈谈E，分享一下自己心目中的E。

"你还有想知道的吗？"

"多着呢。我们活着，可以聊的有更多，但E不一样，聊不够。"

"聊不够？"

"是的，聊不够，我还没来得及道歉呢。"

"你已经道歉了吧。"

"我吗？什么时候？"

敬爱眼巴巴地等着尚秀说起有关恩宠的记忆，尚秀却踌躇着没往下说。记得好几年前的冬天，恩宠的传呼机没注销之前，尚秀从他的语音信箱里听过敬爱的声音——对不起。不过要说这些，就不得不交代自己偷听过语音信箱的事，还得说很多人缅怀恩宠，给他留过言，更逃不过的是，要说恩宠多么心疼敬爱。

"又不是你把他留在酒吧里的，你只是幸存者而已。"

"运气好，就我自己逃过了一劫，所以要道歉。"

尚秀作为半岛缝纫机公司的组长，一心想给她解决这次调遣的问题。但敬爱似乎不看重这些。她更看中的是，能够一起回忆恩宠的尚秀，而不是作为组长的尚秀。

尚秀聊起了拍片的日子。那天恩宠拿着社团的摄像机来找他，一台索尼8毫米摄像机，现在已经过时被淘汰了。他在尚秀跟前放了一面镜子，尚秀透过镜子能看到后面拿着摄像机的恩宠。恩宠说，你就当我在你跟前，随便说说吧。就这样，尚秀开始无休止地唠叨起来。也就是说，影像里看上去他自己说个不停，实际上是在和恩宠聊天。教室里还有别的孩子，孩子们普遍多疑，也有隐私观念。尚秀和恩宠被叫到教务室谈话。因为恩宠是外校的，班主任仔细做了有关他个人信息的笔录，让他到走廊等着。然后问尚秀，是不是自愿拍的？尚秀回答说，当然，我上大学，还指望这个呢。

"上大学？"

"对的，拍完获奖，争取以特长生的渠道考大学。"

班主任说，好，那就晚自习之前拍完吧。班主任通知了尚秀的后妈，好在后妈没给丈夫吹枕边风。后妈心知肚明，只要尚秀不闯祸，不给他爸抹黑，悄无声息地生活着，那就万事大吉了，所以不管他拍什么短片。倒是提了一嘴，拍完给她看一下，看看有没有拉他爸后腿的地方。尚秀不同意，但后妈从负责征集作品的人那里拿到了磁带。尚秀至今还保存的《心》，就是后妈给的。

恩宠说好给他完整版的那天，死于一场火灾。

尚秀明明知道敬爱想听到的是有关恩宠的回忆，但总是说不到点子上。尚秀向来说话颠三倒四，现在意识到自己避开有关恩宠的话题不谈，连自己都分不清是有意还是无意的。尚秀心想，聊一个朋友的事，而且还是再熟悉不过的朋友，自己怎么这么不自在呢。他看敬爱听得入神，不知不觉开始聊起自己。聊到妈妈被爸爸冷落多年后，夏天在札幌去世；在犄角旮旯的小餐厅，心里很内疚，便拆解菜单上的字——大酱泡饭，打发时间，是在夏天；和恩宠一起拍短片，也是在夏天。敬爱听完说，夏天真是个不好对付的季节。

"我也是在夏天和恋人分手的。"敬爱平静地说起她和山株的往事。这些尚秀通过邮件早就知道了。不过，敬爱没说近期和他见面的事。

"现在呢，你对那个混蛋还有念想吗？"

"还那样吧。时间不是流逝的，而是慢慢融化的，我们的心是不能腾空的。"

尚秀从敬爱的嘴里听到自己在回信里说过的话，觉得心酸。"姐姐无罪"的邮件没有一个不让他难过的，但这种切切实实的疼痛还是第一次。尚秀心想，实实在在的存在竟然这么可怕。认识一个人，是不是意味着往某个形象里吹气，并拥有她的一部分呢？一直躲避的是不是这个？重要的是，尚秀在心目中对敬爱形成了拼图似的人物塑造，一个吃喝玩乐的敬爱常驻在他的心底。她轻描淡写地诉说有关E的点点滴滴，还有看着锅里煮的玉米发呆的那个夏天。不管她多么平静，多么有条理地评论恐怖电影，她内心深处的伤痛，都渗透在邮件的字里行间。

尚秀说了说《心》的最后一个镜头是怎么拍成的。那个画面里尚秀坐上公交车去高阳市的骨灰堂。他们在钟路汇合，恩宠坐在尚秀的后排座位，摄像机一直对准尚秀的肩膀。阳光一会儿落在他的肩膀上，一会儿又消失了。当他们下车时，恩宠一脚踩空，伤了脚踝，摄像机也摔了。短片到此戛然而止。

"原来是摔了一跤？"

"是的，扭脚了。"

敬爱忍不住笑了，一直以为压轴的镜头，居然是这样偶然完成的。E没有刻意追求最后一个镜头的含义，那只是摄像机摔坏之前的最后一个镜头。恩宠作为电影迷，一再强调看电影的行为本身就是一种燃烧，如此重视纪实性，还真有胆识。最后一个镜头，把电影的纪实性特质发挥到了极致，完整地记录了E下车、E摔倒、E结束拍摄的过程。敬爱想，要是能再看一遍就好了。

敬爱对尚秀说，我接受公司的调令回韩国。尚秀挽留她说，不用回去，等我回总部去摆平这事。敬爱摇了摇头。

"公司不可能只是针对这件事让我回去的。我回顾了一下罢工以来的生活，我到底在躲避什么，为什么要退缩。"

敬爱的态度非常坚定，尚秀从她的脸上移开视线。世界上竟然还有如此淡定的离别。

"你说的也不无道理，但你要是因为信不过我而回韩国的话，请你别走。我来摆平这件事，我们是一组的嘛。"

敬爱伸出手，示意要握握手。尚秀只好握住她的手。敬爱手心一使劲，说："组长，我们走到这一步，已经非常不容易了。我不怪谁，也不是谁的错。"

姐姐无罪

敬爱回国后见了一瑛，一瑛看着她晒黑的脸蛋说，越南没有防晒霜吗？敬爱说，你可别小看越南。一瑛又问她，你被调到越南，工资少得可怜不？敬爱回答，别看我颜值不高，工资却不低。一瑛说，你在国外是不是特别馋韩国菜？敬爱说，在越南不缺韩国菜。敬爱想吃的是越南法式三明治，这出乎一瑛的预料。敬爱带一瑛去了越南法式三明治店。

一瑛和敬爱吃完，穿过望远洞的街头巷尾，往蓄水池边走去。望远洞和合井站有多条路可以抵达汉江，路的风格各异。从堂山站到杨花津墓地，路两边都是住宅区，比较冷清，能看到祈祷的人。这一条路上有公园，离城山大桥近，也有码头和蓄水池，比较舒适、热闹。敬爱下班后经常走的是经过雨水泵站抵达汉江的路，那里到处能看到运动和遛狗的人，还有篮球场和足球场。敬爱想感受清爽又充满活力的气氛时，老去那个地方。看着在足球场观众席上睡午觉或拿着易拉罐啤酒聊天的人，心里会很舒服。对敬爱来说，一瑛也是充满活力和能量的人。见面那天敬爱说的净是胡志明市的事，骑着艾琳的摩托车路过湄公河公园，背包客在下雨天慢悠悠地走在泥泞的街头，充足的阳光和雨水造就的参天大树。她突然想到以前在胡志明市的市厅公园碰见一个女孩在哭泣，那时她刚到胡志明市不久，从来没和别人说过这件事。

"那女孩哭什么？嗨，你语言不通。"

"没错，语言不通，那女孩一个劲儿地哭。脚下还放着提桶，看上去有点……"

"精神失常？"

"或许吧。用手巾擦眼泪，然后拧手巾。"

"你也跟着哭了吗？"

"你怎么往那方面去想，你觉得我会吗？"

"是的。"

"我才没有呢，我吃着饭，自顾自地吃着。我吃饭和那女孩哭泣没什么两样。"

"的确是一样的。"

一瑛说，从报纸上偶然看到，那场火灾的酒吧老板现在到处传道。一瑛随口一说，敬爱却有点吃惊。放下手中的听装咖啡，反复问了好几遍——真的吗？你确定？传道士？一瑛知道敬爱忘不掉那场火灾，以为她已经知道了呢。一看敬爱的反应如此过激，有点后悔。不过还是用手机搜索了一下,把链接给敬爱看了。敬爱瞥了一眼后,合上了手机。她们继续闲聊着。一瑛说,我想改变一下生活,要么上职业学校考个证,要么上个大学试试,再不就是回老家积德岛开店卖钓鱼用品,要么嫁人。敬爱一直应和着,不错,挺好。听到她要嫁人,问她,你要嫁给谁?

"谁知道呢?"

"嗨,没对象还想嫁人。"

"我有没有对象,你怎么知道?"

"难道你有?"敬爱瞪大了眼睛。一瑛说:"在一起没多久。"

"你看看你怎么笑成了这样?"

"我怎么笑的?"

"像匹马一样,龇牙咧嘴的。"

"我哪儿龇牙咧嘴了?"

"不骗你,你真的龇牙咧嘴笑了,像马似的。"

"真是。"

春暖花开的日子,空气都不一样了。呼吸的时候,都能感受到春天的气息。这也不奇怪,刚出生、还不会睁眼的婴儿也会本能地呼气吸气。从母胎脱离后,第一个学到的能力莫过于呼吸。感知空气的细微变化,辨别哪个在周围，哪个不在周围，就像美瑜的小宝宝准点哭闹一样，即使不会看时间，也能感知到空气的变化。敬爱舒了一口气，感觉自己也能挺过去。

分别的时候，一瑛问她什么时候再去始兴市。敬爱说，我才不去呢。一瑛一听就猜到敬爱要干什么了。

"歇班的时候我去找你？"

"不用啦，你来干什么？我要一个人示威。"

"古人曰，朋友有信[①]。连野狗都懂得成群结队的道理。"

敬爱回国后，想回总部讨个说法，却碰了一鼻子灰，部长让她直接去始兴市。当她到始兴市的时候，等待她的岗位是存放包装器材的仓库，都是海外出口物品。没有人跟敬爱交接工作，反倒是物流中心的负责人问她，总部对你有没有具体的工作安排。他还半开玩笑地说，你莫非是在胡志明市贪污了？

上班第一天，敬爱收拾了一下仓库，腾出点空间给自己，搬进了一张桌子，挂上白板。在上面学着尚秀写了一行字——卖东西绝不出卖良心。还抄写《弗兰肯斯坦》里的名句，又想到了姐姐的经典语句——不要把心

[①] 最早出自《孟子·滕文公上》，原句是"契为司徒，教以人伦，父子有亲，君臣有义，夫妇有别，长幼有序，朋友有信"。

腾空。她随写随删。仓库背光,被人排挤的地方总是在阴面,她坐在仓库里根本察觉不到是中午还是晚上。煎熬了一周后,敬爱算了一下年假,请了十天假。

她想到赵师傅为了稳住创植的心,让他打扫卫生、洗衣服。她在家也从早到晚忙忙碌碌的。好在去胡志明市时,没退掉房子,不管怎样,有地方可回还是很重要的。坠入谷底,也需要一个落脚点。敬爱下定决心绝不放任自己。她手忙脚乱地收拾起来,那个难熬的夏天像细碎的灰尘一样在空中浮动。那段时间,受了很多姐姐的鼓舞——一个从未谋过面的姐姐。收拾完房间后,她想出门买点玉米或啤酒回来。敬爱罢工后,在公司总是受人排挤。细想起来,那段时间她挺过来真不容易——更确切地说,是自暴自弃、任人羞辱地熬了过来。

科长明里暗里孤立她,发春节礼物时,对敬爱视若无睹,故意跳过她的桌子。一起罢工的工会对敬爱也冷言冷语。一度差点瓦解的工会,后来重整旗鼓,但不允许敬爱加入其中。敬爱当时也没当回事,觉得和外面的世界毫无两样的工会根本不值得她加入,不加入才能保护自己。现在她回过头来想,一概忍气吞声并不能拯救自己,对一切不正当的待遇提出抗议才能得到救赎。她在始兴市的仓库里思考,救赎不是被动的,而是要通过积极的行动争取。

　　白天可以收拾下东西，出门透透气，一到天黑寂寞难耐。想念在胡志明市"零销售"的日子，没有业绩可言，但日子过得有滋有味。其实都是细碎的回忆——马路两边的摩托车、艾琳的小后背、在泳池边哼唱的保安、盼着早点下班喝啤酒的创植，还有这些风景中重叠的尚秀。临别前，尚秀给了敬爱一个意想不到的礼物——自己家的地址和钥匙。敬爱很纳闷送这些干什么，还有他家居然不是密码锁。尚秀说，进门打开第几个书柜就能看到《心》的胶卷，当面给你最好，不过你要是想看，随时都可以去拿——看到房间，希望别对我产生这样那样的想法。敬爱说，有钥匙也不会去的。尚秀说，你就当替我保管吧。

　　"这是什么意思呢，你在表白吗？"

　　"不是的。"

　　敬爱看着尚秀一脸严肃的表情，接过了钥匙，钥匙上还有一点热气。不过，那段时间的回忆仿佛很遥远，就像胡志明市和首尔之间的距离。敬爱试图去除杂念，拿着垃圾出门。路过长椅时看到了一个熟悉的背影——胳膊肘顶着膝盖、上身往前倾、坐在即将开花的玉兰树下的山株，这个场景显得有些梦幻。敬爱没想过还能见到山株。山株看着敬爱，好一会儿都没说话，然后像往常一样举着胳膊说：

"是我。我看今天亮着灯，一直等着。"

他说，敬爱出国期间，看见过三次她家亮着灯，应该是赶上了敬爱的妈妈来收拾房间的时候。

"不会是天天过来吧？"

"哪儿有，不是的。"

"我妈认出你了吗？"

"没有，没打招呼。"

敬爱的妈妈管他叫"豆腐"，他在敬爱家吃饭时，吃大酱汤专挑豆腐吃。他边吃边说，豆腐是他第二喜欢的。敬爱的妈妈问他，那最喜欢吃的是什么？他回答说，和敬爱一起吃过的所有食物。后来，敬爱的妈妈笑着说，首尔的男孩嘴巴真甜。

"幸亏没打招呼，我妈不会欢迎你的。"敬爱用脚啪啪踢着塑料袋说道。

"我不应该找你，是吧？"

"……没错。"

敬爱说起山株记不起来的一段通话，那是妈妈收到癌症的诊断结果之后、准备手术前一天的晚上。当时，敬爱在公司里过着如履薄冰的日子，她在监护人床上睡着了,起来后在走廊上给山株拨了个电话。医院的走廊,一到夜里便寂静得可怕。每当这时,敬爱就鼓足勇气对自己说,夜幕降临时,一切病痛也会闭上眼睛,静悄悄地等待明天。在这个艰难的时刻,敬爱需要安慰——一个爱过她、依然爱着她的人给她的安慰。站在空荡荡的走廊里,敬爱的声音回荡着——妈妈病了,明天做手术,我有点害怕。通话不到十分钟就结束了,回到病房时妈妈问她:

"给山株打电话了?"

"嗯,是的。"

"他说啥了?"

"他说,加油。"

多么平淡无奇的修辞,对遭遇不幸的人都会说加油的。当敬爱向妈妈转述时,忍不住流泪。从诊断到手术,敬爱自己默默地操持着这件事。当山株敷衍地说加油时,她觉得非常不幸。妈妈看透了敬爱的心思,故意说山株的坏话,说会耍嘴皮子的首尔男,今天怎么干巴巴的?

"敬爱不哭。我没事。"

"会没事的吧?"

"没事没事,我即便失去一只胸,也照样去澡堂洗澡。我不在乎,你就更不用在乎了。"

放射治疗比起手术更痛苦。敬爱的妈妈在朋友开的美发厅提前剃光了头,但头发噌噌地掉。抗癌剂渗透时,和害喜一样恶心。敬爱听着很难过,感觉妈妈的痛苦暗含着怀胎十月、含辛茹苦地培养一个新生命的时间。

"我以前需要你,所以没有勇气和你了断,因为我太喜欢你了。很不幸这段感情没有了结。"

"前一阵子,我离婚了。"山株说完。敬爱感觉和他一起坐在长椅上,一股寒气环绕在周围,仿佛时间往回倒流,回到了寒冷的冬天独自坐在长椅上的感觉。含苞待放的玉兰花像幻影一般,敬爱深陷难以名状的不安情绪中,害怕自己永远等不到春天了。

"学长,你跟我说这些干什么?那天晚上,我从浴室里出来看到你,一副说一不二的样子,意志坚定地想要保持你的现状,让我很生气。你以后照样吃香的喝辣的,去过好日子吧。我就不跟你说加油了,你根本不需要别人为你加油。"

敬爱留下他一人,拿着倒空垃圾的塑料袋回家了。她很清楚以后不会再见他了。她打开出租屋的房门时,勉强忍住不回头,眼泪不由得掉了下来。她感受到了空气中的暖意,到处都能触摸到春天的气息——贴在楼梯口的传单哗啦哗啦地飘着,积满灰尘的窗框,生锈的信箱。她爬楼梯的脚步格外沉重。要是现在回过头去找他,山株就不可能从敬爱的生命中消失了。回去跟他说,你知道你错啦？你打算怎么跟我赔礼道歉？或者说,吃晚饭了没？要么就说,你先回去。

敬爱回到家锁上门,把垃圾袋套在垃圾桶上,灯也没开,坐在写字台前。她想,这个房间里乱七八糟的东西太多了,应该只留下必备的,其他的都可以扔掉。她突然想给姐姐写封信。最近的主页上,"姐姐无罪"的言论逐渐往"姐姐有罪"靠拢。会员们有点生气,不是因为那些键盘侠诬陷姐姐给商家当托儿受益,也不是因为有人投诉她平时对待会员的态度不好,而是现在的姐姐隔岸观火,不积极处理问题。姐姐跟不存在似的从不露脸。包括敬爱在内的数十封邮件,被贴上《真人恋爱日记》的标题广泛流传。那些偷窥癖们写的帖子一个比一个恶劣。有些人看到这些网页后会报警,并通报"姐姐无罪"的管理员,这些人不是邮件被泄漏的群体,而是一群自觉想挽救主页的人。现在打开"姐姐无罪"的主页,能看到这样的通知："恳求您千万别上那种垃圾网页阅读跟帖,志愿者会员一旦发现有问题的网页,会第一时间截图,搜集证据。"可能是为了更明确地告诫人们吧,在恋爱咨询文案的后面标记了有问题的跟帖。敬爱心里一惊,看到了诽谤她是狐狸精的跟帖。会员们盼着姐姐出面摆平,但姐姐连一句宽心的话都没有。敬爱想山株还在不在,但没有勇气看窗外。她打开电脑,迟迟没动手,过了好一会儿才写了一封邮件给姐姐。

有一阵子,公司对敬爱睁一只眼闭一只眼,但只要敬爱靠近正门,门卫就会急忙过来阻止她——不行,这可不行。一瑛也过来给她助威,举着牌子一起站着。以前在总务部和敬爱共事的科长靠近挑衅。

"干什么?在那儿愣着干什么?"

"我在这儿站着。"

"你说什么?"

"站在大街上,有什么问题吗?我想站就站。"

"两个人站在那儿就触犯法律,是没被许可的非法活动,懂吗?"

独自示威没事,两个人以上就得提前拿到许可。一瑛听到后,唯恐拉敬爱的后腿,有点进退两难,后来瑜婷开着车路过,吼了一声:"轮流举牌就没事!两个人轮流举牌一点事都没有。"

敬爱以为和上次罢工差不多,但其实不然。以前是在公司里面,现在是在外面;以前罢工有组织,现在是敬爱一个人。敬爱需要为这次的一人示威打出像样的旗号,但禁不住总是分神。在大街上站着,受不了别人看热闹的眼神。每当这时,她就会想起 E 说过的话——路过地下商场时,E 纠正了敬爱指着露宿街头的母子说"不幸"的说法——那年 E 才十九岁。他有那样的认知,经历过的挫折应该不少,就像冲撞过无数次的陨石,受过多少磨炼呢。每当别人以异样的眼神看着她的时候,她就想起 E 的话,安慰自己说:"没人有资格说别人的不幸。"敬爱学会了看淡一切,尽量不在乎别人的目光。反正,只要不给人以说闲话的资格,自己便不会不幸。

敬爱觉得困难重重——她一个人孤军奋战,公司对她不闻不问,等不到转机,而且她还需要吃饭上厕所,需要歇歇脚。有一次,原地放下木牌和印刷品去了一趟公园的公厕,回来发现这些都被收走了,肯定是公司干的。自那以后,敬爱会带着木牌和印刷品走十分钟去上公厕。后来,公司附近的咖啡厅老板让她用洗手间,那是以前尚秀最爱去吃午饭的地方——可能是因为价格亲民。敬爱问她,真的不介意吗?不怕惹人讨厌吗?老板说,那些小心眼的人,根本没资格当我的顾客。

"那些人还嫌我这儿档次不高,根本不来呢。"

表示善意的人毕竟是少数。认得敬爱的职员对她不理不睬，似乎看她是件苦差事一样。从这些人身上她总能感觉到一股寒气，这种寒气与其说是出于挑衅或冷嘲热讽，还不如说是为了维护自己的日常不被打乱而不得已表现出来的温度，这不是多么恶劣或残酷的事。敬爱递出有关"不合法调任"的印刷品时，有人会拒收，也有些人——因迟到而被罚过款的员工会匆匆跑过敬爱。这些人慌里慌张地去打卡——据说，打卡机比实际的时间快两分钟。一开始，职工食堂的大姐们会过来给她递水和点心。还有一次，敬爱帮忙解围过的韩多珍送她到了地铁站。她的车里全是孩子的绘本和玩具。那天下着倾盆大雨，韩多珍左思右想不知道说什么才好，好不容易开口说——我们职员其实都知道，心里都明白。

一天又一天，敬爱回家后像几年前一样开始记录《罢工日记》。《罢工日记》挂在纪念E的博客上，从此多了一个博客的类别。敬爱看着还挺意味深长的。访问博客的人通过不同途径匆匆而过，不过敬爱知道访问者的记录中有山株的账号。要是离别是由愤怒、失落、敌意等单一的感情构成，反倒会好受一些。但离别的愁绪不是固定不变的，而是时时刻刻被相反的情感填补，以至于心痛。除了心痛之外，敬爱找不出别的词来形容了。

写完《罢工日记》，敬爱开始搜索那个成为传道士的人。犹豫了很久才敢拿出他的唱片集，听了几段又停止播放。呆呆地看着自己的脚背，仿佛挨了一记重拳。敬爱想，如果他真的改过自新又能怎样呢？如果当初他没有唯恐客人不买单而锁门；如果他不贿赂不收买管理层以维持他的非法营业；如果他禁止未成年人买酒；如果他不在花街柳巷开好几家门面，赚取未成年人的钱……如果他真的这样悔改认罪，得到了神的宽恕，那她该怎么办呢？这些想法犹如当头一棒，仿佛一个月晕般无色无形朦朦胧胧的球滚到了她脚下。她该怎么处置这个球？往哪儿扔？抛掷球的后果又是什么？敬爱不知道。

敬爱还找到了一个叫"模范生"的人写的博客，这个人在仁川上的学，也经历过那次火灾，现在是仁川的社会活动家。他和青年艺术家策划展览、演出和刊发杂志。博客上能看到"模范生"回忆那天的记录。敬爱读完才知道，原来那次火灾从一个单纯的事件发酵成了一个涉及警察和公务员的贪腐案件，多亏一个打工仔向媒体披露了酒吧的账簿。如今，这个打工仔已经是个成家立业的人了。"模范生"有感而发地留下了这样的文字：

"老板动不动就对我们小时工动粗，我们需要赚钱，有的想多赚点零用钱，有的需要赚钱补贴家用。店里打工的孩子们即便被打，也只能乖乖听老板的指令。老板给人的印象很权威,他把自己的一栋房子免费给警察住,自己住在另一栋楼里,和警察称兄道弟。大人们都对他避让三分,何况是孩子们呢。没想到,店面着火,大家都来拿我们问罪。被烟熏晕的、受伤的、失去朋友的是我们,大人们却拿我们问罪——你们都是游手好闲的一帮小混混。就算是吧,那天我们的确在酒吧里了,有的来打工,有的来喝酒。就算这是罪大恶极的行为,那大人们为什么会袖手旁观呢?为什么警察会受贿,放老板一马?为什么有人通风报信,提前告诉要检查设施?他们为什么在老板开的另一家酒吧里,有事没事地喝酒跳舞?这些林林总总的事,难道着火之前,都不算是事吗?难道眼睁睁地看着我们犯天地不容的罪,大人们什么事都不做吗?"

敬爱在公司门口举着牌,强忍泪水咀嚼这段话。她万念俱灰,早知道有这样的不幸等着他,E和她在那一年夏天的晚上一起喝疙瘩汤时,用得着祷告吗?荒废一天相当于浪费生命,敬爱还是坚持示威,晚上回家上网搜索造成那次不幸事件的罪魁祸首。她给撰稿的记者发邮件询问,记者在回信里写道,媒体曝光之后,他迫于舆论的指责,已经销声匿迹了,对他的追踪也戛然而止。敬爱的心坠入了十八层地狱。

有一天,"模范生"访问了敬爱的博客。他在敬爱回忆火灾的文章上,留下了"能共享吗"的跟帖。敬爱有些犹豫,想到和幸存者们共享记忆,就觉得喜忧参半。过了两天,敬爱给他答复说——可以。自那以后,有着明确目标的人——对火灾事件感兴趣的人群——不断来访问敬爱的博客。示威结束回来后,总能看见在敬爱写给E的信和近期写的《罢工日记》后面多了几条帖子。敬爱也会随手访问他们的博客,阅读关于二十年前的回忆,有时候也会阅览和火灾事件无关的日常记录。原来共享痛苦,是如此静谧而漫长,绽放着光芒,就像深夜过后迎来的清晨。

*

收获了两亿的销售业绩,这是尚秀在半岛缝纫机公司任职以来,从未有过的成功。但尚秀一点也不激动,就像偶然落下的树叶或尘土一样没有什么感觉。办公桌上放着和东阳物产签约的合同,但尚秀看的是金瑜婷发来的照片——敬爱举着"撤回不正当调令"的木牌。据说,她散发的印刷品上开头写着"别把我当幽灵看待,我是人"。

"老板会不会找你，你打算怎么办？"

"你说怎么办？"

"的确是，尚秀你不方便介入吧？的确也犯不着，反正你那边的金部长会有说辞。"

金瑜婷还说，白天也会拉开百叶窗看她几眼，都是做销售的，并不是和自己毫无瓜葛。尚秀注意到敬爱是齐耳短发，乍暖还寒的天气里戴着单色围脖。尚秀想象敬爱看着流动的人群度过八个小时。他想起了前几天"弗兰肯斯坦冰冻"发来的邮件。

"姐姐和我一直聊的都是爱情的话题，所以总觉得想说爱情的时候才能给你写信。终于等到今天了，最近我想得最多的不是爱过谁，而是爱过别人的我。相爱的时间被他人盖棺定论，这对自己来说非常残酷。想必姐姐最近也不好过吧，谁也不愿意看到自己的邮件被泄漏后转来转去，但我觉得我们之间的倾诉不应该被腾空。"

在信中，敬爱总结了八年以来主页上——尚秀精心维护，现在却不能登录——发生的点点滴滴，仿佛自己对这一切洞若观火，而姐姐在故意回避。会员们只是希望姐姐表个态，出来澄清，表现出不躲避、不推卸责任的态度就足够了。当然，姐姐抛头露面可能有些难为情，我们都明白姐姐这么多年来都是匿名的……

敬爱还加了个长长的省略号,仿佛她什么都知道似的说——与其说我们需要的是"姐姐",还不如说需要总结某段时间的"过程",所以请姐姐放心,会员们不在乎你是什么样子的人,无所谓的。

下午金部长找尚秀约谈。他说,咱们——他强调说"咱们"——不必出面解释朴敬爱的事。他说,总部会观望一段时间,最终以扰乱业务的罪名报警,以擅自离开办公地点为由开除她。

"朴敬爱肯定误会了什么,空口无凭污蔑人,真是可怜。我知道孔组长和社长有点私交,你要是太过主动地和社长唠叨这事,最后遭殃的肯定是你。惹那些理事对你没啥好处。孔组长也快四十了吧?你单身可能不懂,五十岁没打好基础,步入老年可就惨了。稳定最重要,懂吧?"

金部长的话让尚秀很受打击。的确,问题在于没有证据。尚秀和敬爱只有心证,没有物证,连一张文件或交易存折的截图都没有。在无凭无据的情况下,使劲往上举报,胆大地向对手发出挑衅,这是注定要输的斗争。自那以后,尚秀接到过几位理事的电话,其中一位是老板的表姐,她提起小时候和尚秀一家一起度假,她还没话找话问他,你现在的体重是多少?尚秀不想回答,说这是隐私。她没再继续问，便自言自语地说，你那年十来岁吧？挺壮实的。

尚秀没和敬爱联系，并不是因为听取了公司的警告——千万别私下接触敬爱，随时都有可能被人抓住把柄——而是觉得对不住她。如此束手无策，的确对不住她。敬爱没要求帮忙，也没有半句怨言，所以更对不住她。他很清楚自己是一个懦弱无能、傻乎乎、成不了事的人。他唯一能做的是中午给金瑜婷发条短信，问她敬爱在不在？是不是还举着牌？金瑜婷回信说，来了，在那里，有时还会发来照片。每当看到照片里的敬爱，尚秀的心就开始动摇。

在东阳物产卸货的当天，吴科长说临时有急事，便带着创植去外勤了。赵师傅一个人不可能装完所有设备，都提前说好了和创植一起安装的。吴科长带人走也没细说，尚秀凭直觉猜到他肯定去安装或修理别家的设备去了。为了这笔买卖成交，敬爱、赵师傅和尚秀磨破了嘴，跑断了腿，下了多少功夫呀。尚秀敢怒不敢言，分社赚外快的事已经见怪不怪。敬爱被调回去之后，尚秀也没有采取措施，相当于默认了金部长的暗中交易。吴科长坐着托尼的车走了，尚秀和赵师傅打车去了东阳物产。敬爱被调走后，赵师傅和尚秀之间流动着尴尬的气息。

两个人都不敢正眼看对方,不是因为闹矛盾,而是因为对不起另一个人。这种对不住的感觉,很难开口分享。

赵师傅自己安装千余台缝纫机,似乎不可能。光拆开包装,就累坏了赵师傅和过来搭把手的柳东深主任。柳主任笑着说,发挥发挥同胞精神。

"对了,朴主任在韩国过得怎么样?"

尚秀和赵师傅愣了一下。赵师傅慢吞吞地回答说,还不错。柳主任眼看着都到下午了,机器还没装好,显得有些急躁。机器没安装好,耽误了工程可还了得,哪有卖设备,不给及时安装的道理,工厂的损失谁买单?柳主任看在这几个半岛缝纫机公司的员工老实本分的分上,尽量不为难他们。即便是看着孔组长坐在机房里发呆,也往好的方面去想,可能安装师傅临时有急事吧。但到了晚上七点,员工都下班了,还没安装完。柳主任忍无可忍了。

"这可怎么办?照这个速度,明天能安装完吗?"

中途有几个韩国员工进来嘟囔了几句,柳主任更烦躁了。尚秀一开始还在催促吴科长和创植,后来也不打电话催了。他扫视了一遍工厂,只要把机器安装好,满是裁缝机的工厂开始正常运转,员工就会忙得团团转吧。现在到处摆着没来及安装的机器。这可是敬爱在平阳省跑断腿才成交的买卖。她临走前给尚秀递交了详细记录工作进展的文件，事无巨细地记录了客户的喜好——这人喜欢漫画，真诚是上策，馋老家的白菜鱼汤，白菜鱼汤是济州岛的特色汤，工厂组长名叫应言，他家兄弟都住在九老工业区。敬爱密密麻麻地记录了这些，为的是什么呢？不再抓住爱过的人不放，只想多为自己想想——尚秀想起敬爱在邮件里说过的话。敬爱打翻打卡上班的日常，孤零零地站在公司大门外。这么说来，一个人一旦蓄满力量，就会有推翻一切的勇气吗？吴科长打来电话时，尚秀警告他——明目张胆地违反规定，未免太过分了吧？吴科长嬉皮笑脸地说——你不也明白这里的情况吗？别刁难人了，设备出毛病了，我能怎么办？

"到底在哪儿？快派师傅来。"

"不可能，这里离胡志明市很远，在广南省。"

中部地区的广南省，不是胡志明市分社的管辖范围，属于河内分社，十之八九卖的不是半岛缝纫机公司的机器。柳主任回去了，尚秀和赵师傅留在空荡荡的工厂里，准备找一个角落凑合过夜，当然机器没安装完。尚秀回想起敬爱的一段话——只要表个态就行。以前还盘算着，他只要销声匿迹，抹掉作为姐姐的时段就能万事大吉，但任凭别人评判你，并对你盖棺定论，正如敬爱所说，那样未免太残酷了。毕竟他和诸多匿名的姐妹们分享过时间和感情。

尚秀辗转反侧，把发件箱一一打开，还把主页上的所有菜单设定为公开，登陆对话窗口和管理员约好时间。

*

尚秀不想穿古板的格纹衬衫或西装，那样穿说不定会露馅——一个三十八岁的上班族，被调到胡志明市分社当组长，擅自离开工作地点飞回韩国。原来姐姐是一名男士，这一事实本身就足够打击会员的。尚秀只好希望他的形象或多或少能缓冲对她们的打击。尚秀精心剃了胡须，用泡沫把毛刺剃干净，眉毛修得也很整齐，用修毛刀和剪刀嚓嚓地修好，突然悲伤涌上心头。不可名状的悲伤里掺杂着对自己的怜悯，想象着简·爱站在白雪皑皑的天地间，冰冷而小巧玲珑的雪晶带给人的痛感，他便长吁一口气。但这只是幻想而已，眼前的现实是推开公寓的大门，要和九年以来把他当成女人的三名——代表两万会员——管理员见面。

尚秀想象着会员们的过激反应。说不定像电视剧里的桥段那样往他的脸上泼凉水——我们居然这么信任你！尚秀选了一件白色夹克和印有猛犸的T恤。他提了包，里面有艾琳从海伦娜那里拿到的文件，都是些金部长给顾客的有关别家缝纫机的资料。海伦娜说，万一以后有人追问就说被尚秀偷走了。但不管怎么说，这个决定对她来说不是件容易的事。艾琳问他，拿着这些材料，能让敬爱回来吗？尚秀说，很难。

"没事，要不我去首尔找她。"

"什么时候？"

"下雪的时候。姐姐说要穿暖和点，要不然会冻什么来着？"

"冻死？比这里还冷，再说今年有冷空气来袭。"

"对的，不穿多的话，会冻死。"

"冻死？不愧是敬爱说话的风格。"

"的确是，不愧是姐姐。"

尚秀看着T恤上的字——extinction（消失），心里感到畏缩，像是在暗示自己的命运。"姐姐无罪"将会面临"姐姐不在"的结局。没存在过那样的姐姐——通宵熬夜给失恋的人写信，一天收到数十封邮件，尽可能设身处地琢磨——爱情的分量和温度，安全冷却的方式——这样的姐姐即将消失，只留下一个有罪的姐姐、欺瞒人的姐姐。

延心公园里——"延南洞"和"中心公园"的合成词——到处都是遛狗的人。摇摇尾巴、竖起耳朵的小狗用晶莹发亮的眼睛盯着尚秀看——胸口上印着猛犸和extinction标记的生命体。小狗看着这个不得不假装成女人的男人。长在河沟边的水草、溪水中的人工泵站、滑板车的小轱辘、辣椒酱热狗、春树的花蕾，都不能扭转他消失的悲剧。

尚秀进了一家用砖墙堆砌的咖啡馆，看到"断奶触感""眼镜蛇"和经常沟通的"爱情火锅"坐在那儿。"爱情火锅"对着入口坐着，和尚秀四目相对，但没有反应。尚秀勉强走到跟前，说，大家好，我是"姐姐无罪"主页的主人。"爱情火锅"将手上的茶匙放下，说："和我想象的有点不一样。"但她的语气格外严肃。

反正见都见了，总该点杯茶，切入主题之前说些客套话吧，但就是没人开口。尚秀平时最受不了这种沉默，便开口问候了一下她们的近况。"爱情火锅"的外国男友怎么样了？"眼镜蛇"出租房的八千万押金被教会的一个哥哥骗走的事怎么样了？"断奶触感"一直都是单相思。尚秀对她们有着零零碎碎的记忆，连"断奶触感"听着都觉得怀旧，毕竟她们的交情长达九年，才能聊得这么细致。聊起来还是挺热闹的，出现冷场的时候，她们的注意力集中到了尚秀身上——一个对自己了若指掌的、不是姐姐的姐姐，高高瘦瘦的，头上抹了发油，怎么看都不是女人，像暗示自己的命运一样穿着印有"extinction"字样的T恤。她们想，两万多会员会怎么想？该怎么处理？那些话真的是这个人说的吗？"一起看过初雪的人，怎能忘怀？""即便是在夏天，只要想起他，雪花就会纷纷飘落在你头上，正如在我手掌上的雪花一样"。难道是这个人——长着很大的手掌，却想象着翩翩起舞的雪花，写过慰藉人心的话？是这个人说过"你们不必在意那些过于吝啬说'我爱你'的男人，这样的表白如同一口气，禁不住冷空气一吹，就会消失得无影无踪"？

她们聊了很久，互通姓名后又点了面包——吃着薄烤饼、羊角面包和奶油巧克力蛋糕，谋划解决问题的方法。最终她们明白，这次见面除了互相认识之外，起不到任何作用。尚秀说，他打算报警，去警局做笔录，准备接受采访。

"你要接受采访？""眼镜蛇"问道。

"是呀，这样就不会再有人拿我们的邮件捣乱了吧？""断奶触感"同意。

"姐姐君,你没事吧?"

"爱情火锅"莫名其妙叫了"姐姐君",给人感觉"姐姐"不是性别关系的称呼,而是可以自由选择的名词。当"爱情火锅"叫他"姐姐"的时候——和文字看到"姐姐"二字的感觉不一样,尚秀亲切得鼻子发酸。虽然交情比较深,但毕竟是第一次见面,要是哭鼻子该多没面子,他勉强忍住了情绪。这时"爱情火锅"果断地说:"没必要。"

"如果需要接受采访,我来出面,我就说我是姐姐。我们可以一起接受采访,我当姐姐的角色就行。回答不上来的,由姐姐君帮衬一下。"

这是尚秀预想不到的,没想到会有人出面帮他。细想一下,她们都是管理员,说她们在扮演姐姐的角色也在理。尚秀一下子觉得可以轻松化解危机了,瞬间满心期待。但薄烤饼还没来得及在嘴里化开,希望就化为泡影。因为"爱情火锅"又说了一句——这样才能不让会员们受伤。尚秀的心又萎缩了——不让他们受打击,为了公共利益,是不是不露面更好……但他不想那样。那只是权宜之计,只能把今天糊弄过去。尚秀不想那样去应付,有今天,自然还有明天,也有明天要解决的问题。不管问题能不能尘埃落定,他都想成为花心思解决问题的人。

"你的心意我领了,但我不想那样。"

"怎么?那样才能不让会员们受打击呀。"

尚秀一时觉得怪不好意思的,他再次道歉,但一直没收回自己的主张:"那样做和继续欺骗没什么两样,我不想那样。"

尚秀和会员们道别后,往公司的方向走着。弘益大学附近有很多大型商场入驻,吊车启动后盖楼,全世界都能看到的大型品牌商场拔地而起。游客到某个国家进商场买全世界都能看到的品牌,对这些流动的人群来说,耐克、阿迪达斯、新秀丽、北脸等商标把陌生的风景转换为似曾相识的地方。尚秀看到新开的耐克专卖店排着长队,拿着对讲机的男人在忙碌着。要是平常的话,尚秀肯定不会驻足,但他现在想拖延眼前的事情,所以站在那里徘徊。尚秀看到一张巨大的海报,认出今天是乔丹系列的专卖场。他自然而然地想起多年前和妈妈一起去过美国,那时乔丹和妈妈打招呼时还说过悄悄话。尚秀问这个男人:

"乔丹会来吗?"

"一小时之内吧。"

"啊，一小时之内会来？"

"没错，排好队，别站在人行道上。"

尚秀的提包里装着胡志明市的组员给他的材料，敬爱正在离这里十五分钟的街道上举着牌站着，但他想在这里见见乔丹。在两个城市见到乔丹，多么有缘分！前面排着队的都是崇拜乔丹、喜欢跑鞋篮球鞋的年轻人，员工们正在分发可以签名的乔丹海报。尚秀有些紧张。当然，乔丹不会记得二十六年前的几张亚洲面孔，也来不及向他解释什么，如果他要多问几句，肯定会被工作人员赶出去的。但尚秀觉得最起码问他一声，通过他能再次确认妈妈最灿烂的时光，是件有意义的事情。排队等待乔丹的时候，尚秀想到的不是那年暗淡夏天的妈妈，而是沐浴着春风的妈妈，他和妈妈俯瞰着纽约的夜景，耳边响起了妈妈的歌声。

> 在你生命中总有一天能遇见
> 打动你心的女孩。
> 你会离开那座城市
> 早上一睁眼
> 那女孩的身影历历在目

你唯一能做的是

坠入爱河

你唯一能做的是

坠入爱河

尚秀终于明白自己为什么会站在这儿了，等待一个平时想都没想起来过的乔丹，这是因为他需要给自己鼓足勇气。乔丹到现场了，欢呼声盖过了人群的吵闹声。前面排队的人也在减少。等了一个半小时，尚秀终于看到了穿着一身银色西服的乔丹，他签完字便举起胳膊和粉丝击掌，显得十分豪爽。前面排队的人逐渐减少，尚秀能更加近距离地感受到乔丹的豪爽。他高度紧张起来，嘴里干干的。他反复背诵用谷歌翻译软件翻译的英文句子——记得吗？一九九二年我和我母亲见过您，当时我们国家的政界人士受邀参观了您的比赛，您对我妈妈还说了什么话，她笑得很灿烂……终于轮到尚秀了，他递过纸张，一冲动要求写一下敬爱的名字。尚秀知道忙碌的签名活动，不应该提出这样的要求，不过乔丹还是配合他了。在乔丹签字的时候，尚秀开始嘀咕英文句子，不出所料被工作人员阻止了。后面排队的粉丝喊着，禁止提问，你这人连基本的礼仪都不懂。尚秀打了退堂鼓，他不想看人脸色，憋着说了声"Sorry"（对不起）便离开了队伍。背后传来乔丹的声音——Do your best（尽你所能）。这种话听起来很俗套，尚秀有点无动于衷。乔丹又加了一句——You did your best（你已经尽力了）。尚秀转过身带着有点难过的表情挥了挥手。

后来，敬爱说，这是不是乔丹以前对你妈妈说过的话？其实，像他那样的大明星能对粉丝说的客套话没别的。

敬爱见到尚秀非常平静，虽然隔了两个月没见，一点也没惊讶。她放下木牌，伸出手说，真高兴看到你。敬爱的手冰凉冰凉的，尚秀能感觉到她的艰辛。敬爱并没有问他来干什么，是不是因为她的事。她仿佛根本不关心或想当然地认为和自己无关。尚秀也不便说，毕竟不知道社长的反应。敬爱去上咖啡厅的厕所，简单吃了个三明治，尚秀就在原地替她守着木牌和印刷品。

社长一边在办公室角落里的舞步箱上跳操，一边接待尚秀。随着节奏上上下下，打着拍子，让人联想到缝纫机嘟嘟的声音。社长见到尚秀没有半点诧异，反倒说了句，果不其然，你真来了。他跳着操问："怎么，带什么材料了没？合同什么的？"尚秀有些措手不及。

"您怎么知道的？"

"理事们说，你拿的材料都是编造的。没想到你孔尚秀的野心不小，想独吞分社，想当法人？谁给你出的馊主意？谁是你背后的指使者？那个举牌的女人吗？"

"老板，她是朴敬爱。"

"怎么了？"

"不是那个女人，她叫朴敬爱。"

老板从舞步箱下来，看着尚秀说："我说过你可以来找我打乒乓球，你怎么没来？"

"我人在胡志明市，没办法来。"

尚秀感觉自己的计划已经泡汤了。理事们给老板吹耳边风，毫不费力就把尚秀的证据摧毁了。社长显得意志消沉，要是公司发展不好，他随时可能转向超前的第四产业。尚秀在又恼火又绝望之余想到，社长才是降落伞本尊，看他的人生如此浮夸就知道。尚秀从小到大老听后妈念叨这个社长有多没出息。这个人没谱到一头栽进宇宙航空产业，发射卫星，一下子损失了好几亿。后妈只要有空就说他的闲话，说他孤僻。当然了，比起周围那些因为暴力、吸毒、喝酒而让人操碎心的孩子，这个社长反倒显得很有进取心。有一次，社长中午饮酒，半开玩笑似的回忆起发射卫星的事，说他是因为耐不住寂寞才干的。

"当时为了发射卫星，我还去了一趟俄罗斯，见了黑手党。"

"黑手党？"

"没错，黑手党。他们问，嘿，发射卫星干什么？我开门见山地说，I'm so lonely（我太寂寞了）。他们夸我酷，说我是沙皇。"

怎么说呢，他在股份公司也算是个沙皇吧，不过是个没头脑的沙皇。尚秀突然后悔自己来这儿了。海伦娜冒着被辞退的风险给他文件，赵师傅和艾琳明知道会掀起波澜，也毅然决然地站在尚秀的一边为他鼓劲。这件事对这些人来说再紧迫不过了，社长却不会为之动摇丝毫。尚秀有些不甘心，心里想着，即便是一根稻草也要抓住。他告诉社长，公司拨付的那些办公费实际上都被个人使用了；营业额看上去呈上升趋势，实则只是纸面上的假象；分社的情况每况愈下，已经不是一天两天的事了。

"你的意思是，他们在骗我？"

"是的，还把你蒙在鼓里。"

"看不起我？"

"对，把你当菜鸟了。"

社长一副不可思议的表情，但明显感觉到心情不爽。他的怒火直往上冒，恨不得找个出气筒撒撒气，大闹一场。至于眼前这个胡说八道的家伙，按理来讲，他根本不配随便进老板的办公室，只是因为双方的父亲是复读班同学兼高尔夫会员，不能随便下逐客令。万一这个混蛋给自己的父亲吹了耳边风，最终让会长知道了，那就糟糕了。所以，社长不得不放平心态，在不失体面的前提下，调整好情绪——被人欺骗的恼怒、紧张和疑惑。

社长决定安排三人进行对质。他本想一口气解决这桩伤脑筋的事情，总不能只听一面之词——信这个人的话，不一会又被颠覆了，以为摆平了，又有人抵赖。摆脱这种局面的唯一办法是快刀斩乱麻，像发射卫星一样。社长苦恼的事情多着呢。每天上班被举牌的人挡路，那个人还喊口号，烦得社长中午都不能正常打乒乓球。他的姐姐们不耐烦地说，那个议员的儿子真是多事，你怎么没尽早把他拿下。他的亲戚们说，不能不理潜规则，水至清则无鱼，做销售难免的。几天前，父亲还找他谈过话：

"这个世道变了。"

"世道变了,那怎么办?"

"该咋办就咋办。不管怎么说,缝纫机还在转,就让它继续转。做买卖呢,要像东南亚的气候一样。比方说打高尔夫球,不管周围环境怎么样,东南亚天气暖洋洋的,人也懒洋洋的。今天真暖和呀,明天也暖和,后天也不例外,天天无忧无虑。放松,舒服,自在多好。运营公司也是一个道理,让人自在、舒适才行。要是温差太大,会感冒的。把我们公司比作人的话,不也六十岁了吗?"

尚秀找社长,一波未平一波又起。那天是周一,社长把所有的理事召集到了会议室里。那里有一台自安装以来一直闲置的尖端设备,可以看出,这种设备纯粹是为了显摆。社长为了三方对质打开了设备。虽然是工作日的下午,分社的很多人都不在单位。社长问去哪儿了,金部长回答说外勤。

"怎么都去外勤了?"

社长的姐夫张理事回答说,做销售的这个点儿就应该在外头,不外勤的才是不称职的。尚秀听着话里有话。就这样老板和胡志明市的员工们开视频会议了。尚秀想着要是和吴科长或金部长视频的话,针对材料可以较量一番,没想到老板找的是技工师傅们。老板叫了创植、赵师傅和他视频，赵师傅的口径和尚秀一致。有人认出赵师傅说："那个人罢工时被解雇了，后来是在孔组长的要求下返聘的，是吧？"

"一把年纪了，还能返聘？"

别的理事问道。

创植第一次视频聊天，有些不知所措地贴近了耳朵。

"告诉他别贴得太近，看着挺奇怪的。"社长说。

站在创植身后的吴科长给他调整了一下距离。社长问他："是不是安装过其他公司的缝纫机？"创植说："您说是在哪儿？中国？还是在这儿？"尚秀听着这话，觉得这种情况不仅在胡志明市常见，在其他分社也司空见惯。不过创植辜负了尚秀对他的期待，他回避视线，用手掌搓着自己发红的脸颊一直在撒谎。他说，有过一次，但那是合作公司一再恳求，实在没办法才去帮忙的，他从未安装过其他公司的缝纫机，而且他认为用这种见不得人的方式赚奖金是给公司抹黑。

"我拿公司发的工资，还背着公司干这种事，是没良心的。"

"你没去过，对吗？"

社长再次问他，创植一脸紧张。对他来说，社长和胁迫他的吴科长或金部长不一样，毕竟工厂是老板盖的，员工是老板雇的,权力握在社长的手中。

"对的,我没去过。"

"也就是说,刚才那位员工撒谎了?"

"谁?赵师傅?"

"你们两个人口径不一致,都是技工,其中一个肯定在撒谎。"

创植哑口无言。站在一旁的金部长和吴科长说,讲老实话。他却丢了魂似的欲言又止,好像在思忖什么,比如当自己说出真话时会发生什么情况,当老板心里有数、知道谁是谁非时,会怎么样?

"请问老板,以后会怎么办?赵大哥会被解雇吗?"

"一帮人诬陷金部长他们,还扰乱工作,公司肯定要出面解决的。"

创植扭过身去看看右边,好像赵师傅站在那儿。创植的脸上堆满了被岁月遗弃的神情,百感交集中透露出内心的变化。

"差不多了吧。"张理事说完,老板也同意了。

创植结结巴巴,做了个手势说:

"不是的,赵师傅不是说谎的人。别看我活得不如一条狗,我终究还是个人。赵大哥绝对不会诬陷人,他不是那样的人。我就说这些。"

尚秀从公司里走了出来，站在敬爱的旁边。敬爱习惯性地掏出了烟盒，又放了回去，说门卫不让抽。尚秀从没机会给老板看的一堆皱巴巴的文件中找出了乔丹的签名，递给敬爱。敬爱接过之后说，乔丹都为我加油，我觉得全世界都在为我助威。

"拿走录像带了没？"

"还没，那我先还你钥匙？"

"不用。"

聊到恩宠，敬爱的表情舒展了很多。她谈起了和网页访客们的邂逅，仿佛海上漂流的人偶然发现了彼此。他们没听说过半岛缝纫机公司，现在却成了《罢工日记》的忠实读者。

"什么时候回越南去？一起吃饭。"

尚秀打算在摆平敬爱和"姐姐无罪"的事情之前，先不回去。但他回答说，不确定。

"周日你要干什么？反正我得出去逛逛。要是时间合适的话，我那天去找你还钥匙。平日里抽不开身。"

尚秀恨不得马上对敬爱说刚才在社长办公室发生的事情，但目前什么都不确定，说出来怕动摇她的心。敬爱说，你回去吧，不许两人以上站在正门口。尚秀想在敬爱的身边多待一会儿,但敬爱轻轻推了推他的肩膀。这轻微的动作唤醒了即将揭开的真相——尚秀是有罪的姐姐。尚秀心想,敬爱周日不会来了。一切真相大白后,敬爱肯定不会来了。或许这是最后一次见面。尚秀伸出手握了握,和敬爱告别了。

*

敬爱做了个梦,梦见她和一个脸部被抹掉的人一起吃饭。梦里,敬爱很好奇这个人是谁,后来逐渐习惯了这个没脸的人,和他有说有笑地吃饭、喝茶。两个人一起走路,街头看似熟悉又很陌生,好像和E走过的路,又像和尚秀一起走过的胡志明市的街头,又像电影里的路。那张脸越走越模糊,他的肩膀、牵过的手、双腿通通都模糊了起来。他像白糖融化一样,消失在了空中。敬爱唯恐自己的声音、呼吸和手势像搅动茶杯的茶匙一样把他给搅没了,小心翼翼地什么都没做。她想尽一切办法,留住他不消失,却于事无补。后来他消失得无影无踪。敬爱不忍心扭头看他消失,嘴里说着不看,梦醒了。梦醒后,敬爱想清晰地记住这场梦境。她想记住若无其事地和一个没有面孔的人吃饭、散步的感觉,换谁的面孔都无妨，说不定那个人是她自己呢。

　　敬爱主动提出要上教堂。妈妈高兴地说，二十年没去了吧？敬爱回答说，我还没那么老，哪有二十年？妈妈的美发厅搬到了安山市，但每周日会去仁川市九老的教堂。敬爱和妈妈进了一家以前常去的面馆，点了两碗浓浓的鳀鱼汤面。邻桌的老人等不及上菜似的用纸杯要了汤水，用勺子舀着喝。老人用这种方式暖身的样子，倒是符合九老这一地名。好几年前，坐一号线地铁去见E的时候，仁川的站名就让她自然而然地联想到他。据说九老这个地方由九名长寿的老人而来，虽然这个地名和目前的工业园区很不搭。下班路上的人带着各种各样的表情：经年累月的、弯弯曲曲的、沉潜坚忍的、坚韧不拔的、各就各位的、褪色的、柔韧的、悲伤的。

　　教会的人看到敬爱后，仿佛昨天刚见过一样。他们是一群看着敬爱长大、至少通过敬爱的妈妈了解她近况的人。做礼拜的核心人物当然是牧师，但这些热闹地嘘寒问暖、相互照应的教友才是教堂的主人，听神的话时认真倾听，过不了一两个钟头，又恢复凡夫俗子的原貌，为芝麻大的事情着急、吃醋、感动或拌嘴。那天也不例外，人们围着敬爱问她，结没结婚，搞没搞对象，对象是否"信主"。敬爱的妈妈给她解围说,别再问了,我女儿嘴都快磨破了。

那天的礼拜来了一个特邀嘉宾,弹着吉他唱歌的男人还当众做了表演。敬爱坐在最后一排,那个男人的声音——大部分唱基督教歌曲的人音色都差不多——听着耳熟,看他的脸好像似曾相识。很久以前,敬爱从早报上看死伤者名单时,似乎看到过这张脸。敬爱用手机搜了一下,心里嘀咕,眼前这个唱歌的男人会不会是新闻里的那个人?看着有点像又不太像。

"因不可抗力而入狱,天大的考验折磨着我。我成了囚徒,庆幸的是,有一天监狱的窗口有一束光进来,有个声音对我说,你是我的儿子,我生了你。上帝为了让我成为基督徒歌手,给我以磨难和痛苦,我放下了一些包袱。自那以后,天国之门就为我敞开了。"

人们拍手鼓掌。男人又唱了一首,然后走下台阶。敬爱起身跟着男人穿过门。她喊了一声"等一下",男人向她转过身。比起刚才在舞台的灯光下,现在这张脸显得更苍老。敬爱叫住了他,想对他说点什么,却说不出来。她想问他,你是不是和那年火灾有关的人?

"你有罪吗?"敬爱还是问了。

"是的,我有罪。"他回答得很痛快,敬爱反而不敢追问了。他重新背上吉他,问敬爱:"姊妹,出口在哪里?上楼梯能看到出口吗?"

敬爱强忍着情绪,一直握着拳头。她松开拳头指了指出口的方向,呆呆地看着那个男人往出口的方向爬楼的样子。

过了好几周,尚秀都没等到敬爱。尚秀还惦记着敬爱要周日来,所以一到周日尽量不出门,专门等她。他最怕看到的是,钥匙被快递送到或被放在信箱里,那样等于暗示我们没必要再见面了,无疾而终才是我们的命运。那是最令人心碎的想象。这比尚秀公开露面时,有几个会员反应比较过激、想以诈骗罪告他还让他伤心。尚秀为了扭转会员们的心意,参加了她们的线下聚会,解释自己是多么珍惜每个人的故事,一直怀着一颗姐姐的心在对待每封信。有些会员被他打动了,有的依然冷淡,对他不理不睬。线下聚会上,有些在"姐姐无罪"的主页上伪装成女性的会员也来了,说了自己的长篇大论,题目为《人人都有成为姐姐的自由》。他们摘引了古代韩语网络百科中的一段话,古韩语中,以前男女都叫"姐姐"。尚秀得到了一丝慰藉。

线下见面后,主页逐渐恢复了平静。网管告知说,即便追查账号，因为是海外服务器，也无法找到黑客。会员们已经转移话题了，不管姐姐是男是女，现在的重点是以后怎么办。

尚秀的故事登上报纸后，揶揄和讥笑像随风飘来的花粉一样。后妈使出浑身解数想阻止报纸刊登他的故事，但也无济于事，后来干脆不管了。

会员们反对关闭"姐姐无罪"的主页。之前尚秀对主页有决定权，可以关也可以开，但现在他把账号让给了会员们。这是会员们"原谅"尚秀时提出的要求。会员们自觉监督非法上传帖子的网页目录，并随时更新和删除。但这不是长久之计，不能一味地采取防御模式。自己的帖子被泄漏的会员说，干脆出电子书得了，把"姐妹们"的心路历程和张力展现出来，这样总比满足一些人的偷窥心理要强。实践起来并不那么顺利，但终究得到了大部分人的同意。唯一不同意的只有一个人——"弗兰肯斯坦冰冻"——敬爱。

尚秀一想到那颗冰冻的心，就有点难过。他想打电话，说声对不起，我们敞开心扉聊聊吧，我知道恩宠生前多么疼爱造物，但我一直没对你提起过这件事。但尚秀知道他不能，他要等待，等待敬爱先对他开口说话。

以敬爱以往的风格，开口的第一句话可能是脏话或咒骂，但只要敬爱和尚秀说话，他就不会伤心欲绝。他现在唯一的盼头就是从金瑜婷那里打听敬爱的消息。敬爱恢复了职务，现在在韩国本部销售部和金瑜婷共事。

尚秀辞职不只是因为"姐姐无罪"，主要还是因为无法面对敬爱。胡志明市分社由赵师傅和艾琳值守销售第三组的岗位。吴科长晋升了。金部长离开了公司，开了销售多家缝纫机的总代理公司。敬爱应该听到了尚秀辞职的消息，但她连一条短信都没给他发。金瑜婷隐约暗示尚秀说，不应该等她联系。但尚秀始终认为，敬爱会来的，某个周日她会来找他的。

反正，等待对尚秀来说是常事，他一直朦朦胧胧地等待着什么。再说，敬爱又不是作古的人，也不是十九世纪勃朗特三姐妹小说里的人物，不是海报里已不在世的主角，她是一个真真切切的存在。尚秀一闭上眼，她的样貌就会浮现。敬爱和尚秀有过回忆，也有过对话——错过的感情、挫折的经历，也生硬地安慰过对方。清晰的回忆支撑着尚秀一直等待下去。这也是尚秀保持平常心的秘诀，当他看到标题为"我想成为真正的姐姐，来抚慰姐姐们的心"的新闻稿下面的帖子——"要当姐姐，就阉割吧""变态无疑"时，仍然保持一颗等待她的心。尚秀不断告诉自己，不放弃自己，才算尽了等待某人的义务，这样才能尽最大努力，不让自己沦落。

夏天的梅雨季节，不适指数迅速上升，估计敬爱不会来了。盛夏，人们忙着去度假，这样的高温实在不适合原谅别人。到了秋天，尚秀心想，第三个季度的业绩对销售员来说非常关键，估计她不能来了。深秋时，尚秀第一次想到，敬爱可能永远也不会来了。

电子书的制作进入了最后阶段。尚秀刚面试完回家，那是一家文化产品开发公司，那边提出连载尚秀在"姐姐无罪"主页上的咨询内容。尚秀一口否决说，不想拿它卖钱。尚秀提议能不能把自己安排到产品开发部门。公司对尚秀蹩脚的英文水平、煽情的写作能力和差劲到连他的作文水平都不如的对话能力了如指掌，但还是录取了他。公司看中了他在情爱小说方面可谓博览群书，电影看得也很多。成功入职后，坐地铁回家的路上，尚秀想起了两个人——一个是敬爱，另外一个居然是他的父亲——孔晓尚议员。比起他父亲的阅历，尚秀所属的世界无比复杂，且过于情绪化，他活在一个岌岌可危的、不可测度的世界里，时不时地为不可见的幻想发狂，整日徒劳无功，做着白日梦。尽管如此，他还是想炫耀一下自己找到了新工作。鼓足勇气打电话时，孔晓尚议员烂醉如泥，都不知道正在和儿子通话。他酒后也不忘念叨广开土大王①、民主主义、经济改革、资本主义、社会正义等，突然回到父亲本来的面貌问——你，要不要去美国？尚秀心想，怎么又让我去美国？美国到底哪里好？

"我不去了，父亲。我不离开这里，我找到工作了。"

"你找到工作了？哪家公司？"

"我说了你也不知道。"

"那你何必说呢？"

想想，的确是。尚秀有些飘忽，忽然蹦出一句话："父亲，我觉得你不好。"

"我不好？"

"是的，不好。"

挂上电话，尚秀吃完饭，洗了碗。外面下着大雨，雨珠拍打着窗户。枫叶在秋日的大雨中落下，贴在窗户上。尚秀和往常一样，坐在沙发上看电影。他觉得黏在窗户上的枫叶仿佛人的手心。他还想到今天是恩宠永远

---

① 韩国历史上的一个君主。

离开的日子。他拿出了那段 8 毫米的胶卷，不过没打算播放。毕竟今天不是周日。没过多久尚秀就睡过去了，模模糊糊地想着，除非寒冬腊月，绝不会开地暖，不过今天确实是太冷了。没盖被子，脚指头都有点冻麻了。他睡得迷迷糊糊的，突然觉得身上盖着暖和的东西，睁眼一看是毛毯。尚秀看到有人进来用咖啡壶烧水，有个人正看着书架上满满的文库版小说、录像带、海报上笑容可掬的已过世的演员、干水菊、有花边的窗帘、姐姐来信的打印稿、拧干的抹布、写着汽车缴税日期的纸条。她背对着他站着，微微歪着头，扎成马尾辫的头发，小小的肩膀。这一切都是尚秀一天中会想象好几遍的。

　　尚秀开始说话。那是十月的晚秋，一个不得不承受的有关离别的故事。那天晚上，三番五次聊起的故事是，多年前的冬天，反复听着敬爱的声音抽泣的自己——对不起，我可能会晚到一会儿，我先把雪花派到你那儿。他们聊起了一颗心，虽然互相认不出、但自始至终存在的那颗心。

作者的话

我尽心完成这个故事了。

二〇一八年,初夏

金锦姬